KLAK

Sören Bollmann

MORD IN DER HALBEN STADT

Kriminalroman

Für A.

Vorbemerkung des Autors

Dass diese Geschichte vorrangig in Frankfurt (Oder) und Słubice spielt, ist Absicht. Personen, Institutionen und Handlung des Romans „Mord in der Halben Stadt" sind frei erfunden, eventuelle Ähnlichkeiten rein zufälliger Natur.

S.B., Frankfurt (Oder) – Słubice, Oktober 2013

1

Marzena Pawlikowska, eine zierliche, junge Wissenschaftlerin mit blonden, kurz geschnittenen Haaren, verließ an einem Sonntagabend im September den Schreibtisch ihrer Zweizimmerwohnung eines Gründerzeithauses in Frankfurt (Oder), an dem ihr zwei neue Seiten der Doktorarbeit gelungen waren. Sie ging in die Küche und blieb im Türrahmen stehen. Von dort beobachtete sie mit einem Glas Kir in der Hand einen Mann, der ihr den Rücken zuwandte. Bekleidet mit einer weinroten Küchenschürze rührte er mit der linken Hand in einem kleinen Saucentopf, mit der rechten wendete er zwei Rinderfilets, deren Duft sich zusammen mit dem provenzalischer Kräuter ausbreitete. Ihr Blick glitt über seine breiten Schultern und die kräftige Rückenmuskulatur, die sich unter dem weißen Hemd abzeichnete und ruhte schließlich eine Weile auf den schlanken Hüften und dem straffen Hintern, der wie angegossen in verwaschenen Bluejeans saß. Der Blick zu seinem Kopf, zu den grauen Strähnen im schütter werdenden, schwarzen Haar, komplettierte das Bild eines Mannes im besten Alter.

Marzena lehnte am Türrahmen und winkelte das linke Bein so an, dass ihr Rock das Knie freigab. Hätte der Mann seine Aufmerksamkeit vom Herd abgewandt, wäre sein Blick gewiss auf die helle Haut ihres Schenkels gefallen. Das Licht der Halogenlampen fiel ganz so, als solle gerade diese Stelle ihres schönen Körpers besonders ausgeleuchtet werden. Auch ohne Scheinwerferlicht war ihm schon bekannt, dass die junge Frau unter der beigefarbenen Bluse keinen Büstenhalter trug.

„Weißt du, was mich immer wieder verblüfft, wenn ich dich in der Küche beobachte?“, fragte sie.

„Dass trotz meiner Nascherei vom Essen noch etwas übrig bleibt“, sagte er, ohne vom Herd aufzuschauen und wendete erneut die beiden Rinderfilets in der Pfanne.

„Das ist kein Kunststück bei den Mengen, die du einkaufst. Ich frage mich, wie du es schaffst, fast das ganze Kochgeschirr während des Kochens abzuwaschen, ohne dass dabei etwas anbrennt oder kalt wird.“

Sie setzte das linke Bein auf dem Boden ab und strich den Rock gerade.

„Wenn das Essen fertig ist, sieht die ganze Küche so aus, als hättest du gezaubert.“

Er lachte und warf einen Blick über die Schulter:

„Zum Geschirr abwaschen bleibt nur vor dem Essen Zeit. Nach dem Essen, Liebste, wird wohl niemand von uns beiden noch an Töpfe und Kochlöffel denken.“

Sie löste sich mit einem Lächeln aus dem Türrahmen, stellte den Aperitif auf dem Esstisch ab und legte ihre Arme um seine Hüften. Er löschte indes die Gasflamme unter dem Kartoffel- und dann unter dem Gemüsetopf und drückte sanft mit dem Pfannenwender auf das Fleisch. Der austretende Saft hatte nur noch eine kaum wahrnehmbare rote Färbung, ein Zeichen, dass das Fleisch medium gebraten war.

„Das Essen ist fertig, Marzena. Gieß uns ein Glas Roten ein.“

Er goss die Salzkartoffeln ab und garnierte sie auf den Tellern mit frischer Kapuzinerkresse. Broccoliröschen und kleine Möhrchen wurden im Sieb abgetropft und auf dem Teller drapiert. Dazu goss er eine sämige Pilzsauce mit grünem Pfeffer (die Pfifferlinge hatte er am Vortag auf dem Kleinen Markt im polnischen Słubice gekauft) halb über die Kartoffeln, halb über das Gemüse. Bevor er sich an den Tisch setzte, ließ er noch etwas Wasser in die Pfannen und Töpfe laufen, um den späteren Abwasch zu erleichtern.

Sie saßen sich an dem kleinen Küchentisch gegenüber und stießen mit dem Rotwein an. Marzena probierte zunächst ein bisschen von allem. Bei jedem neuen Bissen, den sie zum Mund führte, schloss sie die Augen. Was sie dann dem Essen angedeihen ließ, wäre mit ‚Kauen' höchst unzutreffend beschrieben gewesen. Sie liebkoste die Speise wie in Zeitlupe mit ihrer Zunge, bewegte sie zwischen Zähnen und Gaumen hin und her, trank ab und an einen Schluck Wein dazu und zögerte das Hinunterschlucken so weit wie möglich hinaus. Zwischendurch lächelte sie den Mann zärtlich an und lobte das göttliche Mahl. Er lachte vergnügt und prostete ihr mit dem Weinglas zu. Er aß schneller als sie, sein Blick glitt manchmal unruhig durch die Küche, so als wolle er sich vergewissern, ob nicht doch noch etwas zu tun wäre.

Zum Dessert holte er eine Zitronencreme aus dem Kühlfach und servierte einen doppelten Espresso. Der Duft frisch gemahlenen, italienischen Kaffees durchströmte den Raum. Die Espresso-Maschine hatte der Mann der jungen Frau zu Weihnachten geschenkt. Während sie sich die Zitronencreme auf der Zunge zergehen ließ, streifte sie eine Sandalette ab und streichelte unter dem Tisch mit dem nackten Fuß seine Beine. Leider waren ihre Beine nicht lang genug, oder der Tisch war zu breit, als dass sie mit ihrem Fuß besonders weit reichte. Es war dem Dessert nicht vergönnt, beendet zu werden. Die beiden Genießer fanden sich neben dem Herd wieder. Marzena saß auf der Anrichte, die Beine gespreizt, der Rock bis zur Taille hoch gerutscht. Ihr Slip war ein stoffarmes, weißes, beinahe durchsichtiges Etwas. Er hielt sie mit einer Hand fest, mit der anderen knüpfte er ihre Bluse auf und bedeckte ihre weiche Haut mit Küssen, vom Hals über die kleinen, runden Brüste bis zum Bauchnabel. Sie schloss die Augen, klammerte ihre Beine um seine Hüfte und lehnte sich nach hinten in seine Hand. So trug er sie in ihr Schlafzimmer.

2

Als er aufwachte, war es kurz nach eins. Bernd Matuszek, Kriminalkommissar der Frankfurter Polizei, hatte nach der Liebe höchstens drei Stunden Schlaf gefunden. Er stand auf, versuchte kein Geräusch zu machen und bedeckte Marzenas nackten Körper sorgsam mit einem Laken.

Er kleidete sich an, fuhr sich vor dem Badezimmerspiegel ein paar Mal mit dem Kamm durch die Haare und verließ die Wohnung seiner Freundin in der *Halben Stadt.*

Auf der Straße war es noch immer sommerlich warm. Er wandte seine Schritte in Richtung *Oderturm,* dessen Leuchtschrift man oberhalb der fünfundzwanzigsten Etage, über die Baumwipfel des gegenüberliegenden *Lenné-Parks* hinweg, lesen konnte.

Knapp hundert Meter vor dem hässlichen Betonklotz des Supermarktes, der tagsüber allen, die im Stadtzentrum lebten oder arbeiteten, für kleine Einkäufe nützlich war, schlug er linker Hand einen kleinen Umweg durch den *Lenné-Park* ein. Von den Bäumen wehte ihm sanfte Kühle entgegen. Es roch nach feuchtem Laub und Gras, als ob es in der Nacht leicht geregnet hätte. Im Schein der Laternen war auf den Parkwegen jedoch kein Wasser zu sehen.

Noch im Park hörte er vom Vorplatz des Supermarktes her die Stimmen betrunkener Jugendlicher, die die halbe Nacht dort verbrachten. Als er fünfzehn oder sechzehn Jahre alt war, hatte er bei Wind und Wetter am selben Ort herumgelungert. Damals hieß der Supermarkt noch *Konsum,* aber die Funktion, die er für ihn und seine Kumpels gehabt hatte, war dieselbe gewesen. Ein Treffpunkt, um sich zu beweisen, ein Schaufenster, um sich den Mädchen zu zeigen und ein Ort, an dem man darauf wartete, dass etwas passierte. Aber es passierte nichts. Mit siebzehn entschloss er sich, zur Polizei zu gehen.

Als er an den *Lenné-Passagen* aus dem Park trat, fuhr eine hell erleuchtete Straßenbahn über die Kreuzung zur Endhaltestelle Universität. Abgesehen vom Fahrer waren keine Fahrgäste zu sehen. Im *Oderturm* brannte in der zehnten oder elften Etage noch Licht. Matuszek blieb stehen und versuchte, in den Büroräumen eine Bewegung zu erkennen. Nach einer Weile trat eine Gestalt an die Gardinen und das Licht ging aus.

Es war halb zwei. Um nach Hause zu gelangen, hätte Matuszek an der Post vorbei nur knapp fünf Minuten den Straßenbahnschienen in Richtung Stadion folgen müssen. Stattdessen wandte er seine Schritte nach links zum *Brunnenplatz*. Das *Café Mitte* war ebenso geschlossen wie der *Ratskeller* und die *Bar am Marktplatz*.

Ein paar Minuten lang stand er rauchend auf dem Kopfsteinpflaster zwischen Rathaus und Marienkirche. Abwechselnd schaute er die beiden Türme empor, die in ein weiches, orangefarbenes Licht getaucht waren, über ihnen lag eine sternenklare Nacht.

Matuszek setzte sich auf die Stufen der Rathaustreppe. Der große, spitze Giebel des Rathauses verriet seine Verwandtschaft mit den Bauten der nordeuropäischen Hansestädte. Mit dem goldenen Hering über dem Eingang demonstrierte die Stadt seinerzeit, dass auch sie zu dem Bund der Reichen und Schönen dazugehörte. Wenn der Wind im Frühjahr und Sommer aus Norden wehte, brachte er manchmal einen Hauch von Seeluft in die Stadt. Zumindest schien es Matuszek so zu sein.

Auf dem gewaltigen Satteldach der Marienkirche saßen hunderte von Krähen und antworteten im lauten Chor auf die Rufe ihrer Anführerin. Die Oberkrähe saß wohl auf einem Sims des Kirchturms.

Von den ehemals zwei Türmen der Marienkirche hatte nur einer sowohl den Krieg als auch die Deutsche Demokratische Republik überdauert. Matuszek wusste aus dem Heimatkundeunterricht, dass die Kirchtürme nach dem Vorbild der Severinkirche in Nürnberg gebaut worden waren. Auch wenn er in den meisten Schulfächern nicht ganz bei der Sache gewesen war, die Geschichte seiner Stadt hatte ihn schon immer fasziniert. Er erinnerte sich an eine Unterrichtsstunde, in der eine eher unkonventionelle Lehrerin die Geschichte jener Ratsherren erzählt hatte, die eines Tages im späten Mittelalter aus dem Rathaus wie gewöhnlich über den Marktplatz zur Marienkirche gingen. Sie stritten darüber, ob es rechtens sei, den Teufel auf den berühmten Glasfenstern der Kirche abzubilden oder nicht. Als sie sich dem zu Ehren Karls IV. errichteten mittelalterlichen Eingangsportal näherten, schaute einer der Ratsherren empor und rief:

„Zu Kaisers Zeiten hätte es niemand gewagt, dem Teufel in einer Kirche ein Bild zu schenken!"

Genau in diesem Augenblick flog ein Vogel, vielleicht eine Krähe, über den Kopf des Ratsherren hinweg. Als seine Aussonderungen direkt auf der Hutkrempe des Ratsherren landeten, ging der Streit über das teuflische Abbild im allgemeinen Gelächter unter und war im Nu vergessen.

Matuszek stellte sich vor, wie hinter den dunklen Scheiben der *Bar am Marktplatz* mit einem Mal das Licht anginge. Die Tür öffnete sich und statt eines Ratsherren kam ein weibliches Wesen heraus, das sich anmutig mit einem Tablett in seine Richtung bewegte. Darauf stand ein Krug Bier. Er fühlte das gut gekühlte, frisch gezapfte Pils bereits in seiner Kehle, bevor er in seiner Phantasie das holde Wesen mit den langen, schwarzen Haaren wahrnahm, das ihm gleich lächelnd das Bier reichen würde. Tatsächlich war überhaupt weit und breit keine Menschenseele zu sehen.

Zehn Minuten später hatte er die Stadtbrücke überquert, deren Laternen sich in der Oder spiegelten. Das Wasser brach sich an den Brückenpfeilern und rauschte unter der Brücke hindurch dem Meer entgegen. Eine Zeitlang war das Wasser das einzige Geräusch, das Matuszek hörte. Dann gaben die Krähen ihren Platz auf der Marienkirche auf und flogen unter lautem Krächzen etwa fünfzig, sechzig Meter über seinem Kopf in Richtung des östlichen Ufers davon.

In der Słubicer Fußgängerzone kamen ihm zwei betrunkene Nachtgestalten entgegen, sie sangen die englische Nationalhymne mit polnischem Akzent. Man verstand immer und immer wieder nur den Refrain ‚God save the Queen', lediglich unterbrochen, um einen weiteren Schluck Bier zu trinken. Der Brunnen am *Plac Przyjaźni* war erleuchtet, die Fontänen schossen in die Höhe und das Wasser prasselte aus einigen Metern herab. Erleichtert stellte Matuszek fest, dass der *Scotsman* auf der anderen Seite des Platzes noch nicht geschlossen hatte.

„Cześć Bernd", begrüßte ihn der Barmann. „Ein großes Dunkles wie üblich?"

„Sicher doch, tak jak zwykłe."

„Ich wollte die Milchgesichter dahinten gerade rausschmeißen und den Laden für heute schließen." Er deutete mit dem Kinn auf drei Jugendliche, die wie sechzehn aussahen. „Aber wenn du kommst, geht die Nacht in die Nachspielzeit."

„Weißt du, dass du auf beiden Seiten der Oder der einzige bist, der jetzt noch geöffnet hat?"

„Kein Wunder, wir Polen haben von euch Deutschen eine schlechte Angewohnheit übernommen. Anstatt unter Leute zu gehen, bleiben wir zu Hause und sitzen vor der Glotze. Zum Wohle, mein Guter!"

Bernd Matuszek prostete dem Barmann mit dem frisch gezapften Bier zu. Das köstliche Getränk hatte genau die richtige, leicht gekühlte Temperatur und rann durch die Kehle wie herbsüßer, flüssiger Samt. Er trank das Glas in einem Zug halb leer. Das kühle Nass wärmte seine Seele.

Die Tür ging auf, frische Luft wirbelte die Tabakschwaden umher und zwei kahlköpfige Männer in schwarzen Jacken und schweren Stiefeln betraten den Raum. Der Eine, an die zwei Meter groß und durchtrainiert wie ein Diskuswerfer. Der Andere anderthalb Köpfe kleiner mit der schiefen Nase eines Boxers. Der große Kerl erspähte Matuszek als Erster und kam grinsend auf ihn zu. In zwei Meter Entfernung vom Tresen, entschied er sich stehen zu bleiben und nur die Hand zum Gruß zu heben.

„N'Abend Kommissar". Die hohe Stimme stand im Widerspruch zu seinem mächtigen Äußeren. „Heute auf Verbrecherjagd in Polen?"

Matuszek sah den Mann an und stellte das Bierglas auf den Tresen. „Hast du einen Bösewicht im Schlepptau, den ich gleich mitnehmen kann? Dann nur her damit."

Er warf einen Blick auf den Boxer.

„Aber wenn ich noch groß was dafür tun müsste, um ihn zu jagen, dann sag ich: Lass mal stecken. Schau auf die Uhr, auch Bullen müssen mal ausspannen."

„Dann können wir ja getrost ein paar Bierchen trinken", sagte der Boxer. „Heute wird uns der Herr Kommissar nichts anhängen wollen."

Die drei Grünschnäbel hatten aufgehört, sich zu unterhalten und lauschten. Obwohl ihr Schuldeutsch kaum ausreichte, um alles zu verstehen, schien diese Begegnung erheblich mehr Spannung zu versprechen, als sich über Autos und Mädchen zu unterhalten. Bernd Matuszek nahm einen weiteren tiefen Schluck aus seinem Glas.

„Du kannst mir nschon mal ein zweites Dunkles einschenken, Piotrek", sagte er auf Polnisch.

Der Diskuswerfer und der Boxer stellten sich neben den Kommissar an den Tresen, schwiegen und warteten auf ihr Bier.

„Was macht deine journalistische Karriere, Mike?", fragte Matuszek den Diskuswerfer.

„Ab und zu schreibe ich mal was", kam die beiläufige Antwort. Mike Lehmann warf ihm einen kurzen Seitenblick zu. Er stand neben einem Polizisten, der noch bis vor wenigen Wochen die Ermittlungen der Soko in der Frankfurter Neonaziszene geleitet hatte. Jetzt war er anscheinend zur Kripo gewechselt, so war zu hören. Matuszek war es gelungen, den Kopf der Ostbrandenburger Neonazis wegen Volksverhetzung für zweieinhalb Jahre hinter Gitter zu bringen. Seither war die so genannte ‚Bewegung' nur noch ein kleiner, orientierungsloser Haufen. Allerdings war der ‚Chef' auch ein Arschloch gewesen. Er hatte ihm sein Mädchen ausgespannt, ihr einen Job versprochen und sie nach zwei Monaten fallen gelassen, nachdem er eine neue Gespielin gefunden hatte. Bernd Matuszek hatte Mike geschützt, obwohl der ihm keine Informationen verraten hatte. Er hatte ihn einen Mitläufer genannt und ihn so aus der Anklage herausgehalten. Mike konnte seinen Job im Fitness-Center behalten, eine Mitgliedschaft in der NPD allein war kein Grund, jemandem zu kündigen.

„Du schreibst für die Volkszeitung, stimmt's? Berichte aus der Region."

„Ja, aus Angermünde und Cottbus und so."
„Da kommst du ja ganz schön herum."
Mike brummte zustimmend.
„Erstatten sie dir wenigstens die Reisekosten?"
Mike nickte und trank von seinem Bier.
„Ganz nebenbei lernst du journalistisches Handwerkszeug. Wie man Reportagen schreibt, Interviews, was einen Bericht ausmacht und was ihn von einem Kommentar unterscheidet."
„Meinen Sie, das kann beruflich zu etwas nütze sein?"
„Unbedingt. Es ist eine zusätzliche Qualifikation, die nicht jeder hat. Ich habe als junger Kerl für die Zeitung der Polizeigewerkschaft geschrieben. Die haben mich auf eine Weiterbildung geschickt, zehn Wochenenden lang. Danach hatte ich soviel gelernt, dass ich jahrelang nach Feierabend die Presseinformationen schreiben durfte, wenn der Pressesprecher krank oder im Urlaub war."
Mike grinste. „Also vor allem mehr Arbeit, was?"
„Und nicht zu knapp. Dafür war ich es, der entscheiden konnte, was in unseren Pressemitteilungen stand. Manchmal war es bloß ein Halbsatz, den andere so nicht geschrieben hätten und der dennoch die öffentliche Meinung beeinflusste."
„Richtig", sagte Mike, „das ist das Coole an der ganzen Schreiberei. Man kann etwas bewirken. Leute reden darüber, machen sich einen Kopf."
Bernd Matuszek nahm einen weiteren, langen Zug aus dem Bierkrug. Die unvergleichliche Verbindung von süß und bitter versetzte ihn für einen Augenblick zurück in seinen letzten Irlandurlaub. Er war zwei Wochen lang allein durch endlose grüne, hügelige Landschaften gewandert. Das war, nachdem ihn Christine verlassen hatte und Marzena noch nicht von seinen Kochkünsten angezogen worden war. Unterwegs war er in Pubs eingekehrt und hatte sich an Bier, Haggis oder Lammeintopf gelabt.

Zwei Wochen lang hatte er kein einziges Mal an seine Arbeit gedacht, an keinen arroganten Vorgesetzten, keinen idiotischen Mitarbeiter, nicht an verrohte Jugendliche und nicht an die kleinen und großen Fische der lokalen Neonaziszene.
„Einmal habe ich es mit einer kleinen Notiz geschafft, eine wochenlange Diskussion über Einbruchsverhütung vom Zaun zu brechen“, sagte Matuszek. „Es gab zig Leserbriefe, die Leute haben sich gegenseitig Tipps gegeben.“
„Ich habe vor ein paar Wochen einen Bericht geschrieben“, sagte Mike. „Ich denke mal, es war ein Bericht, vielleicht mit ein paar Reportage-Elementen darin. Es ging darum, wie wir in der Uckermark neue Mitglieder gewinnen. Wir schaffen Anlaufpunkte, wo die Kids mal jemanden haben, der ihnen zuhört, der mit ihnen was unternimmt oder wo sie einfach nur abhängen können. Da oben gibt es solche Möglichkeiten ja kaum noch. Wir machen dort Jugendarbeit. Ich finde das cool, aber ich habe ganz bewusst versucht, meine eigene Meinung außen vor zu lassen. Ich wollte, dass sich die Leser selbst ihre Meinung bilden oder so.“
„Quatsch nicht so viel, Mike!“, ließ sich der Boxer vernehmen. „Der Bulle will dich doch nur aushorchen.“
Die drei Jugendlichen lauschten gespannt. Einer fragte die anderen beiden flüsternd: „Was heißt ‚Bulle‘?“ Seine Kumpels zuckten mit den Schultern.
„Du bist ja mal wieder völlig betrunken, Kleiner“, sagte Mike zum Boxer. „Kein Wunder, nach sechs Bieren und einigen Kurzen. Ich bringe dich nach Hause.“
Der Diskuswerfer zahlte und hängte sich den Boxer, der nicht mehr alleine stehen konnte, über die rechte Schulter.
„N’Abend Kommissar.“
„N’Abend Mike.“

—

Auf dem Heimweg schlenderte Matuszek in einem kleinen Park am Denkmal des berühmtesten Sohnes der Stadt, des Dichters Heinrich von Kleist, vorbei. Vor hundert Jahren hatten ihn die Stadtväter in Bronze gegossen und auf einen Sockel gesetzt. Er sah aus wie ein griechischer Jüngling, leicht bekleidet, mit einer Lyra in einer Hand, mit der anderen Halt suchend. Von mattem Licht erhellt, ging sein Blick halb entrückt, halb zielbewusst in die Ferne.

Es schien ihm, als zeichnete das Denkmal ein völlig anderes Bild von Kleist, als Matuszek es aus seinen Erzählungen, Dramen und Briefen gewonnen hatte. Dort hatte er gelitten, gekämpft, verzweifelt geliebt und seinen Platz auf Erden gesucht, nicht gefunden und die Suche mit gerade einmal 34 Jahren aufgegeben. Als Matuszek an dem Denkmal vorbeikam, fragte er sich, wann dieser Mensch, der einem heute auf Schritt und Tritt als Werbefigur begegnete, überhaupt einmal so mit sich im Reinen gewesen war. Vielleicht dann, wenn er gespürt hatte, dass ihm eine Szene, ein Kapitel für die Ewigkeit gelungen war.

Und wann war er, Matuszek, eins mit sich und der Welt? Wenn er eine Frau begehrte? Wenn er etwas Außergewöhnliches kochte? Mit seinem Job verband er keine erfüllten Augenblicke.

Auf der Höhe der Gertraudenkirche führte Matuszeks Heimweg durch den Anger, eine vierreihige Lindenallee entlang, tagsüber nicht ganz so belebt wie jene in Berlin. Auf der anderen Seite der Straße reihten sich drei- bis vierstöckige Häuser aus der Gründerzeit oder in der Weimarer Republik erbaut. Unter einem dieser Dächer wohnte er in einer Maisonette-Wohnung. Von oben konnte er bei Tageslicht seinen Blick über die Baumwipfel hinweg schweifen lassen ins Urstromtal der Oder, zu den Oderwiesen auf der polnischen Seite, bis hin zum bewaldeten Moränenzug dahinter und einigen vereinzelten Häusern dazwischen.

Da es jetzt im Sommer unter dem Dach zu heiß zum Schlafen war, hatte er sich im Wohnzimmer eine bequeme Schlafcouch eingerichtet. Darauf setzte er sich, ohne das Licht einzuschalten, legte die Beine auf den Glastisch und schaute durch das geöffnete Balkonfenster hinaus in die Nacht. Die Baumkronen leuchteten im Licht der Straßenlaternen, durch ihre Wipfel zog ein leichter Wind. Bernd Matuszek rauchte acht Zigaretten, trank zwei Irish Whisky mit Eiswürfeln und schlief im Morgengrauen ein.

3

Bei Familie Miłosz klingelte um 6 Uhr 15 der Wecker. Wojtek Miłosz tastete erst nach dem Wecker und dann nach seiner Brille. Kopf und Arme waren schwer, die Augenlider ließen sich nur mit Mühe öffnen. Von seiner Frau Gosia vernahm er ein kaum hörbares ‚Mach-mir-bitte-einen-Kaffee-Liebling', dann drehte sie sich auf die andere Seite. Der kleine Łukasz, dessen erste Zähne sich in der Nacht unter Schmerzen ihren Weg gebahnt und seine Eltern die halbe Nacht nicht hatten schlafen lassen, atmete friedlich am anderen Ende des Schlafzimmers.

Der Vater setzte das Kaffeewasser auf, weckte die beiden großen Kinder, begann sich anzukleiden, während er zwischendurch den Kaffee, nach türkischer Art, aufgoss, ihn seiner Frau mit einem Guten-Morgen-Kuss ans Bett brachte, sich rasierte, den Frühstückstisch deckte und die Weckbemühungen bei den Kindern intensivierte, indem er Wiktoria leicht an den Schultern schüttelte und bei Tobiasz das Licht anknipste. Eine Dreiviertelstunde später gingen er und die beiden Schulkinder pünktlich aus dem Haus.

Punkt 7 Uhr 30 betrat Wojtek Miłosz das Hauptgebäude der Słubicer Polizei in der *ul. Kazimierza Wielkiego*. Er zeigte am Eingang seinen Dienstausweis und trat durch die Glastür, deren automatische Sperre sich sofort wieder hinter ihm schloss. Sein Büro lag in der ersten Etage am Ende des Ganges. Als er eintrat, sah er seinen Mitarbeiter, den Kopf in die Hände gestützt, aus dem Fenster schauen.

„Guten Morgen, Tomek", grüßte Miłosz.

„Morgen, Chef", erwiderte dieser, indem er langsam den Kopf in seine Richtung wandte. Dieser Junggeselle, der keinen Säugling

hatte, der ihn um den Schlaf hätte bringen können, sah aus, als hätte er die ganze Nacht mit nervenaufreibenden Verhören zugebracht. Seine Haare waren zerzaust, die Augen müde.
„Ich hoffe, Sie hatten ein angenehmes, erholsames Wochenende, Chef", sagte Kriminalinspektor Tomek Włodarski mit schwerer Stimme, „und konnten viel Energie tanken. Sie werden sie brauchen, vor Ihnen liegt eine harte Woche."
Wojtek Miłosz musste lachen und erst dadurch spürte er tatsächlich zum ersten Mal an diesem Morgen so etwas wie Energie in seinem Kopf und seinem Körper.
„Du machst ein Gesicht, als wäre die russische Mafia in die Stadt eingefallen und hätte schon mindestens zehn Ladenbesitzer auf dem Gewissen."
„Schlimmer, Chef, viel schlimmer."
Kriminalkommissar Miłosz legte die Aktentasche auf seinem Schreibtisch ab und setzte sich dem Kollegen gegenüber.
„Heute Morgen hat ein Angler in den Oderwiesen einen Toten gefunden. Die Kollegen von der Spurensicherung sind bereits vor Ort. Gerade eben hat Romek angerufen und meinte, es sehe nicht nach einem natürlichen Tod aus, wir sollten sofort runterkommen."
Wojteks Blick fiel auf eine Gruppe von Jugendlichen, die unten auf der Straße von der Neubausiedlung kommend gemächlich in Richtung Gymnasium schlenderten. Der Unterricht hatte bereits vor fünf Minuten begonnen. Seine zehn Jahre alte Tochter Wiktoria rang bereits mit einer Klassenarbeit über „Herrn Cogito" von Zbigniew Herbert, zu jenem Gedicht, das sie ihm am Wochenende vorgetragen hatte:

Gedanken gehn durch den Kopf
meint eine Redensart

die Redensart überschätzt
den Gedankenverkehr

die meisten
stehn reglos
mitten in der öden Landschaft ...

„Spann mich nicht länger auf die Folter, Tomek. Was ist das Grauenvolle an dieser Leiche?"

Kriminalinspektor Włodarski antwortete nicht sofort. Miłosz dachte an seinen ersten grausamen Mordfall, der ihn bis zum heutigen Tag nicht losgelassen hatte. Wirkliche Angst hatte er davor, einmal den Mord an einem Kind aufklären zu müssen.

„Der Tote", sagte Włodarski, „ist ein Deutscher, ein Bürger der Stadt Frankfurt (Oder)."

4

Als Miłosz und Włodarski am Fundort der Leiche ankamen, war es kurz vor acht. Aus den Wiesen, die dem Fluss bei Hochwasser erlaubten, sich bis zum Deich auszubreiten, der die Stadt Słubice in einer kilometerlangen, geschwungenen Linie vom Hafen, entlang der Ausfallstraße Richtung Autobahn, bis zum Wald umgab, stieg ein schwacher Dunst hervor. Die Feuchtigkeit der Nacht verdampfte unter den ersten Strahlen der Sonne. Am anderen Ufer ragten der Oderturm, die Friedenskirche und die hohen Wohnblöcke der westlichen Oderstadt auf. Die Leiche lag hinter einem Busch etwa fünfhundert Meter vom Beginn eines Feldwegs entfernt, der in die Oderwiesen hineinführte.

„Habt ihr schon die Reifenspuren aufgenommen, die über den Weg führen?“, fragte Miłosz einen Kollegen der Spurensicherung, der nach dem Alter sein Vater hätte sein können.

„Es sind sehr viele.“

Miłosz blieb vor ihm stehen, sah ihn an und wartete.

„Sie meinen, man sollte sie trotzdem alle aufnehmen, nicht wahr?“

Miłosz nickte.

„Außerdem alle Schuhspuren, Schleifspuren und alle anderen möglichen Beweismittel, nicht wahr?“

„Ich bin mir sicher, Matkowski, dass Sie keinen noch so kleinen Hinweis übersehen werden. Nehmen Sie sich alle Zeit der Welt.“

Ein feines Lächeln zeichnete sich auf dem betagten Gesicht ab. Der alte Matkowski hatte dem jungen Kriminalkommissar drei Jahre lang das Leben schwer gemacht, bis Miłosz eines Tages herausgefunden hatte, dass Matkowski ein leidenschaftlicher Schachspieler war. Sie hatten monatelang jeden Freitagabend im Kulturzentrum *SMOK* eine Partie gespielt. Als Miłosz im

Mai zum ersten Mal gewonnen hatte, war das Eis gebrochen. Seither war Matkowski sogar bereit, Überstunden zu machen und zählte nicht mehr demonstrativ die verbliebenen Monate, Wochen und Tage bis zur Pensionierung.

„Sagen Sie, Matkowski, was schätzen Sie, wie lange der Tote hier gelegen hat?"

„Auf jeden Fall hat er einen Großteil der Nacht hier verbracht. Die Kleidung und die Haare sind feucht. Wie lange, wird die Untersuchung erweisen."

„Herr Kommissar", rief ein anderer Polizist und deutete mit einer Plastikhülle, in die man den Personalausweis mit dem Bundesadler gesteckt hatte, auf die Leiche. „Wir wollen den Herrn jetzt einpacken. Vielleicht möchten Sie vorher noch einen Blick auf ihn werfen?"

Der Tote war ein grauhaariger Mann um die sechzig. Selbst in seinem dreckigen, zerknitterten, cremefarbenen Anzug war er noch eine elegante Erscheinung. Auf den ersten Blick waren keine Spuren von Gewalt zu erkennen, es gab kein Blut, die Haut war unversehrt. Augen und Mund in dem makellosen Gesicht waren geschlossen. Kommissar Miłosz beugte sich zu dem Toten hinab. Ihm fiel auf, dass die Finger der rechten Hand auf eine Weise verkrampft waren, als ob sie etwas gehalten hätten. Am Hals waren zwar keine Druckspuren zu erkennen, aber auch hier sah das leicht verfettete Gewebe aus, als hätte es sich kurz vor dem Tod verkrampft.

„Er könnte erstickt sein", sagte Miłosz zu Włodarski, der neben ihm stand.

„Aber wohl nicht hier."

„Nein", sagte Miłosz, „hier ist die Leiche danach hingebracht worden. Der Mörder wollte offensichtlich nicht, dass man den Toten am Tatort findet. Andererseits hat er die Leiche an einen

Ort gebracht, an dem die Chancen, sie nicht zu entdecken, nicht besonders hoch sind."

„Vielleicht war es ja doch ein natürlicher Tod", gab Włodarski zu bedenken. „Schlaganfall oder Herzinfarkt."

„Wir werden es wissen, sobald die Obduktion abgeschlossen ist", sagte Miłosz. „Aber es wäre schon eigenartig, ausgerechnet hinter einem Busch in den Oderwiesen tot umzufallen und noch dazu so akkurat auf dem Rücken zu liegen zu kommen, als hätte man sich nur einmal kurz schlafen gelegt."

5

Gegen 10 Uhr brachte die Sekretärin ein unterschriftsreifes Dokument mit nachfolgendem Inhalt in Miłosz' Büro:

Sehr geehrter Herr Polizeipräsident,
hiermit beantrage ich die Hilfe von Amts wegen für die Aufklärung des mutmaßlichen Gewaltverbrechens, in Folge dessen Herr Hans-Werner Oderberg, geb. 08.10.1950 in Berlin, polizeilich gemeldet in Frankfurt (Oder), Wildenbruchstraße 3b, zu Tode kam. Die Leiche wurde am 10.09.2012 gegen 6.30 Uhr in den Oderwiesen auf dem Gebiet der Gemeinde Słubice gefunden.
Hochachtungsvoll

Krzysztof Konieczny, Polizeikommandant
Mitgezeichnet: Wojciech Miłosz, Kriminalkommissar

„Weiß der Kommandant schon Bescheid?", fragte er die Sekretärin, nachdem er seine Unterschrift unter den Brief gesetzt hatte.
„Ja, er unterschreibt unmittelbar nach Ihnen. Dann faxe ich den Brief sofort ins Frankfurter Polizeipräsidium."
„Sehr gut, könnten Sie bitte gleichzeitig auch im Sekretariat des Polizeipräsidenten anrufen, damit die Angelegenheit möglichst schnell bearbeitet wird?"
„Selbstverständlich, Herr Kommissar."
„Gut, dass wir Sie haben", sagte Miłosz. „Ihr Deutsch ist wirklich hervorragend geworden …"
„… seit ich einen Frankfurter Polizisten geheiratet habe, wollten Sie sagen. Außerdem bin ich gut informiert, was auf der anderen Seite der Oder geschieht."

Wojtek Miłosz lächelte und schaute nochmals auf den Brief, bevor er ihn zurückgab.
„Jetzt wäre ein geeigneter Augenblick, Herr Kommissar, um mich danach zu fragen, wer nach der Pensionierung von Reinhard Unglaube Ihr neuer Frankfurter Kollege sein wird."
„Wenn ich Ihre Worte richtig deute, Pani Magdo, wissen Sie es bereits."
Die Sekretärin war enttäuscht, dass ihr Chef keine besondere Neugier an den Tag legte.
„Er ist ein paar Jahre älter als Sie, gebürtiger Frankfurter und ist schon seit über 30 Jahren bei der Polizei. Er war vorher jahrelang Leiter der Soko Rechtsradikalismus. Sein Name ist Bernd Matuszek."

6

Zu Mittag hatte Miłosz' Frau ein Pilzomelett zubereitet. Dazu gab es Schwiegermutters Krautsalat. Die Pilze hatte Miłosz am Wochenende im Wald gesammelt. Nach dem Essen wickelte er den Kleinen, zog ihm einen Strampelanzug und ein Jäckchen an, setzte ein dünnes Mützchen auf und trug ihn auf dem Arm vier Treppen hinunter zum Kinderwagen, der neben der Kellertür stand. Der kleine Łukasz war bereits nach wenigen Augenblicken eingeschlafen, kaum dass er auf dem Hochwasserschutzdeich ein paar Meter gefahren war. Miłosz' Frau hatte sich derweil schlafen gelegt, bis ihr Mann mit dem Kleinen zurückkommen würde.

Wojtek Miłosz ging Richtung Stadtbrücke. An den Bäumen auf der Deichpromenade vorbei hatte man über den kleinen Hafen hinweg, in dem wie meistens kein Schiff lag, einen weiten Blick über die Oderwiesen. Miłosz streifte nur kurz mit den Augen die ungefähre Stelle, an der am Morgen der Tote gefunden worden war.

Als Miłosz mit dem Kinderwagen den schützenden Schatten der Bäume verlassen hatte, spürte er die ganze Kraft der Sonne. Er zog das Verdeck so weit, wie es ging, hoch, damit die Sonne den Klein-Łukasz nicht mehr blendete. Er krempelte die Hemdsärmel hoch und ärgerte sich, dass er sich zu Hause nicht seines Unterhemdes entledigt hatte. Nach wenigen Augenblicken klebte die verschwitzte Kleidung an seiner Haut.

Am Kreisverkehr ließ er das moderne Universitätsgebäude des Collegium Polonicum rechts liegen. In den Semesterferien war vom studentischen Leben nicht viel zu spüren. Das Collegium Polonicum glich einem riesigen Raumschiff, das in einer fremden

Welt gelandet war. In dieser Welt gingen Menschen mit Euro-Geld in Wechselstuben und kamen mit polnischen Złoty wieder heraus. Auf der kurzen Einkaufsmeile, in kleinen Geschäften und Supermärkten, wurden tägliche Einkäufe erledigt, darunter manches Schnäppchen gemacht, es wurde gegessen, getrunken und Haare geschnitten. Sprachbrocken wurden ausgetauscht und dabei waren Missverständnisse nicht zu vermeiden.

Wojtek Miłosz trat auf die Stadtbrücke, auf der ihm vor allem Autos mit deutschen Kennzeichen entgegenkamen, Wagen aus den umliegenden Landkreisen sowie einige Berliner. Die meisten waren auf dem Weg zum Großen Basar, auf dem man wegen der niedrigen Steuern fast alles billiger kaufen konnte, alle anderen begaben sich zur Tankstelle oder zum Zigarettenshop.

Auf dem gegenüberliegenden Gehweg der Stadtbrücke stand Zbyszek, der Saxophonist, der fast jeden Tag, wenn es nicht gerade regnete, hier musizierte. Zbyszek nickte ihm zu und spielte ein paar Extra-Takte für ihn.

Wojtek Miłosz überquerte mit dem Kinderwagen die 250 Meter lange Brücke. Sah man ins Wasser hinunter, konnte man die Geschwindigkeit der Strömung erkennen. Selbst jetzt im Sommer, bei einer geringen Wassertiefe von maximal zwei Metern, hätte sich selbst ein Erwachsener nicht in der Fahrrinne halten können und wäre mitgerissen worden. Plötzlich schien Kommissar Miłosz in dem Umstand, dass der Mörder sich die Mühe gemacht hatte, die Leiche an einen Platz abzulegen, an dem sie mit Sicherheit früher oder später gefunden werden würde, anstatt sie in die Oder zu werfen oder auf dem Grund eines der hiesigen Seen zu versenken, der Schlüssel für das Auffinden des Mörders zu liegen.

Den Möwen machte die Strömung überhaupt nichts aus, sie ließen sich treiben, badeten ihre Köpfchen im Wasser und schwangen sich in die Luft, begleitet vom Konzert der anderen Möwen. Miłosz schloss für einen Moment die Augen und stellte sich vor, am Meer zu sein, er vermochte sogar, die Seeluft einzuatmen.

Auf der anderen Seite der Oder folgte Miłosz der *Słubicer Straße.* Die Bäume boten immer mal wieder für ein paar Sekunden Schutz vor der Mittagsonne. Links und rechts der Straße waren vor einigen Jahren die Wohnblöcke abgerissen worden, an ihrer Stelle wucherte grüne Wiese. Nächste Woche sollte mit dem Abriss der riesigen Glasüberdachung begonnen werden, die mit dem Wegfall der Grenzkontrollen zwischen beiden Ländern ihre Funktion verloren hatte. Auch die hellblauen Gebäude der ehemaligen Grenzabfertigung sollten bis zum Frühjahr verschwinden.

Miłosz überquerte die Ampel an der *Magistrale* genannten *Karl-Marx-Straße,* der Frankfurter Shoppingmeile. Auf der anderen Seite der Kreuzung führte die *Rosa-Luxemburg-Straße* den Berg hinauf. Als es noch Grenzkontrollen gegeben hatte, stauten sich ab hier die Autos in einer kilometerlangen Schlange. Früher, auf seinem Schulweg zum Städtischen Gymnasium Nr. 1, hatte er oft die deutschen und polnischen Autos gezählt und verglichen. Oder er hatte die Kfz-Kennzeichen studiert. Wenn er eines entdeckt hatte, das er noch nicht kannte, konnte er gar nicht schnell genug nach Hause kommen, um seine Herkunft nachzuschlagen. Manchmal dachte er heute, dass er sich vielleicht mal im deutschen Fernsehen bei einem Wissensquiz bewerben sollte. Er war überzeugt, schneller als jeder Deutsche alle deutschen Kfz-Kennzeichen dem richtigen Ort zuordnen zu können.

Bevor auf der linken Straßenseite das hundert Jahre alte, schlossartige Gebäude des Städtischen Gymnasiums auftauchte, bog er in den *Lenné-Park* ein und setzte sich auf eine schattige Bank. Klein-Łukasz schlief immer noch. In diesem Park hatte er als Oberstufenschüler seine Freistunden verbracht, sich auf Klausuren vorbereitet oder war wie zufällig der schönen, dunkelhäutigen Banknachbarin gefolgt. Sie hieß Angelique, war das erste dunkelhäutige Mädchen, das er je gesehen hatte und sie hatte ihn in seinen Tag- und Nachtträumen verfolgt, solange bis er in der Tanzschule seine jetzige Frau Małgorzata, kurz Gosia genannt, getroffen hatte.

Sein Handy klingelte, Klein-Łukasz reagierte sofort, rümpfte sein kleines Näschen und verzog für einen kurzen Augenblick die Mundwinkel, als wolle er anfangen zu weinen.

„Panie Komisarzu", vernahm er die Stimme der jungen Assistenzärztin aus der Gerichtsmedizin, „die Obduktion hat interessante Ergebnisse erbracht."

„Ich höre", sagte Miłosz.

„Der Körper des Toten weist Vergiftungssymptome auf. Das Gift, das wir nachgewiesen haben, heißt Arsentrioxid, es hat weder Geschmack noch Geruch und wirkt ab einer Menge von einem Zehntelgramm ziemlich schnell."

„Ist der Mann also vergiftet worden?", fragte Miłosz.

„Das können wir nicht mit Sicherheit sagen. Wir vermuten, dass die eingenommene Menge etwas unterhalb des Schwellenwerts lag und möglicherweise nicht ausgereicht hätte, um den Tod herbeizuführen."

„Heißt das, die Todesursache war eine andere?"

„Richtig, Herr Kommissar, der Mann ist erstickt. Da der Körper keine Strangulierungsspuren aufweist, könnte er mit einem Kissen oder einem Kleidungsstück erstickt worden sein. Durch

die Wirkung des Gifts war der Körper zweifelsohne geschwächt, was die Sache für den Mörder leichter machte."
„Das heißt, es ist auszuschließen, dass sich der Mann mit dem Gift selbst töten wollte?"
„Nicht wirklich, aber was wir fast sicher ausschließen können, ist, dass er sich selbst erstickt hat."
„Haben Sie sonst noch etwas festgestellt?"
„Außerdem eine schwere Knieverletzung, die von einem Schlag mit einem metallenen Gegenstand herrühren könnte. Sie ist um dieselbe Zeit entstanden, zu der wir den Eintritt des Todes vermuten. Gestern Abend gegen 22 Uhr."
„Das sind in der Tat interessante Ergebnisse. Haben Sie vielen Dank, Pani Krystyno."
„Bardzo proszę, Panie Komisarzu."
Während des Gesprächs hatte Miłosz den Kinderwagen sanft geschaukelt, so dass sein Sohn wieder eingeschlafen war. Jetzt ging er mit raschen Schritten den Weg zurück und vergaß unterwegs sogar die Hitze und die Tatsache, dass er schwitzte. Noch von der Stadtbrücke aus weckte er über das Mobiltelefon seine Frau und bat sie, ihm den Kleinen am Hauseingang abzunehmen.
„Ich habe gerade so schön geträumt", sagte sie.
„Wovon denn?", fragte er.
„Von uns beiden, allein, am Strand einer Insel in der Südsee."

7

Als Kriminalkommissar Miłosz, immer zwei Stufen auf einmal nehmend, die erste Etage der angenehm klimatisierten Słubicer Polizeiwache erreicht hatte und in den Flur bog, wäre er beinahe über ein Kabel gestolpert, das von einer Steckdose zu einem Mikrofon führte.
„Da sind Sie ja, Panie Komisarzu," flötete eine süße, weibliche Stimme, die zu einem hübschen, brünetten Kopf gehörte. Dem dazu passenden, schlanken, wohlproportionierten Körper schenkte Wojtek Miłosz, glücklich verheirateter Vater von drei Kindern, weniger Beachtung, als es sein Kollege Tomek Włodarski noch vor einigen Minuten getan hatte.
„Ihre Mitarbeiter hatten sich schon Sorgen um Sie gemacht."
‚Wer hat die denn hier hereingelassen?', dachte Miłosz, sprach die Frage jedoch nicht aus, weil er die Antwort schon kannte. Ela Szmyt, die Nachrichtentante vom lokalen Fernsehsender, war eine Nichte der Wojewodin und verschaffte sich daher beinahe überall Zutritt.
„Wir wollen Ihnen nicht Ihre kostbare Zeit stehlen", lächelte die Dame und winkte den Kameramann heran. „Sie haben seit heute ja einen höchst brisanten Fall zu lösen, der unsere Zuschauer brennend interessiert. Wären Sie bereit, den Bürgern ein paar Fragen zu dem geheimnisvollen Toten in den Oderwiesen zu beantworten?"
Kommissar Miłosz antwortete nicht, sondern sah das Fernsehgesicht in Erwartung der ersten Frage freundlich an.
„Herr Kommissar, heute Morgen hat ein Angler in den Oderwiesen, unweit des Hafens, einen Toten gefunden. Gehen Sie von einem Gewaltverbrechen aus?"

„Davon gehe ich im Augenblick aus", antwortete Miłosz.
„Der Tote ist ein Deutscher, polizeilich gemeldet in Frankfurt (Oder). Damit Sie im Umfeld des Toten Ermittlungen anstellen können, brauchen Sie eine Genehmigung der Frankfurter Polizei. Wie sieht es damit aus?"
Miłosz ließ sich seine Überraschung darüber, dass sie bereits die Nationalität des Toten wusste, nicht anmerken, sondern entgegnete teilnahmslos:
„Wir haben heute Morgen eine entsprechende Anfrage gestellt."
„Herr Kommissar", setzte die Journalistin erneut an und dabei ein charmantes Lächeln auf. „Dies ist Ihr erster grenzüberschreitender Fall. Jeder in Słubice erinnert sich noch an den Winter 2008, als zum letzten Mal ein Deutscher auf unserer Seite ermordet wurde. Der Fall war wochenlang das Thema Nr. 1. Man hatte das Gefühl, das halbe Frankfurt würde den Mörder jagen und die halbe Stadt Słubice stand damals unter Verdacht, mit dem Mörder unter einer Decke zu stecken. Die Wellen schlugen hoch bis nach Warschau und Berlin. Was glauben Sie, Panie Komisarzu, steht uns diesmal ein ähnlicher Krieg bevor?"
An dieser Stelle brach Wojtek Miłosz in schallendes Gelächter aus, nicht jedoch als die Kamera auf ihn gerichtet war, sondern ein paar Stunden später, als er sich den Bericht im Internetfernsehen anschaute. Seine ernste, diplomatische Antwort, die er Pani Szmyt gegeben hatte, war im Grunde belanglos. Miłosz saß alleine im Büro und wartete darauf, zum ersten Gespräch mit seinem Frankfurter Kollegen Bernd Matuszek ins Polizeipräsidium zu fahren. Dabei blätterte er in den Akten des Mordfalls „H. Sommer" aus dem Winter 2008.
Nach dem Fernsehinterview hatte er seinen an die Bevölkerung gerichteten Aufruf, der Polizei sachdienliche Hinweise mitzuteilen, an die Medien rausgeschickt und einen ersten Bericht

geschrieben. Er war zum Polizeikommandanten gerufen worden, der ihm eröffnet hatte, dass Warschau bereits über den Fall informiert war.
„Falls es wieder eine deutsch-polnische Affäre wird", sagte der Kommandant, „brauchen wir Unterstützung vom Innenministerium. Und da ist es gut, dass die möglichst früh Bescheid wissen."
„Wurde damals ein Fehler begangen, den ich diesmal vermeiden kann?", fragte Miłosz.
Der Kommandant überlegte kurz, bevor er antwortete.
„Behandeln Sie die Angelegenheit wie einen ganz normalen Mordfall, schalten Sie die deutsch-polnische Komponente aus Ihrem Denken und Handeln aus. Vertrauen Sie Ihrer Intuition und Ihren Fähigkeiten und lassen Sie sich nicht aus der Ruhe bringen. Sie sind ein guter Kriminalpolizist und ich vertraue Ihnen."
Er machte eine kurze Pause.
„Kommen Sie jeden Nachmittag zwischen 15 und 16 Uhr für eine Viertelstunde zu mir und erstatten Sie mir Bericht. Dann kann ich Ihnen die Presse und Warschau abnehmen."
Wojtek Miłosz nickte.
„Wie gut ist eigentlich Ihr Deutsch, Miłosz?"
„Sehr gut, Panie Komandancie, ich brauche keinen Dolmetscher."
„Das ist gut, damit haben Sie einen weiteren Vorteil gegenüber Ihrem Vorgänger. Aber Sie wissen, dass Sie zu offiziellen Gesprächen einen Dolmetscher mitnehmen müssen?"
„Das weiß ich", antwortete Miłosz.
Vor dem Gespräch mit dem Kommandanten hatte er seinen Mitarbeiter Tomasz Włodarski ins Gebet genommen.
„Tomek, woher wusste die Journalistin, dass der Tote ein Frankfurter ist?"

„Sorry, Chef, das muss mir wohl beim Verhör mit dem Angler rausgerutscht sein."
„Ist es dir tatsächlich bei dem Verhör mit dem Angler rausgerutscht oder bei der Plauderei mit der reizenden Ela?"
„Na ja, es könnte auch so gewesen sein."
Wojtek Miłosz konnte sich ein flüchtiges Grinsen nicht verkneifen, bevor er sagte:
„Hör zu Tomek, für diesen Fall ist es wichtig, dass wir so weit wie möglich die Kontrolle darüber behalten, was die Öffentlichkeit erfährt und was nicht. Nur so können uns die Medien helfen. Deswegen", er schaute seinen Mitarbeiter direkt an, „Klappe halten und den Chef mit den Medien reden lassen."
Włodarski schaute ihn verblüfft an.
„Außerdem bin ich mir ganz sicher, dass dein Charme bei Frauen auch dann ankommt, wenn du ihn nicht mit brisanten Informationen aus unserer Arbeit würzt."

8

Kurz vor sieben fuhr Miłosz mit seinem schwarzen Skoda Fabia Kombi auf den Parkplatz des Frankfurter Polizeipräsidiums. Das Polizeipräsidium lag im Westen der Stadt, vier Kilometer vom Stadtzentrum entfernt, umgeben von Einkaufszentren, Autohäusern, Bau- und Möbelmärkten. Es war in einem Komplex dunkelroter Backsteinbauten untergebracht, der vor dem Zweiten Weltkrieg von der Wehrmacht und zu DDR-Zeiten als SED-Parteischule genutzt worden war.
Wojtek Miłosz war in Begleitung von Pani Agnieszka, einer Dolmetscherin Anfang fünfzig, die ihm gerade einmal bis zur Brust reichend, neben ihm in Richtung des Pförtnerhäuschens trippelte. Pani Agnieszka musste neben einem seiner Schritte stets zwei Schritte machen, dabei schaffte sie es noch, eine lange Damenzigarette zu rauchen.
„Die brauche ich“, erklärte sie ihm, „damit ich überhaupt eine Stunde am Stück Dolmetschen kann, ohne an Nikotinmangel einzugehen.“ Die Hitze, es waren bestimmt immer noch fünfundzwanzig Grad, schien ihr überhaupt nichts auszumachen.
Miłosz schob dem Pförtner unter einer Glasscheibe seinen Dienstausweis hindurch. Der Pförtner, ein glatzköpfiger, rotgesichtiger, alter Mann, beäugte den Ausweis von allen Seiten.
„Das ist ein polnisches Dokument, richtig?“, fragte der Pförtner.
„Das ist richtig“, antwortete Miłosz auf Deutsch.
„Es ist ein Polizeiausweis“, stellte der Pförtner fest.
„So ist es“, erwiderte Miłosz.
Der alte Pförtner betrachtete den Dienstausweis mit wachsendem Interesse, sein Blick ging einige Male zwischen dem Foto und dem Gesicht des Mannes, der ihm gegenüberstand, hin

und her, bis ihn der hohe Grad an Übereinstimmung zufrieden zu stellen schien.
„Und was wollen Sie hier, Herr Milotz?"
„Ach ja", rief Miłosz mit gespielter Überraschung und zog einen Brief aus der Innentasche seiner Jacke. „Ich habe ja noch ein Einladungsschreiben für heute um 19.00 Uhr, unterschrieben durch den Polizeipräsidenten persönlich." Er beugte sich näher an die Scheibe heran: „Es geht um einen sehr wichtigen Fall, verstehen Sie?"
Die Reaktion des Pförtners übertraf Miłosz' Erwartungen. Noch während der Pförtner das Schreiben überflog, sprang er auf, eilte aus seinem stickigen Büro hinaus und zeigte dem „Herrn Kommissar, aber ich bitte Sie, Herr Kommissar" den Weg.
„Die Deutschen scheinen dem Fall ja eine große Bedeutung beizumessen", sagte die Dolmetscherin, als sie durch die kahlen Flure gingen. „Schließlich nimmt das halbe Präsidium an dem Gespräch teil." Miłosz nickte. Auf dem Einladungsschreiben war neben dem Polizeipräsidenten persönlich noch der Name des Leiters der Mordkommission, Roland Wallmann, genannt.
„Hoffentlich nehmen es uns die Kollegen nicht übel, dass wir ohne unsere Chefs aufkreuzen."
Es war Punkt 19 Uhr, als Miłosz und die Dolmetscherin in einen fensterlosen, neonerleuchteten Raum traten, in dem sechs Personen, aufgereiht an einem langen Tisch sitzend, bereits auf sie warteten. Das grelle Licht wurde von den weiß getünchten Wänden und den weißen Modultischen, die beinahe den ganzen Raum ausfüllten, noch verstärkt. Miłosz verengte für einen Augenblick seine Augen zu schmalen Schlitzen, damit sie sich an die Helligkeit gewöhnen konnten.
„Unsere polnischen Kollegen kommen mit deutscher Pünktlichkeit", begrüßte sie fröhlich ein großer, dicker, grauhaariger

Mann, der sie anwies, sich auf die gegenüberliegende Seite zu setzen und sich als Polizeipräsident Ernst Rottenberg vorstellte. Der Polizeipräsident erklärte, dass neben ihm der Leiter der Mordkommission sitze. Als sich Miłosz später am Abend fragte, wie Wallmann ausgesehen habe, konnte er nur noch eine sehr blasse, uniformierte Erinnerung abrufen. Miłosz vermochte sich nicht daran zu erinnern, dass der Leiter der Mordkommission auch nur ein Wort gesagt hätte.

Als Rottenberg seinen Gästen zwei Gläser und zwei kleine Flaschen Mineralwasser bis an das Ende seines Modultisches herüberschob, fragte sich Miłosz, wer wohl die anderen Personen sein mochten, die der Polizeipräsident nicht vorgestellt hatte. Wenn das Treffen in einem polnischen Polizeipräsidium von vergleichbarer Größe stattfinden würde, dachte Miłosz, säßen am Tisch noch der Pressesprecher, der Personalleiter und eine Protokollantin. Tatsächlich fing die junge, rothaarige Polizistin, die rechts neben dem Polizeipräsidenten saß, sofort an zu schreiben, als Rottenberg den Kollegen links außen als Kriminalkommissar Bernd Matuszek vorstellte.

„Kollege Matuszek wird Sie hier auf der deutschen Seite in Ihrer Arbeit unterstützen“, erklärte Rottenberg. „Er ist ein sehr erfahrener Mann, dadurch werden Sie sich bestimmt gut ergänzen.“

Matuszek trug als Einziger keine Uniform, sondern eine dunkelbraune Lederjacke. Er hielt die Arme vor der Brust verschränkt und machte das mürrische Gesicht eines Mannes, der allen zeigen wollte, dass er um diese Uhrzeit bessere Dinge zu tun hatte, als hier seine Zeit mit Floskeln zu vergeuden.

Rottenberg redete von der langjährigen guten Zusammenarbeit zwischen der Frankfurter und Słubicer Polizei. Er schlug den Bogen zur partnerschaftlichen und vertrauensvollen Zusammenarbeit

auf der Landesebene, um sich schließlich unversehens in weltgeschichtlichen Gefilden wiederzufinden.
„Wenn man bedenkt, Kollege Milos, dass noch unsere Großväter aufeinander geschossen haben, und wir sitzen hier und heute bei einem guten Glas Frankfurter Wasser zusammen an einem Tisch, als Partner in einem vereinten Europa. Ist nicht die Europäische Union, wenn man es recht bedenkt, trotz all ihrer Kinderkrankheiten, das größte Friedensprojekt der Menschheitsgeschichte? Übersetzen Sie das bitte."
Pani Agnieszka hatte alles übersetzt, was Ernst Rottenberg zum Besten gegeben hatte. Miłosz sah den Polizeipräsidenten mit freundlicher, unbewegter Miene an, wenn dieser redete und wandte seinen Kopf zur Dolmetscherin, wenn es an ihr war, die Rede ins Polnische zu übertragen. Manchmal huschte ihm ein Lächeln über das Gesicht, wenn er verfolgte, wie geschickt Pani Agnieszka die eine oder andere Ausschweifung zusammenfasste.
„Ich sehe es so, verehrter Kollege Milos", erklärte der Polizeipräsident. „In der EU ist es unsere Aufgabe als Deutsche, unsere östlichen Partner an die Hand zu nehmen und ihnen einen Teil unserer Erfahrung und unseres Wissens weiterzugeben. Natürlich wollen wir uns nicht aufdrängen, sondern wir wollen helfen, wo unsere Hilfe gebraucht wird. Genau so sehe ich unsere Aufgabenverteilung in dem aktuellen Kriminalfall."
Rottenberg nahm einen Schluck Wasser, bevor er fortfuhr.
„Kollege Matuszek und Kollege Wallmann werden Ihnen jegliche Unterstützung zu Teil werden lassen. Dies hat auch Staatssekretär Moritz vom Bundesinnenministerium seinem Warschauer Kollegen heute Nachmittag ausdrücklich versichert. Staatssekretär Moritz sagte mir, er habe Warschau gebeten, auf den Fall hier ein Auge zu werfen. Es ist ja im Interesse aller Beteiligten,

Kollege Milos, dass dieser Fall hier reibungslos über die Bühne geht. Unsere Warschauer Kollegen, so sagte mir Berlin, sehen dies ganz genauso. In diesem Sinne – auf eine gute Zusammenarbeit."
Rottenberg prostete Miłosz mit dem Wasserglas zu. Miłosz wartete auf die Übersetzung und nutzte die Sekunden, um sich seine Verärgerung einzugestehen und sie dadurch abzumildern. ‚Was bilden sich diese Deutschen eigentlich ein?', dachte Miłosz.
„Panie Prezydencie", erwiderte Miłosz auf Polnisch, „erlauben Sie mir, dass ich mich im Namen des Kommandanten der Słubicer Polizei bei Ihnen vielmals für die zugesagte Unterstützung bedanke."
Er beobachtete seinerseits die Anwesenden daraufhin, ob auf ihren Gesichtern, während er in seiner Muttersprache redete, Zeichen des Verstehens auszumachen wären. Fehlanzeige. Und Matuszek hielt immer noch die Arme verschränkt, hatte seine Augen geschlossen und das Kinn auf die Brust gestützt.
„Wir sehen uns in dieser Zusammenarbeit als ein Partner auf Augenhöhe. Und für den Fall, dass Sie unter umgekehrten Vorzeichen eines Tages einmal die Unterstützung der Słubicer Polizei benötigen werden", sagte Miłosz, „können Sie dessen gewiss sein, dass dann auch wir dafür Sorge tragen werden, dass alle Ebenen, von Gorzów bis Warschau, Gewehr bei Fuß stehen werden."
Pani Agnieszka übersetzte seine Worte genauso, wie er sie hatte sagen wollen. Rottenberg lächelte ebenso jovial wie zu Beginn des Gesprächs.
„Ich denke, für Erste sind alle wesentlichen Fragen geklärt", sagte der Polizeipräsident und erhob sich von seinem Stuhl. Um Miłosz die Hand zu schütteln, musste er soweit über den Tisch reichen, dass sein Bauch an der Tischkante mehrere Zentimeter eingedrückt wurde.

„Also noch einmal auf gute Zusammenarbeit, Kollege Milos. Das weitere operative Vorgehen können Sie jetzt mit dem Kollegen Matuszek direkt besprechen. Ihre Dolmetscherin hat ja hoffentlich noch ein bisschen Zeit. Kollege Matuszek kann zwar ein bisschen Polnisch, soweit ich weiß, hatte er einige überaus attraktive Lehrerinnen, aber für die Polizeiarbeit dürfte es nicht ganz ausreichen."

Mit Präsident Rottenberg verließen auch der Leiter der Mordkommission, der vermutliche Pressesprecher und der mutmaßliche Personalmensch den Raum.

„Grüßen Sie Ihren Chef von mir!", sagte der Präsident beim Hinausgehen.

Als die Tür ins Schloss gefallen war, schaute die junge, rothaarige Polizistin über mehrere leere Stühle zu Bernd Matuszek, der am anderen Ende des Tisches saß und seinen polnischen Kollegen musterte, als hätte er ihn gerade erst entdeckt.

„Brauchen Sie mich noch, Herr Kommissar?", fragte die Protokollantin lustlos.

Matuszek sah sie an: „Selbstverständlich brauche ich Sie noch. Wir müssen doch schließlich festhalten, wer in diesem Scheißspiel welche Rolle spielt. Sagen Sie bloß, Sie haben bisher auch nur einen einzigen halbwegs relevanten Satz aufschreiben können?"

Die junge Kollegin errötete leicht, Pani Agnieszka dolmetschte ungerührt weiter.

„Nun zu uns beiden, Kollege Miłosz", sagte Matuszek, wobei er den Namen fehlerfrei aussprach: *Miłosch*, mit „sch" am Ende und einem „ł" wie das „w" in „Whisky". Matuszek erhob sich und setzte sich neben die junge Polizistin, Miłosz unmittelbar gegenüber.

„Wir müssen in der nächsten Zeit wohl oder übel eng zusammenarbeiten. Dabei ist es extrem hinderlich, wenn jedes Wort gedolmetscht werden muss."

Er schaute Miłosz an, während die Dolmetscherin ausredete. Miłosz wandte den Blick von Pani Agnieszka zu Matuszek.
„Dort, wo es für unsere Arbeit nützlich ist, kann ich mich in der Tat auch der deutschen Sprache bedienen", sagte Miłosz in perfektem Deutsch mit einem kaum hörbaren Akzent.
„Sie haben Ihre Rolle nicht schlecht gespielt", sagte Matuszek ungerührt. „Eins zu null für Sie."
Pani Agnieszka verabschiedete sich auf Deutsch in die langersehnte Zigarettenpause.
„Gehe ich Recht in der Annahme, Kollege Matuszek, dass Sie nun bestrebt sind, den Ausgleich zu erzielen?"
Matuszek ging darauf nicht ein.
„Ich will gleich zu Beginn Eines klarstellen", sagte Matuszek. „In der Ermittlungsarbeit auf der deutschen Seite habe ich das Sagen. Sie begleiten mich, damit Sie alle Ergebnisse für die Aufklärung Ihres Falles verwenden können. Aber Sie mischen sich in die Verhöre nur dann ein, wenn ich Sie dazu ausdrücklich auffordere. Sind Sie damit einverstanden?"
„Ich bin damit einverstanden", erwiderte Miłosz.
„Genauso mische ich mich nicht in Ihre Arbeit auf der Słubicer Seite ein. Ich bin nicht scharf darauf, mit Ihnen auf der polnischen Seite zu ermitteln. Anders als mein Chef bin ich nicht der Auffassung, dass ich Ihnen auf die Finger schauen muss. Ich habe gleichzeitig noch ein paar andere Fälle zu bearbeiten. Dass der Oderberg auf eurer Seite gefunden wurde, passt mir gar nicht. Jegliche Arbeit, die damit verbunden ist, ist praktisch zusätzlich zur anderen Arbeit zu erledigen."
Matuszek lüftete seine Jacke, als ob ihm zu warm wäre.
„Wie lange sind Sie schon bei der Polizei, Miłosz?"
„Vier Jahre, mit Ausbildung sieben Jahre."
„Dann sind Sie also noch nicht einmal dreißig Jahre alt?"

„Ich bin Anfang dreißig. Bevor ich in den Polizeidienst gegangen bin, habe ich Philosophie und Psychologie studiert."
Matuszek antwortete nicht darauf, er zog lediglich die Augenbrauen hoch.
„Ist das Ihr erster Mordfall?", setzte Matuszek die Befragung fort.
„Nein, es ist mein dritter. Aber es ist das erste Mal, dass ich die Ehre habe, dabei etwas von meinen Frankfurter Kollegen zu lernen."
Matuszek grinste.
„Alles klar, Kollege, dann steht unserem ersten Einsatz ja nichts mehr im Wege. Oderbergs Witwe wurde gegen 14 Uhr telefonisch benachrichtigt. Wir werden sie morgen früh um neun Uhr besuchen. Warten Sie um acht Uhr fünfundvierzig auf dem Parkplatz auf mich. Wir fahren dann zusammen hin."
Matuszek war schon aufgestanden.
„Können Sie bis morgen in Erfahrung bringen, wann der Leichnam zur Beerdigung freigegeben werden kann."
„Ich habe eine erweiterte Obduktion angeordnet, weil die ersten Ergebnisse nochmals überprüft werden müssen. Aus jetziger Sicht würde ich sagen, wir sind morgen Abend damit durch."
„Nur so aus Neugier, können Sie schon sagen, wie das Opfer zu Tode gekommen ist?"
„Es sieht so aus, als wäre der Mann nicht nur einen Tod gestorben."
„Wie meinen Sie das?", fragte Matuszek.
„Oderberg ist vermutlich erstickt, wahrscheinlich aber auch vergiftet worden", antwortete Miłosz.
„Da wollte jemand wohl auf Nummer sicher gehen."
„Oder der Mörder hat sich so ungeschickt angestellt, dass der erste Versuch fehlgeschlagen ist."
„Vielleicht wird der Fall ja doch spannender, als ich befürchtet habe", meinte Matuszek.

9

Auf dem Weg nach Hause schaltete Matuszek im Auto das Handy wieder ein. Während er mit der linken Hand lenkte, klickte er sich mit der rechten zu einer SMS von Marzena durch, die sie um 18:12 Uhr abgeschickt hatte: ‚Dzięki für das köstliche Essen und die wunderbare Nacht!!! Du hattest bestimmt einen langen, harten Tag. Was hältst du von einer Pizza bei Luigi? Ich lade dich ein ☺. M.'

Matuszek zögerte mit der Antwort. Die Aussicht auf eine Nacht mit Marzena war verlockend, die Vorstellung eines langen Abends im Restaurant, in dessen Verlauf er viel zuhören und – schlimmer noch – selbst reden müsste, erschien ihm in diesem Augenblick eine reine Qual. Er spürte eine unbestimmte Wut in sich aufkommen und bremste abrupt bei Gelb an der nächsten Ecke. Er simmste zurück: ‚Heute nicht, Kochanie. Bin zu nichts mehr zu gebrauchen. Nur noch auspowern in der Muckibude. B.'

Bernd Matuszek blieb über eine Stunde im Fitnesscenter, bis sein Kopf völlig leer war und seine Muskeln schmerzten. Er steuerte seinen schwarzen Mini, statt nach Hause, zum Marktplatz.

Die *Bar am Marktplatz* war fast leer. Zwei junge Pärchen, wahrscheinlich Studenten, saßen auf einem der weißen Ecksofas, lachten und tranken.

‚Was habe ich hier verloren?', dachte Matuszek und steuerte auf den Tresen zu. Der junge Mann an der Bar arbeitete schon seit einiger Zeit hier, das Mädchen, das den Kaffeeautomaten bediente und dessen schlanke Figur und langen, schwarzen Haare er zunächst nur von hinten sah, glaubte er zum ersten Mal zu sehen.

Er bestellte beim Barkeeper einen Chivas und setzte sich auf den Barhocker. Alles nervte ihn, das grelle Licht, die Popmusik, die beiden Pärchen auf dem Sofa, die jetzt einen Wettbewerb im Synchronknutschen zu starten schienen und vor allem der Barkeeper, der ihm den Whisky mit einer solch aufreizenden Handbewegung auf den Tresen stellte, dass er an sich halten musste, um ihm das Whiskyglas nicht mit der flachen Hand in sein grinsendes Gesicht zu fegen.
Jetzt drehte sich das Mädchen um und starrte ihn an.
„Du hier?", sagte sie mit leichtem, französischem Akzent. „Ganz allein?"
„So sieht's aus."
„Wo hast du Marzena gelassen?"
„Bei sich zu Hause, vermute ich."
„Warum bist du nicht bei ihr?"
„War ein langer Tag, wollte allein sein", brummte Matuszek.
„Ihr habt euch doch nicht gestritten?"
„Nein, überhaupt nicht."
„Sie war sehr glücklich heute Morgen", sagte Camille, Marzenas beste Freundin.
Matuszek nahm einen Schluck Whisky, fühlte sich beschissen und sträubte sich gleichzeitig dagegen, sich beschissen zu fühlen.
„Seit wann jobbst du hier?"
„Seit heute."
„Hast dich praktisch mit Marzena abgelöst."
Camille gab zwei Latte Macchiato an ihre Kollegin raus. Drei Leute für fünf Gäste, das war mindestens einer zu viel. Der Barkeeper wandte sich gerade zwei neuen Gästen zu, Marzenas beste Freundin hatte genug Zeit, Matuszek weiter zu nerven.
„Marzena hatte sich echt gefreut, dich heute Abend wieder zu sehen. Und sei es nur, um einfach zusammen zu sein."

Matuszek trank den Whisky aus und begann, sich etwas besser zu fühlen. Er winkte Camille zu sich heran. Als ihr Gesicht kaum mehr einen halben Meter von dem seinen entfernt war, flüsterte er ihr zu.

„Du kannst deiner Freundin was ausrichten. Scheinst sie ja öfter zu sprechen als ich. Hör zu. Erstens. Auch für mich war es ein toller Abend. Zweitens. Auch in Zukunft werde ich mir das Recht herausnehmen, einen Abend allein zu verbringen. Drittens. Dies tue ich, wann immer und wo immer ich es will. Bonne nuit."

Er legte geräuschvoll ein paar Münzen auf den Tresen und verließ die *Bar am Marktplatz,* in der er Marzena im Dezember letzten Jahres kennen gelernt hatte.

10

Es war fünf nach neun am Dienstagmorgen, der Słubicer Kriminalkommissar Wojtek Miłosz stand schon seit über zehn Minuten vor dem Haus in der Wildenbruchstraße 3b und wartete auf Matuszek. Matuszek hatte ihm eine SMS geschickt, dass er direkt zum Haus der Witwe fahren und auf der Straße auf ihn warten solle. Es tröpfelte ein wenig und über Nacht hatte die Sommerwärme dem nahenden Herbst Platz gemacht. Miłosz fröstelte, die Kälte ergriff zunächst die Füße, weil die Halbschuhe sie nicht wärmten, und kroch unter den dünnen Stoff seiner Anzughose, um sich von dort entlang der Beine auszubreiten. Miłosz war verärgert darüber, warten zu müssen und erwog, sich wieder in sein Auto zu setzen, das in Sichtweite des Hauseingangs in einer Parkbucht stand. Stattdessen entschied er sich dafür, auf dem Gehweg zwischen den Straßenecken hin- und her zu laufen, um sich aufzuwärmen.

Die Wildenbruchstraße war gesäumt von vierstöckigen Gründerzeithäusern mit sorgfältig renovierten Fassaden und adretten Vorgärten. Jeder Hausgiebel wies eine andere Verzierung auf. Gewiss, es war eine gehobene Wohngegend, doch von einem Bauunternehmer mit knapp hundert Mitarbeitern hätte er den Besitz eines großzügigeren, individueller gestalteten Einfamilienhauses erwartet, draußen in Kliestow oder Markendorf. War der Ermordete ein bescheidener Mann oder wollte er seinen Reichtum verbergen? Oder quoll die Wohnung, die er gleich sehen würde, nur so über vor Kunstschätzen und Perserteppichen? ‚Wo bleibt der Kerl bloß?', dachte Miłosz und meinte Matuszek. Miłosz hatte bereits aufgehört zu zählen, wie oft er an Hausnummer 3b vorbeigekommen war. Kalte Nässe kroch in die

Beine und in den Nacken, die Wollmütze, die den Regen abhalten sollte, war schon fast völlig mit Wasser vollgesaugt. Miłosz dachte grimmig, dass er schon die gesamte Häuserzeile aus dem Gedächtnis zeichnen könne, obwohl Zeichnen nicht seine Stärke war.

Hinter einer Gardine in der zweiten Etage verborgen stand die Witwe Hans-Werner Oderbergs und sah gegen neun Uhr zwanzig, wie ein dunkelhaariger Mann mit brauner Lederjacke und ohne Mütze auf den wartenden jungen Mann zugelaufen kam. Nach kurzem Wortwechsel liefen die Männer, der Ältere voran, auf den Hauseingang zu. Margarethe Oderberg trat vom Fenster zurück und ging durch den Salon in Richtung Flur. Vor dem Spiegel strich sie ihren Rock gerade, der eng um ihre schlanke Taille anlag und schob eine Strähne des blond gefärbten Haares aus der Stirn. Die Türklingel ertönte genau in dem Augenblick, in dem sie sich vom Spiegel abwandte.

Kurze Zeit später brachte eine ältere Dame, gekleidet wie eine Wiener Kaffeehauskellnerin, Tee mit Kandiszucker und Gebäck in den Salon. Matuszek sprach der Witwe sein Beileid aus und bat um Verständnis dafür, bereits so kurz nach dem Tod ihres Mannes Fragen stellen zu müssen. Margarethe Oderberg saß mit aufrechter Haltung auf einem weißen Ledersofa und hielt die Hände im Schoß gefaltet. Sie erwartete die Fragen mit einem aufmerksamen Blick, den sie ruhig zwischen Miłosz und Matuszek wechseln ließ.

„Frau Oderberg, es deutet alles darauf hin, dass Ihr Mann Opfer eines Gewaltverbrechens geworden ist. Hat Ihr Mann Feinde gehabt?"

„Gewiss hatte er Feinde", antwortete Margarethe Oderberg. „Er ist sofort nach der Wende in das Baugeschäft eingestiegen und beherrschte von Anfang an den Markt. Er war eher ein Hai denn ein kleiner Fisch. So hat er sich auch verhalten, gegenüber Konkurrenten und gegenüber Mitarbeitern, die nicht mitzogen. Es gibt in der Stadt unzählige Menschen, die sich mehr als einmal gewünscht haben, er wäre tot."

„Wie kommen Sie darauf?", fragte Matuszek.

„Wenn mein Mann etwas von seiner Arbeit erzählt hat, als Bauunternehmer oder als Politiker, hat er oft vom Ärger anderer auf ihn berichtet. Manchmal hat er gesagt: Der und der würde mir sofort eine Kugel in den Kopf jagen, wenn er es könnte."

„Können Sie uns den Namen von jemandem nennen, auf den dies zutreffen könnte?", fragte Matuszek.

„Sein Hauptkonkurrent im Baugewerbe, Wolfgang Bandemer, oder Max Wunderlich, sein langjähriger Prokurist. Den hat er von einem Tag auf den anderen entlassen. Aber natürlich will ich niemanden direkt des Mordes verdächtigen."

„Hat Ihr Mann einmal von einer Morddrohung berichtet?"

„Davon ist mir nichts bekannt."

„Hat sich in letzter Zeit irgendetwas ereignet? Ist Ihnen an Ihrem Mann etwas Ungewöhnliches aufgefallen?"

Frau Oderberg schaute auf ihre schlanken, gepflegten Hände und strich zum wiederholten Male den Rock glatt.

„Ich kann mich an nichts Außergewöhnliches erinnern. Er war hier in der Wohnung so wie immer, freundlich und höflich. Wenn er vom Geschäft oder von der Politik erzählte, auch von Menschen, die ihn gehasst haben, dann meistens mit Sarkasmus, aber gelassen, nie wütend oder beunruhigt. Sie müssen wissen, wir haben nicht viel miteinander geredet. Wir haben einmal in der Woche miteinander zu Abend gegessen, immer mittwochs

von 19.00 Uhr bis 20.30 Uhr. Ansonsten war er viel unterwegs und ich bin oft zu Besuch bei einem der Kinder."
„Wie viele Kinder haben Sie?", fragte Matuszek.
„Mein Mann hat einen Sohn aus erster Ehe, der in Hamburg lebt. Ich habe eine Tochter aus erster Ehe in Brüssel und unser gemeinsamer Sohn wohnt mit seiner Familie an der Ostsee."
„Gibt es auch jemanden aus dem Verwandtenkreis, den Sie auf die Liste derer setzen würden, die Ihrem Mann den Tod wünschten?", fragte Matuszek.
„Sein jüngerer Bruder, seine Schwester, seine erste Frau, sein ältester Sohn", antwortete die Witwe ohne zu zögern.
Matuszek schwieg eine Weile und schaute die Dame mit ungespieltem Erstaunen an.
„Und wie standen Sie zu Ihrem Gatten?", fragte Matuszek.
„Ich?", entgegnete die Witwe Oderberg. Sie lachte laut und herzlich, ohne Bitterkeit, ganz so als hätte Matuszek ihr von einer das Herz erwärmenden und lustigen Begebenheit erzählt.
„Wissen Sie, es gab Jahre, in denen ich beinahe wöchentlich damit gerechnet habe, dass er eines gewaltsamen Todes sterben würde. Mein Mann war jemand, der über Leichen gegangen ist. Da schien es mir und vielleicht auch ihm nur eine Frage der Zeit. Doch als ich gestern Ihren Anruf bekam, war ich überrascht. Die letzten Jahre waren etwas ruhiger, ich habe schon länger nicht mehr daran gedacht, dass er ...".
„Sie haben meine Frage noch nicht beantwortet, Frau Oderberg", beharrte Matuszek.
Margarethe Oderberg schaute auf irgendeinen Punkt, der an einer weit entfernten Wand des Salons zu liegen schien, als sie einmal tief einatmete und die Luft dann kräftig durch die Nase ausstieß.
„Er fehlt mir nicht. Er ist mir in den letzten Jahren sehr fremd geworden, noch fremder als vorher. Die Wohnung bietet genügend

Platz, um nebeneinander her zu leben, wissen Sie. Möchten Sie noch etwas Tee?"
Die Haushälterin kam herbeigeschwebt und schenkte nach. Der Earl Grey schmeckte vorzüglich.
„Ihr Mann wurde gestern Morgen in einem Gebüsch in den Oderwiesen auf dem Gebiet der Gemeinde Słubice aufgefunden. Deswegen leite ich die Ermittlungen zusammen mit Kriminalkommissar Miłosz von der Słubicer Polizei. Wenn Sie gestatten, wird er Ihnen auch ein paar Fragen stellen."
Margarethe Oderberg wandte ihren Blick Miłosz zu, ihr Gesicht verriet keinerlei Regung.
„Wissen Sie", begann Miłosz, „ob sich Ihr verstorbener Mann von Zeit zu Zeit in Polen aufhielt?"
„Nein", entgegnete Frau Oderberg. „Davon habe ich keine Kenntnis."
„Hatte er polnische Bekannte oder Geschäftspartner?", fragte Miłosz weiter.
„Ich weiß, dass er polnische Mitarbeiter hatte, einen Bauleiter und eine oder zwei Baukolonnen. Er arbeitete auch eine Zeitlang mit einer polnischen Baufirma zusammen, aus Reppen, glaube ich."
„Aus Rzepin, meinen Sie", korrigierte Miłosz.
„Ja", erwiderte Frau Oderberg, „wir meinen wohl denselben Ort."
„Können Sie mir den Name dieser Firma nennen?", fragte Miłosz.
„Tut mir Leid, den weiß ich nicht."
„Kennen Sie den Namen des polnischen Bauleiters?"
„Bedaure, aber in der Firma meines Mannes wird man Ihnen gewiss Auskunft geben können."
„Frau Oderberg", übernahm Matuszek erneut das Gespräch, „ich muss Sie leider noch fragen, wo Sie zur wahrscheinlichen

Tatzeit gewesen sind: Sonntagabend zwischen 21 Uhr und Mitternacht."

„Gewiss müssen Sie das fragen, Herr Kommissar. Ich war am Wochenende bei meiner Tochter und ihrer Familie in Brüssel. Gegen 22 Uhr bin ich auf dem Flughafen Schönefeld gelandet, dort hat mich der Chauffeur meines Mannes mit einem Firmenwagen abgeholt. Ich vermute, dass ich etwa drei viertel zwölf in die Wohnung gekommen bin."

Matuszek bat die Witwe darum, Namen und Telefonnummern des Fahrers und der drei Kinder aufzuschreiben. In der Zwischenzeit wolle er sich mit seinem Kollegen in der Wohnung und insbesondere in den Räumen des Ermordeten ein wenig umsehen. Die Wohnung war groß, schätzungsweise weit über 200 Quadratmeter, wahrscheinlich war sie aus zwei, vormals getrennten Wohnungen zusammengelegt worden. Sie war so aufgeteilt, dass die Eheleute Oderberg darin tatsächlich zwei voneinander völlig unabhängige Leben führen konnten. Der Eingangstür am nächsten waren die Zimmer, die der Ermordete bewohnt hatte, ein kleines, sparsam eingerichtetes Schlafzimmer, ein kleines Badezimmer mit Dusche aber ohne Badewanne und ein großes Arbeitszimmer mit Balkon. Die Witwe Oderberg hatte neben einem eigenen, großen, wohnlich eingerichteten Badezimmer nur ein weiteres Zimmer zur Verfügung, das jedoch groß genug war, um ein Bett, mehrere Kleiderschränke, Sessel und Bücherregale zu beherbergen. Außer hunderten von Büchern à la Simmel, Konsalik und Nora Roberts verriet das Zimmer auf den ersten Blick keinerlei geliebte Freizeitbeschäftigung ihrer Bewohnerin. Die Haushälterin hatte ein kleines Zimmer am Ende der Wohnung, ein Blick ins Bücherregal deutete darauf hin, dass sie einen ähnlichen Literaturgeschmack zu haben schien wie die Witwe. Unmittelbar neben dem Zimmer der Haushälterin mit Namen Elisabeth Schlü-

ter befand sich die Küche, deren Größe und Ausstattung einem mittelgroßen Restaurant zur Ehre gereicht hätte. Als Miłosz staunend in der Küche stand, fragte er die Witwe Oderberg, welchem Zwecke eine Küche von solchen Ausmaßen diene.
„Mitte der neunziger Jahre, als mein Mann die Entwicklung seiner Firma verstärkt mit politischen Aktivitäten unterstützte, hat er des Öfteren seine Parteikollegen, manchmal auch Geschäftspartner, zum Abendessen zu uns eingeladen. Nachdem wir Elisabeth eingestellt hatten, war so etwas möglich. Sie kocht hervorragend."
„Darf ich Sie fragen, wie lange Ihr Mann Stadtverordneter war?", fragte Miłosz.
„Von 1993 bis 2008", antwortete die Witwe Oderberg.
„Und für welche Partei saß er in der Stadtverordnetenversammlung?"
„Für die Blaue Partei. Wahrscheinlich stehen 90% aller Bauunternehmer dieser Partei nahe, nicht wahr?"
Miłosz sah ein leichtes Lächeln über das Gesicht der Dame huschen und antwortete mit einem ebenso kurzen Lächeln. Er schätzte Margarethe Oderberg auf Anfang fünfzig, also knapp zehn Jahre jünger als ihren ermordeten Mann. Sie hatte ein schlankes Gesicht mit harten Zügen, ihre blauen Augen sahen müde aus, aber er konnte sich vorstellen, dass sie einmal in einem schönen Gesicht geleuchtet haben mögen. Sie hatte die Haare zu einem Dutt zusammengesteckt, vielleicht hatte sie sie früher einmal offen getragen.
Miłosz suchte das Arbeitszimmer des Ermordeten auf, in dem Matuszek an dessen Schreibtisch saß, mit dem Rücken zur breiten Fenstertür, die auf den Balkon hinausführte.
„Für dieses Zimmer werden wir uns wohl noch einmal mehr Zeit nehmen müssen. Auf dem Schreibtisch liegt nichts Besonderes herum."

Miłosz' Aufmerksamkeit war von dem Ausblick gefesselt, der sich hinter dem Balkon auftat. Man sah in ein grünes Meer von Blättern und dicken Stämmen von Eichen und Buchen, von dem durch ein gekipptes Fenster der Geruch von nassem Laub ins Zimmer strömte. Man hörte immer noch, wie der Regen fiel.
„Es ist eigenartig, dass Oderberg es offensichtlich vorzog, diesen herrlichen Ausblick in seinem Rücken zu haben, anstatt hinauszuschauen", sagte Miłosz.
„Oderberg war wohl kein gewöhnlicher Mensch", erwiderte Matuszek.
Miłosz trat an das Bücherregal und ließ seinen Blick über die Bücherrücken gleiten. Neben einigen Bänden zum Baurecht und einer bunten Mischung von Belletristik, Schiller und Goethe, Hermann Kant und Christa Wolf, Heinrich Böll und Jurek Becker, von denen die meisten Werke noch zu DDR-Zeiten verlegt worden waren, nahm Reiseliteratur den weitaus größten Platz ein. Den Schwerpunkt bildeten Lateinamerika, Afrika und Asien, hier gab es kaum ein Land, das fehlte.
„Verdammt, hat der Mann denn keine Laster gehabt?", fragte Matuszek gereizt. „Es gibt hier keine Minibar, keine Aschenbecher, keine Pornohefte."
„Vielleicht hatte er keine Laster", sagte Miłosz, „aber er hatte offensichtlich eine Leidenschaft: das Reisen. Je exotischer, desto besser."
Miłosz nahm ein Buch über Mozambique aus dem Regal. Aus mehreren Seiten lugten kleine, rosafarbene Klebestreifen heraus. Miłosz schlug eine der Seiten auf und stieß auf einen bebilderten Artikel über die Hauptstadt Maputo. Er las einen Absatz, der mit einem gelben Textmarker gekennzeichnet worden war: *Die Stadt ist geprägt vom Widerspruch zwischen dem weltläufigen Stadtzentrum, in dem die heimische Oberklasse mit westlichen Touristen*

wetteifert und den armseligen Barackensiedlungen der Vorstädte. An der Rue du Maréchal Foch sind diese beiden Welten nur ein paar hundert Meter voneinander entfernt.

„Unser Bauunternehmer scheint noch eine andere Seite gehabt zu haben“, sagte Miłosz, „so etwas wie ein soziales Gewissen.“

„Der doch nicht!“, rief Matuszek zurück.

„Nicht hier zu Hause“, räumte Miłosz ein, „in Ländern der Dritten Welt vielleicht doch.“

Matuszek trommelte ungeduldig mit den Fingern auf die Schreibtischplatte.

„Fassen wir mal zusammen: Die halbe Stadt ist tatverdächtig, mindestens zwanzig bis dreißig Personen kommen unmittelbar in Frage. Im Vordergrund stehen wirtschaftliche und politische Motive.“

Wojtek Miłosz schwieg und nahm einen Band über Thailand aus dem Buchregal.

„Unter den Tatverdächtigen sind auch Familienangehörige“, setzte Matuszek seine Überlegungen fort. „Hier können sowohl finanzielle als auch persönliche Gründe eine Rolle gespielt haben. Tiefe Verletzungen, Eifersucht, Rache. Wir müssen Einsicht in das Testament bekommen, damit wir wissen, wer hier bedacht wurde und wer nicht.“

Miłosz las eine Stelle, die mit Kugelschreiber unterstrichen war: *Die Schönheit der thailändischen Küste ist atemberaubend. Kleine Fischerdörfer und lange, weiße, beinahe unberührte Sandstrände wechseln einander ab. Die fernöstliche Fauna rundet das Bild zu einem perfekten Urlaubsparadies ab.*

„Hätten Sie vielleicht die Güte, mit mir zu kommunizieren, Herr Kollege, anstatt mit Urlaubsreiseführern“, sagte Matuszek.

„Gewiss doch, Herr Kollege“, sagte Miłosz, ohne das Buch aus der Hand zu legen. „Ich bin ganz Ohr.“

„Wir brauchen Wochen, um mit jeder verdächtigen Person mindestens einmal gesprochen zu haben“, meinte Matuszek. „Wir brauchen Verstärkung. Haben Sie noch einen Kollegen, den Sie auf den Fall ansetzen können?“

Miłosz sah kurz aus dem Buch auf:

„Ich habe einen Mitarbeiter, den ich für den Fall abstellen könnte. Aber erst nachdem ich mir selbst ein Bild gemacht habe.“

„Müssen Sie dafür erst die gesamte Reisebibliothek des Herrn Oderberg durchlesen?“

Miłosz antwortete nicht, sondern überflog stattdessen weitere von Oderberg markierte Stellen.

„Ich werde mir in der Zwischenzeit mal das Passwort von Oderbergs Laptop besorgen“, sagte Matuszek und verließ das Arbeitszimmer.

Die Witwe Oderberg stand am Fenster des Salons und schaute auf die Straße hinaus. Matuszek fiel ihre schlanke Figur auf, sanfte Rundungen schienen vom grauen Kleid verdeckt werden zu sollen.

„Frau Oderberg?“, begann Matuszek.

Die Witwe drehte sich nicht sofort um. Nachdem sie es getan hatte, schaute sie ihn mit festem Blick an.

„Möchten Sie Ihren Mann noch einmal sehen? Die Obduktion wird morgen beendet sein.“

„Nein, danke, Herr Kommissar.“

„Wissen Sie schon, wann die Beerdigung stattfinden soll?“

„Mein Mann hatte sich gewünscht, auf dem Hauptfriedhof bestattet zu werden. Wenn der Leichnam freigegeben wird, kann er von einem hiesigen Unternehmen abgeholt werden. Ich habe heute Morgen veranlasst, dass man sich mit den Słubicer Behörden in Verbindung setzt, damit der Transport stattfinden kann. Die Beerdigung ist für Freitag angesetzt.“

Matuszek sah sein Gegenüber erstaunt an, Margarethe Oderberg verzog keine Miene.
„Sind Sie im Besitz eines Testamentes Ihres Mannes?"
Frau Oderberg schüttelte den Kopf.
„Das befindet sich beim Notar, Kanzlei Westerfeld."
„Kennen Sie den Wortlaut des Testaments?"
„Bedaure, nein."
„Interessiert es Sie gar nicht, wem Ihr Mann sein Vermögen vermacht hat?"
Die Witwe Oderberg lachte erneut ihr unergründliches Lachen.
„Es interessiert mich nicht im Geringsten. Darum soll sich der Notar kümmern. Was mich angeht: Ich habe mit Unterstützung meines verstorbenen Mannes einen gewissen Betrag zurückgelegt, der es mir erlauben wird, sorgenfrei zu leben. Meinen Kindern fehlt es materiell auch an nichts. Sie sehen, der Inhalt des Testaments ist für mich ohne Bedeutung."
„Gibt es jemanden, für den das Testament sehr wohl von Bedeutung ist?"
„Vielleicht für seinen Sohn aus erster Ehe, für seine Ex-Frau und für seine Firma."
„Vielleicht haben Sie Recht", sagte Matuszek.
Matuszek fühlte sich wie ein kleiner Schuljunge, der eine dumme Frage gestellt hatte.
„Wissen Sie zufällig, mit welchem Passwort Ihr Mann den Zugang zu seinem Laptop verschlüsselt hat?", fragte Matuszek, ohne sich große Hoffnungen darauf zu machen, dass Frau Oderberg die Antwort wissen könnte. Umso größer war die erneute Überraschung, als er die Witwe Oderberg sagen hörte:
„Freiheit1989, ohne Leerzeichen."
Als Matuszek wenige Minuten später mit Wojtek Miłosz die Wohnung der Oderbergs verlassen hatte, erhielt Miłosz eine

SMS von seinem Chef, deren Inhalt er Matuszek übersetzte.
„Wir bekommen einen Beamten vom Warschauer Innenministerium zugestellt, als Überwachung so zu sagen, dass auch ja nichts schief geht."
„Hat die Słubicer Polizei einen solch schlechten Ruf?", fragte Matuszek.
„Das weniger.", sagte Miłosz. „In Warschau wird eher befürchtet, dass uns die verehrten Nachbarn vom anderen Oderufer ein faules Ei ins Nest legen könnten."
„So etwas würden wir doch nie tun", gab Matuszek zurück.
„Ich habe noch die Worte Ihres Polizeipräsidenten im Ohr, der die Aufgabe der Deutschen darin sieht, ihre östlichen Nachbarn an die Hand zu nehmen."
„Wissen Sie, Miłosz", sagte Matuszek, „was ich ums Verrecken nicht ausstehen kann? Die Politik."
„Na dann, Kollege Matuszek, sollten Sie sich schleunigst ins Landesinnere versetzen lassen. Wenn eine deutsche Leiche, die nicht auf natürliche Weise in diesen Zustand gelangt ist, auf dem Gebiet der Republik Polen gefunden wird, dann ist das ein Politikum. Und die Aufklärung des Falles ist ein Staatsakt."

11

„Mahlzeit Bernd, du solltest öfter mal die Glotze anschalten, vor allem das Stadtfernsehen."

Bernd Matuszek schaute von der Lektüre des Vorberichts zum abendlichen WM-Qualifikationsspiel zwischen Österreich und Deutschland im Sportteil der Frankfurter Zeitung auf und sah seine Kollegin an. Kriminalinspektorin Petra Schumacher schloss die Tür des Büros und setzte sich an ihren Computer.

„Du hast die letzte Ausgabe des Stadtmagazins ‚Direkt' vom Freitag nicht gesehen, richtig?"

„Warum fragst du, du weißt doch, dass ich mir diesen Bullshit nicht mehr antue", erwiderte Matuszek gereizt. Ihn interessierte mehr, ob erneut Özil, Reus und Götze zusammen auflaufen würden oder ob Götze zunächst draußen bleiben und später gegen Reus eingewechselt werden würde.

„Dann komm mal her und schau dir das an."

Matuszek legte widerwillig die Zeitung beiseite.

„Es sei denn", hob seine Kollegin erneut an, „du hast kein Interesse an der Aufklärung deines deutsch-polnischen Falles."

„Ich verstehe nicht, was du meinst. Die Sendung ist doch vom Freitag, da war Oderberg noch quicklebendig. Außerdem weiß doch in Frankfurt noch niemand etwas von dem Fall."

„In ‚Direkt' geht es auch nicht um den toten Hans-Werner Oderberg, sondern um den quicklebendigen. Das ist ja das Interessante."

Matuszek stand neben seiner Kollegin und beugte sich über ihren Schreibtisch, um das Bild auf dem Internet-Screen besser sehen zu können. Der Chefredakteur des Stadtfernsehens begrüßte die Zuschauer in seiner gewohnt flapsigen Art, ließ ein paar

Belanglosigkeiten vom Stapel und hielt alsdann das Bild des „Mannes der Woche“ in die Kamera.
„Was!?“, entfuhr es Matuszek. „Das kann doch nicht wahr sein!“
Er hatte sich aufgerichtet, wie die plötzlich gespannte Sehne eines Bogens, um gleich darauf wieder, wie gebannt, mit weit aufgerissenen Augen und Mund am Bildschirm zu kleben.
„Mann der Woche ist der Bauunternehmer und langjährige Stadtverordnete Hans-Werner Oderberg. Vielleicht werden Sie sich fragen, liebe Zuschauerinnen und Zuschauer, wie kommt ein Bauunternehmer, also ein Erzkapitalist, dazu, bei uns, also beim unbestechlichen, guten Gewissen der Stadt, ‚Mann der Woche‘ zu werden? Wollen wir's verraten, Günter?“
Nach einem Kameraschwenk zum Co-Moderator und einer quälend langen Minute des Gelabers gewann Matuszek scheibchenweise ein anderes Bild des Ermordeten als noch am Vormittag durch die Schilderungen der Witwe und die erste Inspektion der Wohnung. Oderberg, so erfuhr man, war seit fünfzehn Jahren regelmäßiger Förderer des Frankfurter Kinderheims.
„Ausgerechnet ein Kinderheim“, kommentierte Matuszek. „Laut seiner Frau hat er seine eigenen Kinder jahrelang so behandelt, als wären sie selbst ohne Eltern.“
Oderberg habe das Kinderheim seither jeden Monat mit einem festen Betrag unterstützt. Wie hoch der Betrag gewesen war, erfuhr man nicht. Solcherlei Fragen habe der bescheidene Gönner niemals beantwortet, erklärte der Moderator. Anlass seiner Ernennung zum ‚Mann der Woche‘ war eine Sonderzahlung für die Einrichtung eines Tischtennis- und Kickerraumes im Kinderheim. Es wurde ein kleiner Film eingespielt mit fröhlichen

Kindern, die sich auf die neuen Geräte stürzten. Nach ein paar Kameraschwenken sagte der Heimleiter, dass man ohne die großzügige Unterstützung von Herrn Oderberg all die Jahre nicht in der Lage gewesen wäre, das Heim in einem guten Zustand zu halten.

„Herr Oderberg war der gute Geist unserer Einrichtung und wir konnten uns immer darauf verlassen, zum Monatsersten seine Überweisung zu bekommen."

Nicht verschwiegen wurde die Summe der einmaligen Zahlung für die Renovierung und Einrichtung des Sport- und Spielzimmers: Fünftausend Euro Sachkosten zuzüglich der Arbeitsleistung eines Mitarbeitertrupps der Firma *Oderberg-Bau*.

Matuszek wollte sich bereits abwenden, als erneut der Moderator ins Bild kam:

„Unser Mann der Woche gibt selten Interviews. Er hat wenig Zeit, ist viel unterwegs und lässt lieber seine Taten für sich sprechen. Umso mehr fühlen wir uns geehrt, dass Hans-Werner Oderberg exklusiv für das Stadtmagazin ‚Direkt' eine Ausnahme gemacht hat. Wir konnten gestern mit ihm ein kurzes Gespräch führen."

„Das war drei Tage, bevor er ermordet wurde", stellte Matuszek fest. Der Moderator hatte das Interview mit Oderberg im Stadtverordnetensitzungssaal geführt, „am Ort seines langjährigen Wirkens", wie der Moderator sagte. Matuszek erkannte, dass Oderberg beim Interview dieselbe Kleidung getragen hatte wie auf den Fotos, die die Słubicer Polizei von der Leiche gemacht hatte. Matuszek sah den Bauunternehmer in Großaufnahme. Er machte einen freundlichen Eindruck, sprach klar, ohne viel Brimborium. Er war ganz der gute Onkel, der nette Nachbar von nebenan oder eben der gute Geist des Frankfurter Kinderheims. Matuszek bekam nicht mit, was Oderberg sagte, er hörte lediglich den angenehmen, tiefen Ton seiner Stimme und dachte an Wojtek Miłosz` Bemerkung, dass der Ermordete ein soziales Gewissen gehabt zu haben schien. In Matuszeks Kopf legte sich das Bild des Toten über die Stimme. Er stellte sich vor, wie die letzten Minuten des Lebens von Oderberg ausgesehen haben mochten. Jemand hatte ihm Gift verabreicht. Das passte eher zu einer Frau als Täterin. Dann war er erstickt worden, dazu war eher ein Mann oder eine besonders starke Frau im Stande. Es kamen weiterhin etliche Motive und etliche Täter in Frage, solche, die mit Namen bekannt waren und solche, die noch im Verborgenen waren. Hatte die Erstausstrahlung dieses Interviews am Freitag etwas damit zu tun, dass Oderberg zwei Tage später ermordet worden war?

„Hör zu Petra“, sagte Matuszek plötzlich, „ich brauche dich in diesem Fall. Der Mann hat Feinde gesammelt wie andere Leute Briefmarken. Wir müssen die halbe Stadt verhören.“

Petra Schumacher lachte und strich ihre langen, rötlichen Haare aus dem Gesicht.

„Vielleicht war es ja ein Mörder-Konsortium, das deinen Mann um die Ecke gebracht hat, am besten noch eines in deutsch-polnischer Zusammenarbeit.“

„Das einzige, was an diesem Fall bisher polnisch zu sein scheint“, erwiderte Matuszek, „ist, dass seine Mörder die Leiche auf der polnischen Seite deponiert haben. Aber alle Spuren führen auf die deutsche Seite.“

„Da scheint der Herr Kommissar ja mal wieder sehr rasche Schlüsse zu ziehen.“

„Siehst du, Petra, deswegen brauche ich dich. Ich brauche weibliche Intuition statt voreiliger, männlicher Schlüsse.“

„Na, vielen Dank auch, dass du meinen kriminalistischen Sachverstand auf weibliche Intuition reduzierst.“

„Wo denkst du hin? Ich könnte stundenlang Lobeshymnen auf deine fachlichen Fähigkeiten singen. Bloß fehlt mir dazu leider die Zeit."

Kriminalinspektorin Schumacher sah ihren Kollegen mit krauser Nase und hochgezogenen Augenbrauen an.

„Bevor ich der Firma Oderberg einen Besuch abstatte, werde ich bei unserem Chef beantragen, dass er dich zu meinem Fall abstellt", sagte Matuszek. „Und danach komme ich hoffentlich endlich dazu zu erfahren, mit welcher Aufstellung wir heute Abend gegen die Aussis auflaufen."

12

Als Wojtek Miłosz aus Frankfurt in sein Büro zurückkam, fand er eine Notiz von seinem Chef auf dem Schreibtisch: *Kommen Sie um 13 Uhr ins „Barcelona", wir essen mit dem Inspektor des Innenministeriums zu Mittag.*

Kollege Tomek Włodarski lugte hinter seinem Bildschirm hervor und sah Miłosz mit ernster Miene an:

„Als ob es nicht schon schlimm genug wäre, dass wir uns mit den Deutschen herumschlagen müssen. Jetzt steigt uns auch noch Warschau aufs Dach und wir werden, wie üblich, mal wieder von zwei Seiten in die Zange genommen."

„Wenn man dich so reden hört", antwortete Miłosz, „fühlt man sich glatt um siebzig Jahre zurück versetzt."

„Besser in der Zeit versetzt, als in eine andere Dienststelle. Wenn uns die Deutschen hier in die Pfanne hauen, dann schickt uns Warschau in irgendein Kuhdorf. Und da haben wir es dann mit voll krassen Fällen zu tun, zum Beispiel, wer dem Bauer Kowalski die Pferdeäpfel vom Hof geklaut hat."

Miłosz fixierte sein Gegenüber:

„Schade eigentlich, dass du nicht mitkommen darfst ins *Barcelona*. Der Inspektor des Innenministeriums würde sich von deinem Humor bestimmt prächtig unterhalten fühlen."

Włodarski tat so, als würde er sich wieder auf den Bildschirm konzentrieren. Miłosz überflog die Protokolle der ersten Hinweise aus der Bevölkerung. Ein Barkeeper des *Scotsman* sagte aus, dass Oderberg ein regelmäßiger Gast gewesen sei. Alle zwei Monate käme er für eine halbe Stunde, um ein oder zwei Dunkle zu trinken, meistens allein, manchmal mit wechselnder Begleitung. Eine Händlerin vom Kleinen Basar war auf das

Kommissariat gekommen, um mitzuteilen, dass sie ganz sicher sei, dass der Mann auf dem Foto einmal bei ihr einen großen Strauß Rosen gekauft habe.
„Welchen Eindruck macht eigentlich die Witwe des Ermordeten?“, fragte Włodarski.
„Einen ganz passablen“, entgegnete Miłosz.
„Ihre Trauer hält sich in Grenzen, stimmt's?“
„So könnte man es auch sagen“, meinte Miłosz, stand von seinem Schreibtisch auf und nahm den Anorak von der Garderobe.
„Möchten Sie vielleicht noch wissen, was Matkowskis Spurenuntersuchung am Tatort ergeben hat?“
Miłosz blieb in der Tür stehen.
„Weil es in den Tagen davor nicht geregnet hat, waren die Spuren nicht besonders ausgeprägt, meint Matkowski. Dennoch hat er zwei Reifenspuren ausmachen können, die nahe zum Fundort der Leiche führen. Die Spuren waren sichtbar, weil sie beide von recht schweren, geländegängigen Wagen stammen.“
Włodarski reichte seinem Chef zwei Fotos, auf denen man tatsächlich jeweils ein Reifenprofil erkennen konnte, das sich vom anderen deutlich unterschied.
„Gute Arbeit“, meinte Miłosz.
„Matkowski arbeitet jetzt daran, herauszufinden, welche Fabrikate das sind. Aber vielleicht fährt Ihnen ja vorher eines der beiden Reifenprofile zufällig über den Weg.“
Miłosz steckte die Fotos in die Innentasche seines Jacketts und wandte sich zur Tür.
„Da wäre noch etwas“, sagte Włodarski. „Kurz vor dem Fundort hat Matkowski an einer Stelle Spuren ausgemacht, die vom Schleifen der Leiche herrühren können.“
„Danke, Tomek“, sagte Miłosz knapp und verließ den Raum.
Das Restaurant *Barcelona* lag nur ein paar Schritte vom Słubicer

Polizeikommissariat entfernt, gegenüber den Doktorandenwohnheimen des Collegium Polonicum. Als Miłosz das weincremefarbene Haus betrat, schoss ihm der Gedanke durch den Kopf, dass er seine Frau wieder einmal abends zum Essen ausführen müsse, trotz Kindern und kurzer Nächte. Vielleicht könnte er seine Mutter dazu bewegen, wieder einmal bei den Kindern einzuhüten. Als er das letzte Mal im *Barcelona* gewesen war, hatte er spanische Tapas und Rotwein genossen. Jetzt saßen der Kommandant und der Inspektor des Innenministeriums mit einem Bier in einem abgetrennten Raum des Partykellers. Wahrscheinlich würde gleich ein Schweineschnitzel mit Pommes Frites oder Salzkartoffeln und Rohkostsalat serviert werden.
Der Inspektor des polnischen Innenministeriums aus der Abteilung für die Kontrolle der Polizeiarbeit, den sein Chef ihm vorstellte, trug eine dunkelblaue Uniform, schien in seinem Alter zu sein und machte den Eindruck, seine Mission sehr ernst zu nehmen.
„Inspektor Bednarczyk wird uns bei der Aufklärung des Falls Oderberg unterstützen", erklärte der Kommandant.
„Wir haben gestern Nachmittag einen Anruf aus dem Ministerium für Inneres der Bundesrepublik Deutschland bekommen", verkündete der junge Ministeriumsmitarbeiter mit staatstragender Miene.
„Von Staatssekretär Moritz", warf Miłosz ein.
Bednarczyk fixierte Miłosz mit einem strafenden Blick.
„Eine derartige Bemerkung fiel gestern Abend durch den Frankfurter Polizeipräsidenten", ergänzte Miłosz.
„War es tatsächlich so, ja?", sagte der Kommandant.
„Der Regierung der Republik Polen", setzte Inspektor Bednarczyk an, „ist mit Nachdruck daran gelegen, dass ein lokaler Kriminalfall nicht zu einer deutsch-polnischen Staatsangelegenheit wird.

Die schnelle Reaktion aus Berlin zeigt uns, dass es dort genauso gesehen wird."
Die Schweineschnitzel wurden serviert. Miłosz bestellte sich einen Salat und ein Mineralwasser.
„Ich habe Inspektor Bednarczyk versichert", sagte der Kommandant, „dass wir alle Vorkehrungen für eine zügige, professionelle Ermittlungsarbeit getroffen haben und dass Sie mein vollstes Vertrauen genießen."
„Der Kommandant hat mich gleichfalls darüber in Kenntnis gesetzt, Panie Komisarzu, dass er Sie jeden Nachmittag zum Bericht einbestellt. Dieses Vorgehen wird seitens des Innenministeriums ausdrücklich für gut geheißen. Ich bin bevollmächtigt worden, an diesen Besprechungen teilzunehmen und meinerseits regelmäßig nach Warschau Bericht zu erstatten."
Bednarczyk rührte sein Bier nicht an und hatte vom Schnitzel bisher nur ein kleines Stück gekostet.
„Darüber hinaus", dozierte Bednarczyk, „müssen wir eine weitest gehende Kontrolle über die Medien behalten. Denn wir wissen, dass Journalisten dazu neigen, Sensationen zu suchen, wo es gar keine gibt."
„Ich habe Inspektor Bednarczyk bereits darum gebeten, dass der Innenminister mit der Wojewodin Kontakt aufnimmt. Sie wissen ja, Miłosz, was ich meine", sagte der Kommandant. „Gleichwohl, Herr Inspektor, brauchen wir natürlich auch die lokalen Medien, damit sie uns in der Ermittlungsarbeit unterstützen. Die Medien stellen eine unverzichtbare Verbindung zur Bevölkerung dar. Wir haben hier bei uns ein privatwirtschaftliches Internetforum, www.slubice-cala-doba.pl, welches die Funktion eines lokalen Nachrichtendienstes hat. Es wird von jungen Leuten gemacht, die sehr kooperativ sind. Wenn Sie damit einverstanden sind, Kollege Bednarczyk, werde ich

nachher mit ihnen reden und sie in unsere Arbeit einbinden.“ Miłosz nickte und lächelte, mal nach rechts, wo der junge Aufpasser saß, mal nach links, wo sein Chef sich in der Situation gestiegener Aufmerksamkeit sichtlich gut eingerichtet hatte. Miłosz ließ sich den Salat schmecken und dachte gleichzeitig daran, dass er seiner Familie und vor allem seiner Frau wohl so lange keine große Hilfe sein würde, bis der Fall gelöst war. Eine kleine Nebenwirkung der ‚Unterstützung‘ aus Warschau.

13

Die Firma *Oderberg-Bau* lag außerhalb der Stadt im Gewerbegebiet Seefichten. In Seefichten – der naturverbundene Name täuscht – war all das angesiedelt worden, was man von den Wohngebieten fernhalten wollte: nicht nur lärmintensives Gewerbe wie Baufirmen, sondern auch die Mülldeponie und das Asylbewerberheim. Diesmal war es Matuszek, der auf seinen Kollegen warten musste. Miłosz hatte eine SMS geschickt: *Bin noch beim Chef, bitte warten Sie auf mich ein paar Minuten.* Matuszek wartete höchstens zwei Minuten in seinem BMW 1er-Reihe-Dienstwagen und betrat kurz vor 14 Uhr das Verwaltungsgebäude der Firma. Er hatte sich bereits draußen gewundert, warum auf dem Gelände niemand herumlief, die Hallen schienen verwaist, es war keinerlei Baulärm zu hören. Im Eingangsbereich des zweistöckigen Achtziger-Jahre-Plattenbaus wurde er von einer jungen Blondine empfangen, die sich als Jennifer Berger aus dem Bereich Öffentlichkeitsarbeit vorstellte und ihn durch einen breiten Flur in den hinteren Bereich des Gebäudes führte. Matuszek schaute zwar unwillkürlich auf den hübschen, kleinen Hintern, dem er in angemessenem Abstand folgte, dachte dabei aber an die Aufstellung des abendlichen WM-Qualifikationsspiels in Wien. Für die Fotografien an den Wänden, die fast ausnahmslos den ermordeten Chef im Kreise seiner Mitarbeiter zeigten, hatte er keine Augen.

Fräulein Berger öffnete eine schwere Metalltür zu einem großen, hohen Raum, der wie eine kleine Sporthalle aussah. Der Linoleumboden war mit Spielfeldmarkierungen bemalt, es roch leicht nach abgestandener Luft, aber was hier stattfand, war kein Fußball- oder Basketballspiel. Die Halle war mit Stuhlreihen zur Hälfte gefüllt, von denen ihn jetzt über hundert Augenpaare ansahen. Von der Stirnseite der Halle kam ihm ein junger Mann in einem perfekt sitzenden schwarzen Anzug entgegen. Bernd Matuszek, dem es selten passierte, dass er sich von jemandem eingeschüchtert fühlte, zuckte zusammen und fühlte sich instinktiv in Verteidigungsstellung gehen, wie ein Mungo gegenüber einer Königskobra. An Stelle eines Messers schnellte ihm eine ausgestreckte Hand entgegen, flankiert von einem routinierten Lächeln aus kleinen Augen undefinierbarer Farbe.

„Guten Tag, Herr Kommissar. Roland Todenhöfer, Prokurist. Ich habe Ihnen die Arbeit abgenommen und die ganze Belegschaft zusammengerufen. Sie können also sofort mit Ihren Ermittlungen beginnen. Ich stelle Sie nur kurz den Anwesenden vor."

„Einen Augenblick, Herr Todenhöfer."

Der Prokurist war schon auf dem Weg zum Mikrofon gewesen, hielt inne und kam die paar Schritte zurück.

„Ich will vorerst nur vier Mitarbeiter sprechen", gab Matuszek dem Prokuristen zu verstehen, „jeden einzeln, für jeweils eine halbe Stunde. Zuerst Sie, dann die Vorzimmerdame des Toten, den Hauptbuchhalter und den polnischen Bauleiter. Schicken Sie alle anderen wieder zur Arbeit."

Todenhöfer nickte und hielt eine fast halbstündige Lobrede auf den Verstorbenen. Er pries seinen väterlichen Führungsstil und die unternehmerische Weitsicht, die dazu beigetragen habe, die Firma zu etablieren und auszubauen.

„Die Firma *Oderberg-Bau* war mehr als eine Firma", rief Todenhöfer den Mitarbeitern entgegen. „Sie war wie eine große Familie, die ihrerseits über hundert Familien in Frankfurt und Umgebung Lohn und Brot gegeben hat. Wir alle trauern heute um unseren verehrten Chef Hans-Werner Oderberg."

Matuszek wunderte sich, niemanden aus der Belegschaft weinen zu sehen. Als Miłosz in die Halle trat und sich neben Matuszek stellte, setzte vielerorts ein angeregtes Getuschel ein.

„Sie haben nichts verpasst", flüsterte Matuszek seinem Kollegen auf Polnisch zu und fuhr auf Deutsch fort: „Nur eine langweilige Trauerrede, die niemanden berührt. Als nächstes folgt wahrscheinlich der Teil des unternehmerischen Vermächtnisses."

Tatsächlich versicherte der Prokurist der Belegschaft, alles dafür zu tun, dass das Unternehmen auch weiterhin einen Großteil der Arbeitsplätze sichern könne. Miłosz und Matuszek sahen sich an und studierten alsdann die Reaktionen der Mitarbeiter. Es war keine zu erkennen, alle saßen wie brave Schulkinder in der Aula, die so taten, als würden sie der Rede des Direktors aufmerksam zuhören, obgleich sie insgeheim in Gedanken ganz woanders waren.

Für die Befragungen hatte sich Matuszek das Büro des Ermordeten ausgesucht. Der große Raum im 2. Stock wurde dominiert von einem riesigen Schreibtisch aus dunklem Holz und einem dunklen Beratungstisch, an dem bis zu zwanzig Menschen Platz fanden. Weiteren Luxus suchte man vergeblich. Der Boden war mit einem hellen Baumarktteppichboden ausgelegt, an den Wänden hingen keine Ölgemälde, sondern ähnliche Fotografien wie im Eingangsflur.

Roland Todenhöfer beschrieb den ermordeten Firmenchef fast mit denselben Worten wie wenige Minuten zuvor vor der Belegschaft.

„Was hat Herr Oderberg für Sie persönlich getan?", fragte Matuszek.

„Er hat mich sehr gefördert."

„Wann hat er Sie eingestellt?“
„Vor etwa drei Jahren.“
„Wie haben Sie Herrn Oderberg kennen gelernt?“
„Wie meinen Sie das?“, fragte Todenhöfer.
„Wie sind Sie an den Job gekommen?“
„Ich habe mich auf die Ausschreibung beworben und wurde unter mehreren Kandidaten ausgewählt“, erwiderte Todenhöfer.
„Sind Sie auch Mitglied in der Blauen Partei?“, fragte Matuszek.
Todenhöfer lachte: „Das ist doch wohl nicht verboten, oder?“
Matuszek lachte zurück und sagte: „Sie bejahen meine Frage also.“
Todenhöfer stand auf und wollte wohl automatisch zur Bar gehen, die Matuszek in einem schmalen Schrank vermutete, der aus demselben Holz wie der Schreibtisch angefertigt zu sein schien. Nach zwei, drei Schritten besann er sich eines Besseren und kehrte zum Beratungstisch zurück, an dem er stehen blieb, die Hände auf die Stuhllehne gestützt.
„Setzen Sie sich ruhig, Herr Todenhöfer“, sagte Matuszek, „wir sind noch nicht fertig.“
Der Prokurist blieb stehen und sah den Kommissar herausfordernd an.
„Wie hoch ist Ihr Gehalt, Herr Todenhöfer?“
„Muss ich diese Frage beantworten?“
„Sie können auf jede meiner Fragen die Aussage verweigern, Herr Todenhöfer“, entgegnete Matuszek freundlich, „doch gerade auf diese Frage würde ich die Antwort auch ohne Ihre Mithilfe herausfinden.“
Todenhöfer zögerte noch eine Weile und nannte dann den Betrag von „knapp zehntausend Euro brutto“.
Matuszek pfiff durch die Zähne und strahlte über das ganze Gesicht: „Nicht schlecht für einen jungen Mann Ende Zwanzig. Wie viel Stunden in der Woche müssen Sie dafür arbeiten?“

„Sechzig bis fünfundsechzig Stunden."
„Oderberg war viel unterwegs, stimmt's?"
Todenhöfer nickte.
„Sie haben praktisch den Laden geschmissen hier, richtig?"
„So kann man es ausdrücken", antwortete Todenhöfer.
„Sagt Ihnen der Name Max Wunderlich etwas?", fragte Matuszek.
„Er war mein Vorgänger."
„Er war fast zwanzig Jahre lang der Prokurist der Firma und war noch lange nicht im Rentenalter, als Oderberg ihn entließ. Hat Oderberg Ihnen gegenüber mal den Grund dafür erwähnt?"
„Da müssen Sie ihn schon selber ...", hob Todenhöfer an, bis er merkte, dass er sich auf dem falschen Gleis befand.
„Warum wurde Wunderlich entlassen? Hatte er vielleicht irgendwelche Unregelmäßigkeiten aufgedeckt?", hakte Matuszek nach.
„Nicht dass ich wüsste", wich Todenhöfer aus.
„Verstehe ich Sie richtig, Herr Todenhöfer, dass Sie nicht wissen, warum Herr Wunderlich entlassen wurde?"
„Ja, Sie haben mich richtig verstanden."
Matuszek machte eine Pause und zog ein Metalletui mit Zigarillos heraus.
„Da hier ein Aschenbecher steht, nehme ich an, dass man rauchen darf", sagte er, ohne auf eine Reaktion zu warten. Matuszek blies kunstvoll ein paar Kringel in die Luft und streckte sich auf dem unbequemen Beratungsstuhl so behaglich aus wie möglich.
„Herr Todenhöfer, Ihr ermordeter Chef hatte unzählige Feinde, er hat damit gerechnet, dass er eines Tages einem Mörder oder einer Mörderin gegenüberstehen könnte. Und er hat für diesen Fall Vorkehrungen getroffen. Er hat seine Gesellschaftsanteile nicht seiner Frau oder einem seiner Kinder vermacht, sondern einem Mann seines Vertrauens, nämlich Ihnen. Wussten Sie davon?"

„Er hat es mir gesagt, ja."
„Wann hat er es Ihnen gesagt?"
„Vor etwa einem Jahr."
„Was war der Anlass dafür?"
„Kein bestimmter, es kam für mich wie aus heiterem Himmel."
„Das glaube ich nicht", antwortete Matuszek. „Ich glaube vielmehr, dass er dieses Vorgehen mit Ihnen konsultiert hat."
Todenhöfer schwieg.
„Wer wusste außerdem von dem Testament?"
„Wer noch außer Ihres Informanten, meinen Sie", antwortete Todenhöfer.
Matuszek schaute sein Gegenüber kurz an, bevor er in ein lautes, brüllendes Lachen verfiel. Dabei schlug er sich auf die Schenkel und verstreute die Asche des Zigarillos mindestens einen Meter weit auf dem Teppichboden.
„Ich muss schon sagen, Herr Todenhöfer", setzte Matuszek an, nachdem er sich wieder beruhigt hatte, „Ihre Coolness und Ihr Sarkasmus sind nicht von schlechten Eltern.
Es ist kaum zwei Tage her, dass Ihr ehemaliger Chef ermordet wurde. Sein Tod macht Sie auf einen Schlag zu einem gemachten Mann, die Gesellschaftsanteile von Herrn Oderberg belaufen sich auf knapp fünf Millionen Euro. Seine Frau bekommt nur die Wohnung in der Wildenbruchstraße, das Frankfurter Kinderheim erhält 100.000 Euro, ansonsten enthält das Testament keine weiteren Vermögenswerte. Sie sind also derjenige, der von Herrn Oderbergs Ableben mit Abstand am meisten profitiert. Und da sitzen Sie und weichen meinen Fragen nicht nur aus, sondern gehen auch noch zum Gegenangriff über. Also Hut ab, Herr Todenhöfer, Hut ab."
Auf die Frage, wo er zur vermuteten Tatzeit gewesen war, gab Todenhöfer seine eigenen vier Wände an. Zeugen konnte er

dafür keine benennen. Die Fragen, ob er Hans-Werner Oderberg ermordet, den Mord in Auftrag gegeben oder Beihilfe dazu geleistet habe, verneinte er. Andere Tatverdächtige nannte er nicht. Nachdem Todenhöfer das Büro verlassen hatte, bat Matuszek seinen Słubicer Kollegen, den polnischen Bauleiter Zbigniew Wroniecki zu verhören, während er sich die Sekretärin und den Buchhalter in einem Abwasch vornehmen wollte.

Matuszek schätzte Ollenhauer, die Sekretärin, und Baumann, den Buchhalter, auf Anfang fünfzig. Sie saßen still am Beratungstisch, die Hände auf dem Schoß und sahen ihn verängstigt an. Matuszek ließ sie noch eine Weile so sitzen, während er per SMS einen Kollegen aufforderte, herzukommen, Todenhöfers Personalien aufzunehmen und ihn fortan zu beschatten.

„Ich wollte mit Ihnen beiden gleichzeitig reden“, begann Matuszek, „weil sie beide schon recht lange in der Firma arbeiten. Sie, Frau Ollenhauer, wissen, welche Menschen bei Herrn Oderberg ein und aus gingen. Sie, Herr Baumann, wissen, welche Gelder bei der Firma *Oderberg-Bau* rein und raus gingen.“

Ollenhauer und Baumann sahen einander ähnlich, fast wie Geschwister.

„Herr Oderberg war selten in der Firma, nicht wahr, Frau Ollenhauer?“

„Das stimmt.“

„Beschreiben Sie mir bitte mal einen typischen Arbeitstag von Herrn Oderberg.“

„Er kam meistens um 8.00 Uhr ins Büro.“

„In welcher Stimmung kam er morgens für gewöhnlich zur Arbeit?“, unterbrach Matuszek.

„Er war freundlich, aufgeräumt, wünschte allen einen guten Morgen, aber nicht mehr.“

„Haben Sie Herrn Oderberg irgendwann einmal betrunken gesehen, Frau Ollenhauer?“
„Nein, so etwas ist niemals vorgekommen.“
„Ist es einmal vorgekommen, dass er morgens in irgendeiner Weise indisponiert war?“
„Nein, er war jeden Morgen gleich freundlich und gut gekleidet.“
„Ich hatte Sie unterbrochen, Frau Ollenhauer, als Sie begannen, einen typischen Arbeitstag zu schildern“, sagte Matuszek.
„Ja, also meistens kam Herr Todenhöfer morgens in sein Büro und sie redeten miteinander bei verschlossenen Türen.“
„Nahmen noch andere an diesen morgendlichen Treffen teil?“
„Nein, nie, sie waren stets zu zweit.“
„Wie lange dauerten diese Besprechungen?“
„Meistens eine halbe Stunde, höchstens eine Dreiviertelstunde.“
„Was tat Oderberg danach?“
„Danach gingen Oderberg und Todenhöfer meistens noch kurz zusammen durch den Betrieb, redeten mit den Bauleitern.“
„Wie oft kam es vor, Herr Baumann, dass Sie morgens von den Herren Besuch erhielten?“
„Vielleicht einmal pro Monat.“
„Worum ging es dabei?“
„Meistens wollten sie Monats- oder Quartalsergebnisse sehen.“
Matuszek sah den Buchhalter aufmerksam an.
„Muss ein Prokurist seinem Hauptbuchhalter einen persönlichen Besuch abstatten, um einen Blick in die Bücher zu werfen, Herr Baumann? In der heutigen Zeit wäre das doch wohl mit einem Blick ins interne Netz getan, oder?“
Holger Baumann lief innerhalb von fünf Sekunden im Gesicht rot an, als ob ihn der Schuldirektor im Schulflur beim Knutschen ertappt hätte.
„Was war tatsächlich Gegenstand dieser monatlichen Gespräche,

Herr Baumann?“, fragte Matuszek.
„Es ging meistens um ganz konkrete Buchungen“, antwortete der Buchhalter.
Matuszek sah den Mann schweigend an und wartete. Baumann legte seine Hände auf den Tisch und ließ sie mit einem Notizblock spielen. Er schaute irgendwo zwischen seine Hände und die Tischfläche und schien mit sich zu ringen.
„Herr Kommissar, ich möchte die weitere Aussage verweigern“, brachte er schließlich hastig mit gepresster Stimme hervor.
„Das ist Ihr gutes Recht, Herr Baumann. Erlauben Sie mir dennoch eine Bemerkung: Herr Oderberg ist tot, er ist ermordet worden. Es geht jetzt darum, den Mörder oder die Mörderin zu finden und gerecht zu bestrafen. Was ist es, was Sie davon abhält, meine Frage zu beantworten?“
Holger Baumann machte den Mund auf und hatte schon eine Antwort auf der Zunge, dann besann er sich eines Besseren.
„Ich bleibe bei meiner eben gemachten Aussage.“
„Sie wollen mir also nicht bei der Aufklärung des Mordes helfen?“, fragte Matuszek.
„Doch, doch, natürlich will ich das, aber …“
Matuszek zog sein Handy aus der Innentasche der Lederjacke und schrieb eine weitere SMS.
„Ich lasse gerade einen Durchsuchungsbefehl für die Firma beantragen, insbesondere für die Buchhaltung. Ich gehe davon aus, dass der Staatsanwalt dem Antrag noch heute stattgibt. Wenn ich Ihnen in der Zwischenzeit einen guten Rat geben darf, Herr Baumann?“
Matuszek schaute für einen Augenblick von seinem Handy auf.
„Rühren Sie die Bücher nicht an, Sie könnten sich sonst unter Umständen strafbar machen.“
Matuszek wandte sich an die Sekretärin:

„Frau Ollenhauer, was tat Oderberg an einem normalen Wochentag, nachdem er seinen Rundgang mit Todenhöfer beendet hatte?“
„Er fuhr davon, besuchte Baustellen und nahm Außentermine wahr. Meistens kam er im Laufe des Tages nicht noch einmal in die Firma zurück. Jedenfalls nicht bis 16 Uhr.“
„Begleitete ihn Todenhöfer bei diesen Außenterminen?“
„Äußerst selten, meistens blieb Todenhöfer im Betrieb.“
„Mit wem hatte Oderberg diese Außentermine?“
„Meistens mit Stadtverordneten oder mit dem Bürgermeister, mit Unternehmern und Zulieferern. Aber es standen auch nicht alle Termine im Kalender.“
„War Herr Oderberg öfters mal für längere Zeit abwesend?“
„Ja, ungefähr einmal pro Quartal fuhr er für drei bis vier Wochen weg.“
„Wissen Sie, wohin die Reise ging?“
„Manchmal erzählte er etwas, es waren fast immer Länder in Asien oder Afrika.“
„War er dort privat oder geschäftlich?“
„Ich denke privat oder zumindest überwiegend privat. Herr Oderberg reiste gern.“
„Brachte er aus den Ländern Andenken mit?“
„Nicht dass ich wüsste.“
„Haben Sie eine Idee, wer Herrn Oderberg hätte nach dem Leben trachten können?“
„Gott bewahre, nein, ich kann mir nicht vorstellen, wer so etwas hätte tun können.“
Matuszek wartete rauchend auf dem Parkplatz, bis Miłosz sein Verhör beendet hatte.
„Haben Sie sich von Ihrem Landsmann seine gesamte Lebensgeschichte erzählen lassen?“, fragte Matuszek.

„Er hat eine durchaus interessante Lebensgeschichte, aber noch interessanter war das, was Herr Wroniecki über die Firma *Oderberg-Bau* zu berichten wusste."
„Lassen Sie mich raten", sagte Matuszek. „Todenhöfer ist ein uneheliches Kind von Oderberg."
„Knapp daneben ist auch vorbei. Todenhöfer ist der Schwiegersohn des Fraktionsvorsitzenden der Blauen in der Stadtverordnetenversammlung. Er hat Betriebswirtschaftslehre an der Europa-Universität studiert und hat vom Baugewerbe so viel Ahnung wie die Putzfrau. Todenhöfers Job besteht darin, Schmiergeldzahlungen in der Buchführung unterzubringen und von Zeit zu Zeit jemanden zusammenzuscheißen. Der Laden wird von den vier Bauleitern zusammengehalten. Oderberg kommt unangemeldet auf Baustellen vorbei und schaut nach dem Rechten. Weil alle vor dem Alten Respekt hatten, hat alles funktioniert. Jeder Bauleiter weiß, dass er fliegen würde, wenn er keine gute Arbeit abliefern würde. Keiner will den Job verlieren, denn fünftausend brutto sind nicht schlecht, nur Wroniecki kriegt ein bisschen weniger, weil er Pole ist. Die Bauarbeiter kriegen Mindestlohn und müssen unbezahlte Überstunden leisten. Wer meckert, fliegt, die Fluktuation ist hoch, die Ausländerrate liegt bei 70%."
„Deswegen saßen die alle so brav in der Turnhalle. Die haben gar nichts verstanden."
Während Miłosz geredet hatte, war er die parkenden Autos abgegangen. Ein Wagen, ein schwerer, amerikanischer Jeep, schien in Frage zu kommen. Miłosz zog die beiden Fotos heraus.
„Was machen Sie denn da?", fragte Matuszek ärgerlich.
„Ermittlungsarbeit, Herr Kollege", entgegnete Miłosz. „Ich vergleiche die Reifenprofile mit den am Fundort der Leiche entdeckten Spuren."

Matuszeks Blick wurde durch diese Erklärung nicht freundlicher.
„Leider stimmen die Reifenprofile nicht überein", stellte Miłosz fest und kam zurück.
„Wroniecki sagt, dass sich alle Sorgen machen, wie es jetzt weitergeht. Alle wissen, dass Todenhöfer keine Ahnung hat und dass es ausschließlich Oderberg war, der die Aufträge herangeholt hat."
„Hat Ihr Bauleiter einen Verdacht, wer Oderberg umgebracht haben könnte?"
„Wroniecki meint, es könne keiner aus der Firma gewesen sein, weil niemand so dumm sei, den Ast abzusägen, auf dem er selbst sitzt. Er meint, es könne die Frankfurter Konkurrenzfirma sein, die den Mord in Auftrag gegeben hat: *Bandemer Bau GmbH & Co. KG*."

14

Als Wojtek Miłosz am Abend kurz nach 18 Uhr die Wohnungstür aufschloss, hörte er aus dem Badezimmer Babygeschrei und dazwischen die Stimme seiner Frau, die sich zwar noch liebevoll bemühte, Klein-Łukasz zu beruhigen, der aber gleichzeitig bereits die Ermüdung anzumerken war. Kaum dass die Tür ins Schloss gefallen war, kam ihm seine Tochter Wiktoria entgegengelaufen:

„Papa, Papa! Mama hat gesagt, wenn du nicht rechtzeitig nach Hause kommst, kann ich heute nicht zur Chorprobe gehen. Ist es noch rechtzeitig?"

Miłosz schaute auf die Uhr.

„Gerade noch rechtzeitig, zieh dich schnell an, ich fahre dich hin."

Małgosia Miłosz kam mit dem Baby auf dem Arm, das sie in ein Frotteetuch gewickelt hatte, aus dem Badezimmer. Klein-Łukasz weinte nicht mehr und schaute ihn an. Seine Frau streifte sich ein paar verschwitzte Haare aus der Stirn, über ihrer Nasenwurzel zog sich eine senkrechte Falte bis zum Haaransatz.

„Kommst du jetzt jeden Abend so spät nach Hause?"

„Wir haben diesen Mordfall zu lösen, da muss ich jeden Abend meinem Chef Bericht erstatten und jetzt ist auch noch ein Aufseher aus Warschau angekommen."

„Das war keine Antwort auf meine Frage, Wojtek", sagte die Ehefrau.

„Ich bin fertig, Papa", sagte Wiktoria und stand mit ihrem Notenbuch unter dem Arm zwischen den Eltern.

„Tak, Kochanie, es wird jetzt öfter abends später werden, so lange bis wir den Fall gelöst haben."

Miłosz setzte seine Tochter in der Słubicer Musikschule ab und fuhr zurück zum *Plac Przyjaźni*. Er parkte den Wagen vor der Post, in Sichtweite des großen Brunnens, dem Lieblingsplatz seiner Tochter. Wiktoria vermochte stundenlang dem Wasserspiel zuzusehen, Tauben zu füttern und den Vater mit Fragen zu löchern. „Warum läuft die alte Frau dort so gebückt?" – „Warum hat der Mann dort solch dreckige Kleidung und löchrige Schuhe?"

Kriminalkommissar Wojtek Miłosz betrat den *Scotsman* am *Plac Przyjaźni*. In der Luft hing ein schwacher Geruch kalten Tabakqualms. An einem Tisch in der Ecke saß Händchen haltend ein junges Pärchen und schaute sich verliebt in die Augen. Zwischen ihnen standen zwei Kaffeebecher, die Miłosz bereits umkippen sah, sollten die beiden nicht auf sie Acht geben. Miłosz stellte sich an den Tresen und wartete, bis der Barkeeper aus der Küche zurückgekommen war. Er zeigte dem jungen Mann seinen Polizeiausweis.

„Haben Sie heute im Polizeikommissariat angerufen und gemeldet, dass Sie diesen Mann hier schon einmal gesehen haben?"

Er legte ein Foto Oderbergs auf den Tresen, das er am Vormittag von der Witwe bekommen hatte.

„Ja, das ist der Mann. Er kam ungefähr einmal im Monat hierher. Er hat meistens hier am Tresen gestanden, dort wo Sie jetzt auch stehen."

„Kam er alleine hierher oder in Begleitung?"

„Das war ganz unterschiedlich. Meistens war er in Begleitung von Männern, die Geschäftspartner zu sein schienen. Manchmal kam er alleine, trank ein, zwei Bierchen, schaute durch die

Gegend, sprach kaum etwas und ging dann wieder. Manchmal war er auch in Begleitung einer Frau."

„War es immer dieselbe Frau oder waren es verschiedene?"

„Es waren verschiedene."

„In welcher Beziehung schien der Mann zu den Frauen zu stehen?"

„Es waren meistens junge Frauen. Bei einigen hätte ich gesagt, das ist eine Nutte, andere hatten eher den Anschein, als seien es Geschäftspartner, oder vielmehr Geschäftspartnerinnen."

„Waren seine Gesprächspartner Deutsche oder Polen?"

„Meistens Polen, ab und an auch mal ein Deutscher."

„Haben Sie Herrn Oderberg einmal Polnisch sprechen gehört?"

„Abgesehen von ein paar Brocken wie ‚Na zdrowie' oder ‚Dziękuję', nein."

„Sind Sie einmal Zeuge eines Streits geworden?"

„Nein, daran kann ich mich nicht erinnern."

„Haben Sie den Mann einmal betrunken gesehen?"

„Nein, er hat nie mehr als zwei Biere am Abend getrunken, niemals Hochprozentiges."

„Was für einen Eindruck haben Sie insgesamt von dem Mann gewonnen?"

„Er war freundlich und hat immer ein großzügiges Trinkgeld gegeben."

„Wie hat er sich in den Gesprächen verhalten?"

„Er hat meistens mehr geredet als sein Gegenüber, er war dominant."

Wojtek Miłosz trank sein Bier aus, legte sechs Złoty und seine Visitenkarte auf den Tresen.

„Haben Sie vielen Dank für die Informationen. Sie haben mir geholfen, ein Bild von dem Ermordeten zu gewinnen. Wenn Ihnen noch etwas einfällt, rufen Sie mich bitte an."

Der Barkeeper nickte.

„Verraten Sie mir noch Ihren Namen?“
„Piotr Komorowski.“

—

Als gegen halb neun im Wiener Ernst-Happel-Stadion die Nationalhymne der Gastmannschaft aus Deutschland intoniert wurde, goss sich Bernd Matuszek ein kühles Bier ein, warf sich auf das Sofa und legte die Beine auf einen gepolsterten Hocker. Er freute sich auf einen schönen Fußballabend und war gespannt darauf, wie sich die deutsche Nationalmannschaft im zweiten Spiel nach der letztlich enttäuschenden Europameisterschaft präsentieren würde. Deutschland lief im Angriff mit Mirosław Klose auf und im offensiven Mittelfeld mit Reus, Özil und Müller. Toni Kroos stand für Mario Götze in der Startelf, der vier Tage zuvor beim 3:0 gegen die Faröer-Inseln noch von Anfang an gespielt hatte. Matuszek schaute mit glänzenden Augen auf den Bildschirm. Als Österreich die erste Großchance versiebt hatte, schaufelte sich Matuszek eine Hand voll Erdnüsse in den Mund. Nach der zweiten österreichischen Hundertprozentigen (‚Verdammt, was war bloß mit der deutschen Abkehrkette los?‘, dachte Matuszek) klingelte zum ersten Mal an diesem Abend sein Mobiltelefon, das auf dem gläsernen Sofatisch zwischen Bier und Erdnüssen lag.
„Cześć Kochanie“, rief Marzena fröhlich. „Ich weiß, dass du Fußball schaust. Ich will dich auch gar nicht lange stören und hoffe, dass Deutschland gewinnt.“
Matuszek brummte etwas wie „Das ist nett von dir“.
„Ich wollte dich nur fragen, ob du morgen Abend mit mir ins Kino gehen möchtest.“
Eine innere Stimme sagte Matuszek, dass er jetzt fragen müsse: „In welchen Film wollen wir denn gehen?“

„In das ‚Bourne Vermächtnis'", antwortete Marzena.
„Warum nicht", sagte Matuszek und zuckte zusammen, als der nächste österreichische Angriff auf das Tor von Manuel Neuer rollte.
„Das klingt aber nicht sehr begeistert."
„Hmmm."
„Bernd, wir haben uns seit Sonntagabend nicht mehr gesehen."
Deutschland hatte im Mittelfeld den Ball erobert.
„Mensch Toni, spiel ab, der Müller steht ganz frei."
„Alles klar, Bernd, dann gehe ich mit Camille ins Kino", sagte Marzena und unterbrach die Verbindung.
Matuszek hielt das Mobiltelefon noch eine Weile in der Hand und merkte erst dann, dass Marzena nicht mehr da war, als es aufgrund eines Foulspiels eine Spielunterbrechung gab
Nach weiteren, gefühlten zehn riesigen Torchancen der österreichischen Mannschaft hatte Matuszek vierhundert Gramm Erdnüsse und zwei Flaschen Bier konsumiert. Eine Minute vor Ende der ersten Halbzeit erzielte Reus die schmeichelhafte Führung für die deutsche Mannschaft. Matuszek schrie ‚Tor' und sprang mit hochgerissenen Armen vom Sofa auf. Er ballte die Faust und stand für einen Augenblick in Siegerpose barfuß zwischen Sofa und Fernseher. Den Halbzeitpfiff vernahm Matuszek gleichfalls im Stehen und reckte beide Fäuste in die Höhe. Dann öffnete er eine weitere Bierflasche. Sein Mobiltelefon klingelte erneut.
‚Wie rücksichtsvoll, dass sie diesmal die Halbzeitpause abgewartet hat', dachte Matuszek, als er die Verbindung herstellte.
„Guten Abend, Herr Kommissar. Ich hoffe, Sie haben in der Halbzeitpause ein paar Minuten Zeit für mich."
Es war Oberdörfer, der Chefredakteur des Stadtfernsehens.
„Das ist ja wirklich eine spannende Geschichte, die Sie uns da

vorenthalten wollten. Eine deutsche Leiche, gefunden auf der polnischen Seite und dann auch noch ermordet. Das gibt es wirklich nicht alle Tage."

Matuszek goss sich ein, nahm einen tiefen Schluck und dachte an gar nichts.

„Wir haben durch unsere Słubicer Kollegen von der Sache erfahren. Aber wir ziehen es natürlich vor, mit Informationen aus erster Quelle zu arbeiten."

Matuszek hatte mit der Fernbedienung den Ton ausgeschaltet und sah den Fußballexperten zu, wie sie mit stummen Lippenbewegungen über die erste Halbzeit plauderten.

„Stimmt es, Herr Kommissar, dass Sie den Fall zusammen mit dem Słubicer Kommissar Milosch bearbeiten?"

„Das stimmt."

„Wie teilen Sie sich die Arbeit auf?"

„Er ermittelt auf der polnischen Seite und ich auf der deutschen."

„Stimmt es, dass Milosch bisher noch keinen Mordfall geleitet hat?"

„Da fragen Sie ihn am besten selbst."

„Was haben die Ermittlungen bisher ergeben, Herr Kommissar?"

‚Dass der Ermordete tot ist', hätte Matuszek gern gesagt, während in der Wiederholung eine österreichische Torchance nach der anderen eingeblendet wurde. Stattdessen sagte Matuszek: „Wir stehen ganz am Anfang der Ermittlungen. Heute habe ich die ersten Gespräche geführt, über die ich leider aus Rücksicht auf die Angehörigen des Toten noch nichts sagen kann. Alles, was ich sagen kann, ist, dass wir den Verdacht der Słubicer Kollegen, dass Herr Oderberg einem Gewaltverbrechen zum Opfer gefallen ist, bestätigen können. Ich könnte mir vorstellen, dass man in der nächsten Woche im Rahmen einer Pressekonferenz etwas mehr sagen kann."

„Nächste Woche, sagen Sie", echote Oberdörfer. „Ich glaube kaum, dass wir so lange warten können, wo doch die Słubicer Kollegen täglich senden."

„Interessant, was senden die denn?"

„Vermutungen über die Hintergründe des Mordes. Oderberg werden Verbindungen zum Drogen- und Menschenhandel nachgesagt."

„Sehen Sie, an Vermutungen werde ich mich genauso wenig beteiligen wie mein Słubicer Kollege."

„Aber kommen diese Vermutungen denn nicht von der Słubicer Polizei?"

„Ganz gewiss nicht. Fragen Sie mal lieber die Leute vom Słubicer Fernsehen, wie sie darauf gekommen sind."

„Alles klar, Herr Kommissar, ich sehe, ich beiße bei Ihnen auf Granit. Ich hatte ja vergangene Woche noch die Gelegenheit, mit Herrn Oderberg persönlich zu reden. Deswegen hat mich die Nachricht von seinem Tod auch sehr betroffen gemacht." Oberdörfer machte eine Pause, im Fernsehen lief Autowerbung. „Ich habe Herrn Oderberg als einen liebenswürdigen, sehr sozial engagierten Menschen kennen gelernt. Können Sie dieses Bild bestätigen?"

„Ich hatte nicht das Vergnügen, ihn persönlich kennen zu lernen."

„Die Frage, die sich unsere Zuschauer stellen, ist doch die, wie es geschehen konnte, dass jemand einem solchen Mann, dem Mann der Woche, nach dem Leben trachtet?"

„Wissen Sie was, stellen Sie diese Frage getrost Ihren zahlreichen Zuschauern. Vielleicht bekommen wir ja dadurch einen wertvollen Hinweis aus der Bevölkerung, dem wir nachgehen können."

„Das werden wir machen, Herr Kommissar. Vielen Dank für den Hinweis und noch viel Spaß beim Fußball."

Matuszek kehrte auf sein Sofa zurück und erfuhr, dass Reus wegen einer Verletzung gegen Götze ausgewechselt werden musste. Er dachte an Marzena und fragte sich, ob sie wohl heute mit ihrer Doktorarbeit ein Stück vorangekommen wäre, als am österreichischen Strafraum ein weiß-roter Abwehrspieler völlig unnötigerweise Müller umrempelte.
„Foul!", schrie Matuszek.
Der Schiedsrichter war derselben Meinung und zeigte auf den Elfmeterpunkt. Mesut Özil legte sich den Ball zurecht, während Matuszek im Geiste die deutsche Aufstellung mit der Frage durchging, ob es nicht noch einen besseren Elfmeterschützen gäbe als die Nummer Zehn. Özil nahm kurz Anlauf und schoss flach und platziert rechts unten ein. Matuszek sprang auf und jubelte. Die Anspannung der ersten Halbzeit, nach der Österreich auch mit drei Toren hätte in Führung liegen können, musste in der 54. Spielminute heraus geschrien werden.
Nur drei Minuten später musste Matuszek mit ansehen, wie die Österreicher den Anschlusstreffer erzielten. Matuszek sah vierzigtausend österreichische Fans außer Rand und Band geraten und befürchtete, dass die deutsche Mannschaft das Spiel doch noch aus der Hand geben könnte.
Matuszek öffnete die nächste Bierflasche und trank gierig wie einer, der kurz vor dem Verdursten war. Plötzlich leistete sich Philipp Lahm einen katastrophalen Rückpass auf Manuel Neuer, Burgstaller spritzte dazwischen und war allein vor Neuer, doch der deutsche Torwart nahm dem Angreifer den Ball vom Fuß. Während die Österreicher, angefeuert vom begeisterten Wiener Publikum, weiterhin Siegeswillen demonstrierten und die Deutschen sich auf das Verteidigen konzentrierten, versuchte Matuszek sich daran zu erinnern, warum Marzena kurz nach Spielbeginn angerufen hatte.

Der Schlusspfiff erlöste Matuszek aus der Grübelei. Er reckte die Arme in die Höhe, verharrte eine Weile in der stillen Jubelpose und genoss das Gefühl des Sieges. Mit sechs Punkten aus zwei Spielen war Deutschland gut in die WM-Qualifikation gestartet. Matuszek hätte Marzena gerne angerufen, doch es war ihm unangenehm einzugestehen, dass er ihr vorhin nicht zugehört hatte.

Das Telefon klingelte nicht noch einmal. Marzena hatte sich in einem langen Telefongespräch mit ihrer besten Freundin Camille den Frust von der Seele geredet. Camille aus Lyon, seit zwei Jahren Studentin der Kulturwissenschaften an der Viadrina, war der Auffassung, eine Frau dürfe gegenüber einem Mann, den sie liebt, keine falsche Rücksicht walten lassen. „Du musst ihm klar sagen, was du erwartest und womit du nicht einverstanden bist. Wer damit auf Dauer nicht umgehen kann, mit dem solltest du deine Zeit nicht verschwenden."

Danach hatte Marzena sich auf ihre Doktorarbeit gestürzt und hielt sich mit Kaffee wach. Matuszek trank polnischen Wodka, dachte an Marzena, genoss die Abkühlung nach den vorherigen heißen Tagen bei sperrangelweit geöffneter Balkontür und schlief irgendwann auf dem Sofa ein.

15

Der Mittwochmorgen war schrecklich für Matuszek. Nicht weil er einen Kater gehabt hätte, sondern weil ihn Reue plagte. Die Reue, dass er am Abend zuvor nach Ende des Fußballspiels nicht einfach zu Marzena gefahren war, anstatt sich mit Wodka zu betrinken, war morgens nach dem Aufstehen noch erträglich gewesen. Schlimmer wurde es, als er gegen neun Uhr die knapp hundert Meter vom *Brunnenplatz*, wo er seinen Wagen abgestellt hatte, bis zum Rathaus zu Fuß zu gehen hatte. Es schien ihm, als ob sich fünf, nein hundert der schönsten Frauen der Stadt verabredet hätten, an ihm vorbei zu defilieren, um ihm ins Bewusstsein zu rufen, welch ein Idiot er gewesen war.

Den Anfang machte eine rothaarige Cabrio-Fahrerin im besten Alter (wer fuhr bei diesem Wetter noch Cabrio?), deren Haare wild in der Morgensonne leuchteten, als sie auf den Parkplatz brauste; sie strafte ihn, indem sie ihn keines Blickes würdigte.

Im *Café Mitte* saßen drei junge Damen unter dem einzigen Sonnenschirm und trotzten, leicht fröstelnd, den wachsenden Anzeichen, dass der Sommer zu Ende war, indem sie sich jede an einem Kaffeebecher wärmten. Matuszek nannte die Mädchen ‚die drei Kontinente'. Asien saß anmutig und kerzengerade am Tisch und schaute unter seidenglattem, pechschwarzem Haar über den Kaffeebecher hinweg in die Ferne. Afrika erwiderte schüchtern Matuszeks Lächeln, das ihre weißen Zähne entblößte und der Blick aus schwarzen Augen, der Matuszek aus den Tiefen der Seele zu kommen schien, fuhr ihm in die Glieder und ließ ihn für den Bruchteil einer Sekunde straucheln. Europa schließlich, Skandinavien vielleicht, schwedischer Sommer, schaute nach Afrika, stupste Asien an, zeigte auf ihn und lachte, lachte ihn

so lange aus, bis Matuszek in ein paar Metern Entfernung vor ihrem Tisch stehen blieb.
„Guten Morgen, die Damen, welch ein reizender Anblick am frühen Morgen!"
„Oh, ein Gentleman der alten Schule!", war von Europa zu hören.
„Alte Schule vielleicht, junges Herz gewiss", erwiderte Matuszek.
Jetzt lachte Asien, hoch und hell. Das junge Herz des alternden Mannes machte einen Sprung.
„Ihre Worte klingen wie ein Gedicht", sagte Afrika mit großen Augen.
„Wünschen die Damen ein Gedicht?", sagte Matuszek, spürte alle Blicke auf sich gerichtet und hörte keinen Widerspruch.

„Die Kilometer
haben Beine bekommen
die Sieben Meilen
haben Stiefel bekommen
Die Stiefel laufen alle
davon zu dir

Ich will ihnen nachlaufen
Da stützt mein Herz sich auf meinen
Geschnitzten Stock
Und hüpft
Und hüpft außer Atem
Den ganzen Weg bis zu dir hin

Jedes Mal wenn es fällt
Schlägt es auf
Wie mein Stock auf die Stufen
Hörst du ihn klopfen?
Hörst du mein Herz klopfen lauter
Als meinen Stock?" *

In den Beifall der drei jungen Damen hinein verbeugte sich Matuszek, wünschte einen schönen Tag und setzte seinen Weg zum Rathaus fort. Er nahm sich vor, unmittelbar nach den anstehenden Gesprächen Marzena anzurufen, um sich mit ihr für den Abend zu verabreden. An einem Ort und zu einer Zeit, die Marzena bestimmen sollte.

Die fünfte Frau lief Matuszek über den Weg, als er eine der Glastüren zum Rathaus öffnete. Die Schöne eilte durch die benachbarte Glastür aus dem Rathaus. Sie hieß Marie-Louise Becker und war Matuszeks Ex-Frau.

‚Sie sieht gut aus', stellte Matuszek nüchtern fest. Sie trug ihr halblanges, blondes Haar offen, die Fältchen im Gesicht unterstrichen das Lächeln, die weiße Bluse und schwarze Hose betonten ihre schlanke Figur.

„Hallo Bernd", lachte sie ihn an. „Wolltest du zu mir?"

„Eigentlich nicht, aber wo du mir schon mal über den Weg läufst."

„Stimmt es, was man sich erzählt? Dass Oderberg ermordet wurde?"

„Das ist richtig. Aber das ist schon ziemlich das Einzige, was klar ist. Hat das Stadtfernsehen seine wilden Vermutungen schon gesendet?"

„Noch nicht gesendet, aber Oberdörfer hat schon mit der halben Stadt telefoniert."

„Hat er dich auch angerufen?"

„Nein, ich habe es eben im Sekretariat des Oberbürgermeisters erfahren."

„Sag mal", sagte Matuszek, „kannst du mir etwas über Oderberg erzählen?"

„Was willst du wissen?"

„Alles, was du weißt. Du hattest ja öfter mit ihm zu tun."

Marie-Louise Becker lachte:

„So kann man es auch nennen. Vielleicht willst du mich ja dienstlich zu einem Kaffee einladen."
„Es wäre mir eine Ehre."
Matuszek führte seine Ex-Frau in die erste Etage des *Café Alte Hanse* und setzte sich mit ihr ans Fenster. Von hier hatte man den *Marktplatz* und den Vorplatz des Rathauses gut im Blick.
„Ich kenne Oderberg vor allem aus der Stadtverordnetenversammlung. Wir haben zehn Jahre dort zusammen verbracht, er bei den Blauen und ich bei den Roten. Genauso wie ich, hat er kaum einmal eine Sitzung versäumt. Am stärksten sind wir in seinen letzten fünf Jahren aneinander geraten. Da war ich schon Fraktionsvorsitzende."
„War er auch Vorsitzender?"
„Nein, Oderberg hatte nie ein führendes Amt inne, da hat er sich schön rausgehalten. Dennoch war er der Boss. Er war derjenige, auf den man in kontroversen Debatten schaute. Manchmal kam es sogar vor, dass seine Parteifreunde oder auch seine Koalitionsfreunde von der Orangefarbenen Partei ihn direkt aufgefordert haben, das Wort zu ergreifen, um seine Reihen zu einen und wieder gegen uns ins Feld zu führen."
„Was machte ihn zu einer solchen Autorität?", fragte Matuszek.
„Er konnte gut reden, keine Frage. Er konnte mit Sprache manipulieren und einem derart den Kopf verdrehen, dass man höllisch aufpassen musste, ihm nicht auf den Leim zu gehen."
„Selbst du?", fragte Matuszek und grinste.
„Selbst ich. Kaum zu glauben, aber leider wahr."
„War das alles?"
„Seine Autorität beruhte vor allem auf seinem Image als Baufachmann."
„Hat er denn alle Bauaufträge der Stadt ausgeführt?"

„In den ersten Jahren nach der Wende noch nicht, aber seit Ende der 90er Jahre die meisten schon. Einer meiner Parteifreunde hat errechnet, dass er im letzten Jahrzehnt jedes Jahr zwischen 70 und 90% der städtischen Bauaufträge bekommen hat."
„Hat er dafür Schmiergelder gezahlt?"
„Nie, zumindest ist nichts bekannt. Aber ich glaube auch gar nicht, dass er es nötig gehabt hätte. Seine Methode war viel subtiler."
Marie-Louise Becker bestellte einen Cappuccino und wechselte ein paar charmante Worte mit dem Kellner, der sie mit Namen begrüßt hatte. Matuszek orderte einen doppelten Espresso.
„Bautätigkeiten sind unter den Ausgaben einer Stadt, über die sie selbst entscheiden kann, der größte Anteil. Es geht um Gewerbegelände, Schulgebäude, Straßen, Radwege und um Millionen von EU-Fördermitteln. Deswegen ist die Frage, welche Bauprojekte die Stadt realisieren sollte, auch eines der Hauptthemen der Stadtverordnetenversammlung."
„Also hat Oderberg die Bühne genutzt, um sich selbst als Oberexperte zu präsentieren", warf Matuszek ein.
„Dort, wo eine andere Firma einen Auftrag ausführte, hat er deren Arbeit schlecht gemacht und bei seinen Projekten hat er jede Gelegenheit genutzt, um Publicity zu bekommen."
„Die Medien haben wahrscheinlich ihren Teil dazu beigetragen, sein Image aufzubauen", sagte Matuszek.
„Von jeder Stadtverordnetenversammlung wird im Stadtfernsehen und in der Lokalzeitung berichtet. Auf diese Weise ist mit den Jahren bei der Mehrheit eine feste Meinung entstanden: Wenn ein Bauprojekt gelingen soll, dann lasst das mal den Oderberg machen. Dazu kam dann noch seine soziale Ader. Er war kein lokaler Medienstar. Dafür war er als Person zu langweilig. Aber ja, die Medien haben zu seinem Bild beigetragen."

„Gab es denn niemanden in eurer Partei, der ihm als Fachmann Paroli bieten konnte?", fragte Matuszek.
„In der letzten Legislaturperiode hatten wir es geschafft, seinen einzigen Konkurrenten in der Region, Wolfgang Bandemer, zu einer Kandidatur zu überreden"
„Lass mich raten, er wurde nicht gewählt."
„Natürlich wurde er gewählt. Er ist ein netter Kerl, ein bisschen steif aber trotzdem ‚Einer von uns'. Außerdem wird jeder unserer Kandidaten, der auf einem Wahlplakat auftaucht, gewählt. Wir könnten auch einen Besenstiel ablichten, auch der würde gewählt."
„Hätte ich auch Chancen, gewählt zu werden?", fragte Matuszek.
„Nein, du nicht."
„Warum nicht? Mit einem Besenstiel kann ich locker mithalten."
„Du giltst als zu unsolide."
Matuszek lachte.
„Von den männlichen Wählern würde zwar fast jeder gern mit dir tauschen wollen. Aber keiner würde dies öffentlich demonstrieren wollen, indem er dich in die Stadtverordnetenversammlung wählt. Außerdem hast du keinen Schimmer davon, was hier in der Stadt abläuft."
„Die Unterwelt der Stadt kenne ich wie meine eigene Westentasche", protestierte Matuszek.
Marie-Louise lachte:
„Frankfurt besteht aber nicht nur aus der unteren Hälfte."
„Deswegen muss ich mehr über die andere Hälfte herausfinden, um diesen Fall zu lösen."
„Ich kann mir gut vorstellen, dass Oderberg sich auch in der Unterwelt auskannte, wie du es nennst. Aber wenn er sich selbst irgendwann etwas hat zu Schulden kommen lassen, dann hat er es so geschickt angestellt, dass nichts an die Oberfläche kam."

„Vielleicht war sein Mörder in diesem Punkt anderer Meinung“, sagte Matuszek.
Marie-Louise Becker schaute den Kommissar fragend an.
„Hatte Oderberg irgendetwas mit der Stasi zu tun? Hatte er aus der DDR-Zeit Dreck am Stecken?“
„Er war Parteimitglied, wie viele andere auch. Eine IM-Tätigkeit konnte ihm nicht nachgewiesen werden. Es gibt bis heute einige, die behaupten, Oderberg habe seine Stasiakte verschwinden lassen. Andere meinen, Oderberg habe aufgrund seiner zahlreichen Auslandsreisen recht schnell begriffen, dass der Kommunismus, so wie ihn die DDR-Führung praktizierte, früher oder später zum Scheitern verurteilt war und sich deswegen klugerweise nicht allzu sehr für ihn eingesetzt.“
„Warum hat er nicht mit Hilfe eurer Partei Karriere gemacht?“, fragte Matuszek.
„Gewiss hätte er das tun können. Oderberg war in seinen politischen Überzeugungen stets flexibel. Hauptsache, sie dienten seinem Geschäft. Aber ich glaube, ihm gefiel die Rolle ‚Vom Saulus zum Paulus‘ besser. Manchmal hat er sogar mit seiner DDR-Vergangenheit kokettiert und sie gegen uns ins Feld geführt. Einmal hat er gesagt: ‚Glaubt mir, ich weiß, was die Genossen wollen. Ich war lang genug selbst einer von ihnen.‘ Und die ganzen Wendehälse haben Beifall geklatscht und gelacht.“
„Wie standst du persönlich zu ihm, Marie-Lou?“, fragte Matuszek.
„Wir haben uns oft gestritten, er hat mich viele Stunden meines Lebens gekostet und er hat mich oft an den Rand der Verzweiflung gebracht.“
„Hast du ihn gehasst?“
„In meinen dunkelsten Augenblicken ja, da habe ich ihn gehasst. Seine Selbstgefälligkeit, seine Rechthaberei, seinen Zynismus.“

Marie-Lou Becker nahm einen Schluck Kaffee und schaute auf den *Marktplatz* hinaus, wo gerade eine Touristengruppe von einem Stadtführer zum Rathausportal geleitet wurde.

„Aber du kennst mich, ich habe es nicht zugelassen, dass ich mein Denken und Handeln ihm gegenüber wirklich von Hass hätte bestimmen lassen. Meistens bin ich ruhig geblieben und habe mir gesagt: Letztlich ist er nur ein eingebildeter Mann, der von irgendetwas Banalem angetrieben wird und nicht eher Ruhe gibt, bis er es erreicht hat."

Sie atmete einmal tief ein und aus.

„Dann habe ich mir gedacht: Lass ihn doch und pass nur auf, dass sich der Schaden für die Stadt in Grenzen hält. Es ist ja nicht so, dass er schlecht gebaut hätte. Aber bestimmt hätte die Stadt mit anderen Auftragnehmern bei gleicher Qualität jedes Jahr ein oder zwei Milliönchen sparen können."

„Wenn du an meiner Stelle wärst", fragte Matuszek, „in welcher Richtung würdest du nach dem Mörder suchen?"

Marie-Lou Becker lachte ein fröhliches Lachen. Sie ergriff Matuszeks Hände und streichelte sie.

„Du brauchst weibliche Intuition, habe ich Recht?"

„Gepaart mit Lebenserfahrung, politischem Gespür, Wissen darüber, wie die Menschen hier ticken, Kenntnis der Stadt und ihrer Macher. Reicht das als Referenz, oder soll ich noch weiter aufzählen?"

„Vielleicht wäre es tatsächlich nicht schlecht, Bernd, wenn du für deine weiteren Recherchen auch eine Frau an deiner Seite hättest."

„Die Słubicer Kollegen haben mir leider einen Mann geschickt, einen Grünschnabel noch dazu, an Stelle einer attraktiven, jungen Kommissarin. Aber zum Gespräch nachher mit deinem Kollegen Fraktionsvorsitzenden von den Blauen werde ich von meiner Kollegin Petra Schumacher begleitet."

„Ist sie hübsch?“
„Na ja, ich würde sie nicht von der Bettkante schubsen, wenn …“
„Wenn du keine andere zur Verfügung hättest, richtig?“, unterbrach ihn seine Ex-Frau.
„Richtig, aber sie will nichts von mir wissen. Sie sagt nur, ich solle mehr Stadtfernsehen schauen und die Lokalzeitung lesen, wenn ich ein besserer Polizist sein will.“
„Ich sage dir, mein Lieber, deine Kollegin hat Recht und mehr noch: Du solltest dich auch mehr für Politik interessieren.“
„Vorläufig reicht es aus, dass ich Menschen kenne, die sich hier besser auskennen als ich.“
Marie-Louise Becker lächelte:
„Konnte ich dir ein bisschen weiterhelfen, ja?“
„Wenn du mir noch die Frage von eben beantworten könntest …“.
Seine Gesprächspartnerin verfolgte den jungen Chefredakteur des Frankfurter Fernsehens, Markus Oberdörfer, wie er hastigen Schrittes zum Rathaus eilte. Matuszek konnte ihn nicht sehen.
„Also ich denke mir“, sagte Marie-Louise Becker, „dass zur Ausführung eines Mordes etwas mehr gehört, als dass man jemandem von Zeit zu Zeit die Pest oder gar Schlimmeres an den Hals wünscht. Andernfalls wäre die halbe Stadt mordverdächtig.“
„Das habe ich gestern Morgen in ähnlicher Weise auch schon von Oderbergs Witwe gehört.“
„Siehst du, da hast du es schon von zwei klugen Frauen gehört. Wenn du irgendwann nochmal Zeit hast, kann ich dir gern auch etwas über Frau Oderberg erzählen.“
„Kennst du sie auch?“
„Sehr gut sogar.“
„Sind wir schon so lange geschieden, dass ich auch das nicht weiß?“
„Solche Dinge haben dich auch damals nicht interessiert, als wir noch zusammen waren.“

„Wenn du jetzt vielleicht so freundlich wärest, mir meine Frage zu beantworten", sagte Matuszek.
„Wenn du mich nicht ständig unterbrichst, mache ich das gerne", lächelte Marie-Louise Becker ihn an.
„Gewiss, erlaube mir jedoch, deiner Theorie, dass berufliche oder politische Feindschaft für einen Mord nicht ausreicht, entgegenzuhalten, dass dies bei einer Affekthandlung sehr wohl eine Rolle spielen kann."
„Zu einem Mord im Affekt kommt es jedoch nur, wenn sich Opfer und Täter alleine gegenüberstehen, oder?"
„Meistens ja."
„Ich kann mir schwer vorstellen, dass es Oderberg in einer solchen Situation soweit kommen ließe. Du musst wissen, er war in allem, was er tat, immer sehr kontrolliert. Jedes Wort, jede Geste, war wohl überlegt, die Wirkung beabsichtigt, der Auftritt inszeniert, der Augenblick bewusst gewählt."
„Ich unterbreche Sie nicht wieder, Frau Diplom-Psychologin", sagte Matuszek mit gespielter Resignation.
„Ich würde an deiner Stelle eher im privaten Umfeld suchen. Dort sind die persönlichen Verletzungen viel tiefer. In der Politik und in der Bauwirtschaft richtet sich die Feindschaft ja nicht gegen den Menschen Oderberg, sondern in erster Linie gegen seine Funktion."
„Kann man das immer voneinander trennen?"
„Nicht immer."

16

Matuszek hatte eine halbe Stunde Zeit bis zu seinem Gespräch mit Frank-Rüdiger Müller, dem Fraktionsvorsitzenden der Blauen Partei in der Frankfurter Stadtverordnetenversammlung. Matuszek schlenderte über das Kopfsteinpflaster des *Marktplatzes* und durch die kleine, dichte Allee in der *Bischofstraße* Richtung Fluss. Sogar die Sonne ließ sich zwischen den Wolken blicken und warf den Schatten der Blätter auf den Kiesweg. Kurz bevor sich auf der rechten Seite das himmelblaue Kleistmuseum auftat, kam ihm an den bunten Blumenrabatten die sechste Schönheit dieses Tages entgegen, eine junge, schlanke Frau, deren Rundungen unter dünnen Stoffen wunderbar zur Geltung kamen. Ihre kurzen, blonden Haare erinnerten ihn an … . Er hatte vergessen, Marzena anzurufen. Er wollte gerade sein Handy aus der Hosentasche ziehen, als es klingelte. Es war Wojtek Miłosz.

„Guten Tag, Herr Kollege, ich habe gestern etwas Interessantes über Herrn Oderberg erfahren."

„Erklären Sie mir lieber erstmal, was Ihr Lokalfernsehen für schwachsinnige Gerüchte in die Welt setzt", blaffte Matuszek ihn an.

„Zu erklären gibt es da nicht viel", entgegnete Miłosz. „Die Zeiten, dass Polizei und Medien in einer Hand lagen, sind nämlich bei uns wie bei Ihnen vorüber. Ich kann Ihnen jedoch gern berichten, was einzelne Medien bei uns so von sich geben."

„Laut eurer Lokalglotze soll Oderberg etwas mit Drogen- und Menschenhandel zu tun gehabt haben. Woher haben die Fernsehfuzzis solch einen Quatsch?"

„Die Quelle wurde nicht genannt, außerdem wurde es als das bezeichnet, was es ist, nämlich als ein Gerücht."

„Aber man kann doch nicht irgendwelche Gerüchte in die Welt setzen, bloß um Einschaltquoten zu erzielen", ereiferte sich Matuszek.
„Gewiss kann man das und es geschieht auf beiden Seiten der Oder."
Diese Bemerkung ließ Matuszek für einen Augenblick schweigen und gab Miłosz die Möglichkeit wahrzunehmen, dass sich Klein-Łukasz, den er wie häufig mittags im Kinderwagen spazieren führte, im Schlaf unruhig bewegte. Miłosz schaukelte den Wagen leicht, während er ihn schob, um den Kleinen zu beruhigen.
„Wahrscheinlich", fuhr Miłosz fort, „erhält die Fernsehredaktion jeden Tag zig Anrufe von Bürgern, die sich wichtig tun wollen. Und die erzählen dann eben auch solch einen Quatsch."
„Können Sie nicht mal mit denen reden und ihnen klar machen, wie sehr sie damit unsere Arbeit behindern?"
„Das hat mein Chef heute Morgen auf seine Art bereits getan", sagte Miłosz. „Ich hingegen finde es interessant zu verfolgen, ob auf diese Gerüchte hin nun irgendwelche Informationen auftauchen, die uns weiterhelfen."
Matuszek schwieg ein großes, ärgerliches Fragezeichen in den Äther zwischen sich und Miłosz. Matuszek stand am Geländer der Oderpromenade und schaute auf den Fluss. Hätte er nach links Richtung Stadtbrücke geschaut, hätte er in kaum vierhundert Meter Entfernung seinen Słubicer Kollegen mit Kinderwagen als einen Cent-Stück-großen Punkt über die Stadtbrücke gehen sehen. Auch Wojtek Miłosz kam nicht auf die Idee, am gegenüberliegenden Ufer seinen Gesprächspartner zu vermuten.
„Für den Fall, dass an diesem Gerücht etwas dran sein sollte", erklärte Miłosz, „werden sich nun Leute melden, deren Wissen erst in diesem Kontext Bedeutung bekommt."

„Das klingt sehr interessant, Herr Chef-Psychologe“, erwiderte Matuszek. „Genauso gut kann es sein, dass wir nun Hinweise, die in eine andere Richtung gehen, gar nicht mehr bekommen. Denn die Leute werden denken, dass sie nicht mehr von Bedeutung sind.“

„Damit sind wir bei dem eigentlichen Grund meines Anrufs“, sagte Miłosz.

Matuszek unterbrach ihn: „All meine Informationen deuten darauf hin, dass Oderberg zwar ein harter Geschäftsmann und gewiefter Politiker war, andererseits jedoch ein sehr kontrollierter, langweiliger Mann, der penibel auf sein tadelloses Image achtete. Dass Oderberg irgendetwas mit Drogenhandel zu tun gehabt haben könnte, scheint da ziemlich abwegig. Er hätte es auch finanziell nicht nötig gehabt.“

„Das kann schon sein“, entgegnete Miłosz. „Dennoch gibt es auch andere Facetten der Person Oderberg.“

„Da bin ich aber gespannt“, sagte Matuszek.

„Wir haben gestern einen Anruf bekommen. Ein Barmann vom *Scotsman* behauptete, den Ermordeten zu kennen.“

„Vom *Scotsman*?“

„Ja, den kennen Sie, nicht wahr?“

„Allerdings. Wie heißt denn der Barmann?“

„Piotr Komorowski.“

„Den kenne ich auch.“

„Wenn Sie häufiger im *Scotsman* zu Gast sind, sind Sie vielleicht sogar einmal unserem Oderberg über den Weg gelaufen, ohne ihn erkannt zu haben.“

„Schon möglich“, brummte Matuszek in sein Handy und fühlte sich so beschissen wie an allen beschissenen Augenblicken der letzten Tage zusammen.

„Der Barmann erzählte, dass Oderberg häufig Gast im *Scotsman* war.“

„Das bin ich auch“, unterbrach Matuszek.
„Der *Scotsman* ist ein öffentlicher Ort“, dozierte Miłosz ungerührt weiter, „an dem man gesehen und gehört wird. Oderberg hat sich dort sowohl mit männlichen und weiblichen Personen getroffen, die nach Geschäftspartnern aussahen, als auch mit Damen, die den Anschein erweckten, Prostituierte zu sein.“
Matuszek lachte.
„Mein lieber Kollege Miłosz.“
„Matuszek“, unterbrach diesmal Miłosz, „ich weiß, was Sie jetzt sagen wollen. Sie wollen mich darüber aufklären, dass jeder zweite erwachsene Frankfurter schon mehr als einmal in einem Słubicer Bordell war.“
„Mindestens jeder zweite“, sagte Matuszek.
„Nach dem, was Sie mir erzählt haben, gibt es jedoch einen wesentlichen Unterschied zwischen einem gewöhnlichen Frankfurter und Herrn Oderberg.“
„Der da wäre.“
„Oderberg war eine Person des öffentlichen Lebens. Er wusste, dass er an einem solchen Ort erkannt werden konnte.“
Matuszek schwieg.
„Was ich noch fragen wollte“, hob Miłosz an. „Hat die Durchsuchung von Oderbergs Firma schon etwas ergeben?“
„Sie hat erst heute um 10 Uhr begonnen.“
„Geben Sie mir bitte Bescheid, wenn Sie etwas erfahren“, sagte Miłosz.
„Selbstverständlich, Herr Kollege. Ich muss jetzt leider Schluss machen, der nächste Termin wartet schon.“
Neben Matuszek stand seine Kollegin Petra Schumacher in Bluejeans und weißer Bluse und hielt ihm die Frankfurter Zeitung unter die Nase.
„Warst du beim Friseur?“, fragte Matuszek.

„Wie kommst du denn da drauf?“
„Deine Haare sehen gut aus.“
Petra Schumacher fuhr sich durch die kurzen, kupferrot gefärbten Haare.
„Meine Haare sehen jeden Tag gleich gut aus.“ Mit einem ironischen Lächeln fügte sie hinzu: „Aber ich könnte dir zu Liebe demnächst mal wieder zum Friseur gehen und mir die Haare noch etwas kürzer schneiden lassen.“
Matuszek wusste nicht recht, wie er die Bemerkung verstehen sollte.
„Wahrscheinlich warst du heute zu beschäftigt, um die Zeitung zu lesen, nicht wahr?“
„Dafür habe ich doch meine geschätzte Kollegin.“
Petra Schumacher ignorierte es, faltete die erste Seite des Lokalteils auf und las vor:

„FRANKFURTER GESCHÄFTSMANN IN SŁUBICE ERMORDET AUFGEFUNDEN
Am Montagmorgen wurde in den Słubicer Oderwiesen der Frankfurter Bauunternehmer und langjährige Stadtverordnete Hans-Werner Oderberg (61) tot aufgefunden. Die polnischen Behörden gehen von einem Gewaltverbrechen aus.
Hans-Werner Oderberg war in Frankfurt eine bekannte und allseits geschätzte Persönlichkeit.“
Und so weiter, und so weiter„, sagte Petra Schumacher. “Hier wird es spannend:
„Das Słubicer Lokalfernsehen berichtete bereits Montagabend über den Fall. Am selben Tag hatte die Słubicer Polizei ein Ersuchen auf Amtshilfe gestellt, dem unmittelbar stattgegeben wurde. Von der Frankfurter Polizei war dennoch bis gestern Abend keine offizielle Stellungnahme zu bekommen. Dem Vernehmen nach tappt man bisher völlig im Dunkeln.“

Jetzt kommt der interessanteste Absatz, Bernd", sagte die Kollegin. *„Entscheidenden Einfluss auf die Lösung des Kriminalfalls könnte die Zusammenarbeit zwischen der Słubicer und der Frankfurter Polizei haben. Es ist bekannt, dass es um sie in der Vergangenheit nicht zum Besten bestellt war. Ein Beamter des Bundesinnenministeriums beklagte sich darüber, dass die schnelle Aufklärung des Falles von polnischer Seite behindert würde. ‚Die Warschauer Zentralregierung', so der Beamte, ‚hat einen Inspektor geschickt, der die Arbeit vor Ort kontrollieren soll.' Dabei ginge es vor allem darum, jegliche Einmischung von deutscher Seite zu verhindern. Die polnische Seite vermute den Mörder eher auf der deutschen Seite, habe jedoch ihrerseits den Eindruck, dass die deutschen Behörden vorrangig auf der polnischen Seite suchen wollten."*

„Na prächtig", seufzte Matuszek. „Da sind wir wieder auf dem besten Wege, genau das zu bekommen, was wir unbedingt vermeiden wollten. Nämlich dass aus einem gewöhnlichen Mordfall eine deutsch-polnische Staatsaffäre wird."

„Unser Chef hat schon mit dem Ministerium telefoniert", sagte Petra Schumacher.

„Welcher unserer Chefs?"

„Der Präsi. Anscheinend wollte da ein Referatsleiter sein beschädigtes Ego reparieren, weil ihm vor einigen Jahren die Schuld dafür gegeben wurde, dass aus dem letzten deutsch-polnischen Kriminalfall auch eine Staatsaffäre geworden ist."

„Und so wiederholt sich die Geschichte", bemerkte Matuszek sarkastisch.

„Wir müssen Schluss machen, Bernd", sagte Petra Schumacher und wies mit dem Kinn auf einen Mann, der es sich trotz höchstens fünfzehn Grad Außentemperatur auf einem Stuhl im Biergarten des *Frankfurter Speicherrestaurants* bequem gemacht hatte und zu ihnen herüberschaute.

„Ich wollte nur, dass du schon mal weißt, dass der Präsi von dir noch heute bis 16 Uhr einen schriftlichen Zwischenbericht will."
Matuszek nickte.
„Hat die Durchsuchung der Firma Oderberg schon etwas ergeben?"
„Ich habe die Kollegen bis 14 Uhr um eine Zuarbeit gebeten."
„Kluges Mädchen", meinte Matuszek. Die Uhr an der Schiffsanlegestelle zeigte Punkt 13 Uhr.

—

„Guten Tag, Herr Müller."
„Guten Tag, Herr Kommissar."
„Mein Name ist Matuszek und das ist meine Kollegin Petra Schumacher."
„Es freut mich, Ihre Bekanntschaft zu machen, obwohl es ein tragischer Umstand ist, der uns zusammenführt", sagte Müller.
„Der gewaltsame Tod Ihres langjährigen Parteifreundes Hans-Werner Oderberg", stellte Matuszek fest. „Wie fühlen Sie sich, Herr Müller?"
Müller stockte einen Augenblick, dann sagte er:
„Ich bin fassungslos, dass so etwas in unserer Nachbarstadt geschehen kann."
„Was ist das für ein Gefühl, Herr Müller?", hakte Matuszek nach. „Ist es Hilflosigkeit?"
„Ja, Hilflosigkeit, das trifft es wohl. Aber auch Trauer und Wut. Ja, ich gebe zu, es ist vor allem Wut."
„Wut worauf oder auf wen?", fragte Matuszek.
„Wut auf den Mörder, den Sie hoffentlich finden und bestrafen werden. Und Wut auf die Gesellschaft."
„Auf die Gesellschaft?"
„Ja, auf die Gesellschaft", sagte Müller, „die es so weit hat kommen lassen."

„Wie meinen Sie das, Herr Müller?“, fragte Matuszek.
„Wissen Sie, es herrscht so viel Neid in unserer Gesellschaft. Neid darauf, was andere erreicht haben. Und dieser Neid schafft meines Erachtens den Nährboden für Gewaltverbrechen wie dieses.“
„Das ist eine gewagte Behauptung, Herr Müller“, sagte Matuszek.
„Ach, finden Sie?“, sagte Müller.
„Wenn Neid ein gewichtiger Faktor ist, der zum Mord an Herrn Oderberg geführt hat, wie Sie glauben, in welcher Richtung würden Sie dann an unserer Stelle den Mörder oder die Mörderin suchen?“
„Ich habe nicht behauptet, dass der Mörder aus Neid heraus gehandelt hat“, beeilte sich Müller festzustellen. „Ich habe lediglich ein gewisses gesellschaftliches Klima beklagt, das derartige Gewaltverbrechen begünstigt.“
Müller zog sich die Krawatte gerade, obwohl sie auch vorher bereits tadellos gesessen hatte und nahm ein Schluck Mineralwasser.
„Was verstehen Sie darunter?“, fragte Schumacher. „Unter einem gesellschaftlichen Klima, das derartige Gewaltverbrechen begünstigt?“
„Ich meine damit, dass man hier in Frankfurt jemanden, der es zu etwas gebracht hat, der Erfolg hatte, kritisch beäugt. Man gönnt ihm seinen Erfolg nicht, man versucht, irgendeinen Angriffspunkt zu finden. Und wenn man ihn nicht findet, streut man Gerüchte.“
Frank-Rüdiger Müller hatte sich wieder unter Kontrolle.
„Was für Gerüchte?“, fragte Schumacher.
„Gerüchte über angebliche Bestechungen und angebliche Liebesaffären.“
„Wer ist ‚man‘?“, fragte Matuszek.

„Die Lokalzeitung", sagte Müller, „politische Gegner und wirtschaftliche Konkurrenten. Es ist ein offenes Geheimnis, dass die Quelle aller Bestechungsvorwürfe der Wolfgang Bandemer war. Aber es konnte Oderberg nie etwas nachgewiesen werden."
Matuszek zündete sich eine Zigarette an und blies den Rauch in den Himmel über der Oder, an dem sich dunkle Wolken zusammenzogen.
„Hätten Sie vielleicht noch eine Antwort auf meine vorherige Frage?", sagte Matuszek. „Wo vermuten Sie den Mörder?"
„Da muss ich passen, Herr Kommissar", sagte Müller. „Bei aller Feindschaft, die Motive eines Mordes übersteigen meine Vorstellungskraft."
„Wie gut kannten Sie Herrn Oderberg?", fragte Petra Schumacher.
„Sehr gut", entgegnete Müller. „Er hat mein Haus gebaut, ich war sein Rechtsanwalt und wir haben viele Jahre in der Stadtverordnetenversammlung nebeneinander gesessen."
„In welchen Rechtsfragen haben Sie ihn verteidigt?"
„Wenn Bauherren ihm Mängel zur Last legten, nichts Besonderes also."
„Kannten Sie Herrn Oderberg so gut", fragte Schumacher, „dass er Ihnen vielleicht ein Geheimnis anvertraut hätte, das zu kennen uns jetzt bei der Suche nach dem Mörder helfen könnte?"
Müller sah beide mit großen Augen an.
„Wir würden es selbstverständlich vertraulich behandeln", sagte Matuszek.
Frank-Rüdiger Müller lockerte seinen Krawattenknoten und führte einen Finger zum Mund, als wollte er den Fingernagel abknabbern. Blitzschnell zog er den Finger wieder zurück. Müller sprach mit gedämpfter Stimme.
„Als sein Anwalt hatte ich Kenntnis von gewissen, na ja, sagen wir, Finanzgebaren." Jetzt trank er von seinem Kaffee. „Oderberg

hat zwar nie irgendwelche Bestechungsgelder gezahlt. Aber er hat Millionen am Fiskus vorbei an Scheinfirmen in den Emiraten transferiert."

„Und?", fragte Matuszek mit hörbarem Ärger in der Stimme. „Wusste jemand davon?"

„Soweit ich weiß, niemand."

„Wieso sollte das also in Verbindung mit einem Mordmotiv stehen?"

„Danach hat Ihre Kollegin nicht gefragt", sagte Müller. „Die Frage war nach Geheimnissen. Dies ist eins."

„Angenommen, jemand hätte davon erfahren", sagte Schumacher. „Dann hätte diese Person Oderberg damit erpressen können. Oderberg wollte sich dies nicht gefallen lassen, hat die Person zur Rede gestellt, sie vielleicht sogar bedroht. Die Person hat sich gewehrt und Oderberg getötet."

„Wenn meine Kollegin Recht hat", sagte Matuszek. „Wer könnte diese Person sein?"

„Sein Buchhalter", sagte Müller.

„Jedenfalls nicht sein Prokurist", sagte Matuszek.

Müller erschrak wie jemand, dem soeben ein Geist erschienen war. „Großer Gott, nein. Die Transaktionen, von denen ich Ihnen berichtet habe, haben natürlich stattgefunden, bevor mein Schwiegersohn zum Prokuristen bestellt wurde."

Müller lachte, um sich Erleichterung zu verschaffen.

„Wo wir gerade auf Ihren Schwiegersohn, Herrn Todenhöfer, zu sprechen kommen", hakte Matuszek ein. „Das ist durchaus eine interessante Personalie. Da wird ein junger Viadrina-Absolvent ohne jegliche Berufserfahrung Prokurist des größten Bauunternehmens der Region mit hundert Beschäftigten. Welchen Freundschaftsdienst mussten Sie Herrn Oderberg dafür erweisen?"

„Jetzt gehen Sie aber zu weit, Herr Kommissar."
„Ganz und gar nicht, Herr Rechtsanwalt. Wenn Sie wollen, dann bin ich gerade erst am Anfang."
„Oderberg kannte meinen Schwiegersohn schon aus der Parteiarbeit, als er noch gar nicht mit meiner Tochter zusammen war."
„Nun qualifiziert eine Bekanntschaft einen ja noch nicht zum Prokuristen."
„Roland hat BWL studiert und das Studium sehr gut abgeschlossen."
„Mit einem ‚befriedigend'", warf Schumacher ein. „Nicht gerade weltbewegend."
„Dennoch, Oderberg war von ihm überzeugt und wollte ihm eine Chance geben."
„Das ist sehr lobenswert", sagte Matuszek. „Aber wenn jemand wie Ihr Schwiegersohn ein Gehalt von zehntausend Euro brutto bekommt, dann ist das schon etwas mehr, als einem jungen Uni-Absolventen eine Chance zu geben, Herr Müller."
Nachdem Matuszek seinem Gegenüber die nächsten beiden Glimmstängel beinahe ins Gesicht geblasen hatte, gab dieser zu, dass die Gegenleistung darin bestanden habe, dass seine Frau und er in Dubai Scheinfirmen gegründet hatten, die die Gewinne der Firma Oderberg aufnahmen. Auf die Frage, wofür dieses Geld verwendet worden war, erklärte Müller, dass Oderberg damit Immobilien und Aktienanteile erworben hätte. Die Frage, ob Oderberg noch weitere Freundschaftsdienste verlangt hätte, verneinte Müller.
Matuszek sagte:
„Einerseits, Herr Müller, muss ich nach diesem Gespräch sowohl Sie, als auch Ihren Schwiegersohn in den Kreis der Tatverdächtigen aufnehmen. Andererseits kann ich es mir nicht so recht vorstellen, dass tatsächlich einer von Ihnen beiden Herrn

Oderberg erstickt oder vergiftet haben soll. Dennoch danke ich Ihnen für das interessante Gespräch."
Für den Zwischenbericht an seinen Chef brauchte Matuszek exakt zwölf Minuten. Er verschickte ihn per E-Mail, die sein Chef frühestens am nächsten Morgen lesen würde.
„Soll ich mal ein paar Nachforschungen über diesen Müller anstellen lassen?", fragte Petra Schumacher.
Matuszek brummte Zustimmung.
„Wer so in seiner Mandantendatei auftaucht und was er in der Vergangenheit getrieben hat."
„Ja, ja, mach nur", sagte Matuszek, loggte sich aus dem System aus und stürmte mit einem flüchtigen „Mach's gut, Petra" aus dem Büro.
Matuszek kaufte in einem Blumengeschäft einen Strauß Rosen, fuhr zu Marzena und bat sie um Entschuldigung dafür, dass er sie die letzten Tage vernachlässigt habe. Seine Einladung zu einem Wochenende zu zweit an der Ostsee nahm Marzena Pawlikowska mit einem Kuss an.
Petra Schumacher saß noch bis zum Abend im Büro und überprüfte die Daten der Buchhaltung von Oderbergs Firma. Müllers Angaben über Transaktionen an Scheinfirmen stellten sich als zutreffend heraus.

17

„Ich gebe zu, ich war erleichtert, als ich von Oderbergs Tod erfahren habe“, sagte Wolfgang Bandemer, Inhaber der *Bandemer Bau GmbH & Co KG*, am Donnerstagmorgen in seinem Büro.

„Erleichtert?“, hakte Matuszek nach.

„Ja, erleichtert“, sagte Bandemer.

„Das klingt so, als hätten Sie auf seinen Tod gewartet.“

„Ich habe mir gewünscht, dass er endlich sein Mundwerk hält, da bin ich ganz ehrlich.“

„Seit wann haben Sie diesen Wunsch verspürt?“, fragte Matuszek.

„Seit vielen Jahren.“

„Können Sie sich daran erinnern, was sich ereignet hat, als Sie sich zum ersten Mal Oderbergs Tod gewünscht haben?“

Bandemer schien kurz zu überlegen.

„Nein, ich kann mich an keine konkrete Situation erinnern“, sagte Bandemer.

„Wann war der Wunsch, Oderberg tot zu sehen, am stärksten?“, fragte Matuszek.

„Wenn meine Firma in der Öffentlichkeit schlecht gemacht wurde und ich wusste, da steckt wieder Oderberg dahinter.“

„Wie geschah das?“

„Er setzte Gerüchte in die Welt, meistens im *Club der Frankfurter Wirtschaft*. Er erzählte anderen, dass mich angeblich ein Bauherr verklagt hätte oder dass ausführende Firmen mir den Rücken gekehrt hätten, weil ich sie nicht bezahlt hätte. Und so weiter. Er redete immer von Dritten, nie von seiner eigenen Meinung. Aber das machte die Runde. Frankfurt ist ein Dorf.“

„Aber wenn es doch nicht stimmte“, warf Miłosz ein.

„Macht nichts, irgendetwas blieb immer hängen. Oderberg

bestimmte die öffentliche Meinung, in der Stadtverordnetenversammlung, in den Medien."

„Ich habe gehört", sagte Matuszek, „dass Sie auch einmal Stadtverordneter waren."

„Ein halbes Jahr lang habe ich es ausgehalten, dann habe ich die Brocken hingeschmissen."

„Warum?", fragte Matuszek.

„Politik ist ein Spiel. Und ich kann nicht spielen. Reden kann ich auch nicht sonderlich gut."

„Dadurch haben Sie die Chance aufgegeben, auf die Bauvergabepolitik der Stadt unmittelbar Einfluss zu nehmen."

„Ich habe nur sehr selten Aufträge von der Stadt bekommen. Und wenn, dann nur kleine. Hier mal ein Schuldach ausbessern, dort mal ein Kopfsteinpflaster durch Asphalt ersetzen."

Matuszek und Miłosz sahen Bandemer an. Dieser wandte sich den beiden zu:

„Darf ich Ihnen noch einen Kaffee einschenken?"

Bandemer war ein kleiner, schlanker Mann, der mit seinem gepflegten, grau melierten Vollbart und seiner Nickelbrille eher wie ein Universitätsprofessor, auf jeden Fall wie ein Feingeist aussah und nicht wie ein Bauingenieur, der sich auch ab und an mal auf einer Baustelle blicken lassen musste und bestimmt auch schon das eine oder andere Mal mit angepackt haben musste. Bandemer sprach ruhig und sachlich. Man konnte ihn sich schwer als jemanden vorstellen, der leicht aus der Haut fuhr, aber durchaus als jemanden, der die Nerven verlieren konnte. Seine Fingernägel waren samt und sonders bis auf die Haut abgebissen.

Miłosz lobte den Kaffee, Matuszek nickte. Bandemer servierte den Kaffee aus einem Kaffeevollautomaten einer italienischen Edelmarke. Ansonsten war sein Büro bescheiden und zweckmäßig

eingerichtet, höchstens halb so groß wie das Büro Oderbergs. Der Kaffeeautomat schien der einzige Luxus zu sein.
„Wann haben Sie vom Tod Oderbergs erfahren?“, fragte Matuszek.
„Vorgestern Abend. Oberdörfer hat mich angerufen.“
„Lassen Sie mich raten“, sagte Matuszek. „Er hat Sie kurz nach Beginn der zweiten Halbzeit angerufen.“
„Wie bitte?“, sagte Bandemer.
„Na, nachdem der Schiedsrichter die zweite Halbzeit des Deutschland-Spiels angepfiffen hatte.“
Miłosz lächelte flüchtig und Bandemer sah Matuszek verständnislos an.
„Es tut mir leid, ich schaue kein Fußball.“
„Irgendwann am Abend also“, sagte Matuszek. „Dann hat Oberdörfer wohl die halbe Stadt angerufen, nachdem er es vom Słubicer Stadtfernsehen erfahren hatte“, ergänzte er und schaute auf Miłosz.
„Ja, wir konnten leider die Journalisten nicht schnell genug mundtot machen“, stellte Miłosz in Bandemers Richtung entschuldigend fest.
Bandemer schien diesen Schlagabtausch ebenso wenig zu verstehen wie vorher die Bemerkungen zum Fußball.
Matuszek wandte sich an den Bauunternehmer:
„Herr Bandemer, das, was Sie uns erzählt haben, erklärt noch nicht ausreichend, warum Sie Ihrem Konkurrenten Oderberg den Tod gewünscht haben.“
Bandemer sah den Kommissar verwirrt an.
„Sein Verhalten war für Sie gewiss sehr ärgerlich“, fuhr Matuszek fort. „Aber es hat Sie nicht umgebracht und Ihre Firma auch nicht. Sie haben zwar keine hundert Beschäftigten wie Oderberg, aber immerhin dreißig. Die Erkundungen, die ich über Ihre Firma eingeholt habe, zeigen, dass es Ihrem Unternehmen nicht schlecht geht.“

Matuszek machte eine kurze Pause und nahm sich einen Schluck Kaffee.
Miłosz sah von einem zum anderen und dachte nach.
„Daher frage ich Sie noch einmal“, sagte Matuszek: „Was ist geschehen, dass Sie Oderberg tot sehen wollten?“
Bandemer schaute Matuszek an, dann sah er auf seine Hände, zum Fenster hinaus, auf den Parkplatz der Firma, wieder auf Matuszek und schwieg. Er schwieg wie versteinert.
„Haben Sie gegenüber Dritten Ihrem Wunsch nach Oderbergs Tod Ausdruck verliehen?“
„Nein“, sagte Bandemer, wie aus der Pistole geschossen.
„Sind Sie sich da ganz sicher?“
„Ich kann mich an nichts dergleichen erinnern.“
„Vielleicht gegenüber einem Mitarbeiter?“
Bandemer schwieg.
„Oder gegenüber einem Freund, einem Verwandten.“
Bandemer sah wieder auf seine Hände.
Matuszek wechselte einen Blick mit dem Kollegen Miłosz. Miłosz sprach aus, was Matuszek dachte:
„Herr Bandemer, Sie verschweigen uns etwas.“
Die Frage, ob er selbst Oderberg ermordet oder jemanden zum Mord angestiftet habe, verneinte Bandemer.
Matuszek ließ sich die Liste der Namen aller Mitarbeiter geben. Er wählte auf gut Glück zwei Namen aus und bat Bandemer, sie im Abstand von fünfzehn Minuten in den Beratungsraum kommen zu lassen, der sich neben Bandemers Büro befand. Miłosz sprach zeitgleich mit zwei weiteren Mitarbeitern in der Teeküche. Sie stellten allen dieselbe Frage: Was hatten Sie Ihren Chef über Hans-Werner Oderberg sagen hören? Die Antwort aller vier Mitarbeiter war identisch: Nichts. Kein Sterbenswörtchen. Das Thema Oderberg war in der Firma tabu gewesen.

Auf dem Weg zurück ins Polizeipräsidium entschied sich Matuszek gegen eine Beschattung Bandemers, aber nur weil er über keinen freien Mann mehr verfügte.

18

Matuszek verbrachte an diesem Donnerstag die Mittagspause im Fitness-Center über dem Supermarkt, der einen Steinwurf von Marzenas Wohnung entfernt lag. Im Rhythmus der Muskelübungen ließ Matuszek die Fragen und Antworten Revue passieren, die im Gespräch mit Bandemer gefallen waren. Zwischen den einzelnen Stationen, die Matuszek wie automatisch zum hundertsten Mal durchlief, suchte er den Schlüssel, der ihn dem Mörder näher bringen würde. Gab es jemanden, den Bandemer mit seinem unterdrückten Hass derart infiziert haben könnte, dass dieser den Mord an Bandemers Stelle ausgeführt hatte? Und wenn ja, wer könnte dies sein?

Wojtek Miłosz wurde etwa zur selben Zeit auf dem Flur des Słubicer Polizeikommissariats von seinem Chef abgefangen.

„Ich lade Sie heute zum Mittagessen ein."

Er trat an Miłosz heran, legte ihm den Arm auf die Schulter und flüsterte ihm ins Ohr:

„Wir haben heute hohen Besuch aus Warschau."

„Den jungen Bednarczyk alias Little-M aus dem Ministerium?"

„Den auch, aber er ist nicht alleine."

Als Miłosz mit seinem Chef den Speisesaal der Słubicer *Villa Monte Carlo* betrat, sah er neben Inspektor Bednarczyk zwei bekannte Gesichter. Paweł Koński war einer der populärsten polnischen Talkmaster, ein smarter Enddreißiger, der auf intelligente Art dem Volk nach dem Mund redete. Er hatte jeden Freitag zur besten Sendezeit Einschaltquoten zwischen vier und fünf Millionen Zuschauern. Koński vermochte sowohl charmant und belanglos zu plaudern, als auch seinen Gesprächspartner komplett in die Enge zu treiben.

Der andere war der für die Polizeiaufsicht im Innenministerium zuständige Staatssekretär Mateusz Gruszek. Er stammte aus Słubice und hatte in den Jahren zuvor viele verschiedene politische Ämter bekleidet. Miłosz fragte sich, was die Herren wohl dazu bewegte, aus Warschau hierher zu kommen. Als die Bestellungen aufgegeben worden waren, ergriff Staatssekretär Gruszek das Wort und kam nach ein paar kurzen Worten über die Leistungsfähigkeit der polnischen Polizei im Allgemeinen und der Słubicer Polizei im Besonderen rasch zur Sache.

„Im Ministerium wird dieser Fall aufmerksam verfolgt. Kollege Bednarczyk erstattet uns dankenswerterweise jeden Tag einen ausführlichen Bericht. Natürlich interessiert es uns weniger, wer der Mörder ist. Es ist für uns auch zweitrangig, welcher Nationalität der Mörder angehört, ob es ein Pole, ein Deutscher oder ein Angehöriger einer dritten Nation ist. Entscheidend für uns ist, wie dieser Fall gelöst wird und wem dafür in der Öffentlichkeit die Meriten zugeschrieben werden."

In der Gewissheit, dass niemand die kurze Pause nutzen würde, um das Wort zu ergreifen, trank Gruszek in aller Ruhe einen großen Schluck kalten, stillen Mineralwassers. Während die Räume der *Villa Monte Carlo* klimatisiert waren, hatte sich die Luft in den Straßen der Stadt unter der strahlenden Spätsommersonne rasch aufgeheizt.

„Kollege Bednarczyk verfolgt sehr aufmerksam die mediale Berichterstattung über den Fall auf beiden Seiten."

Auf dieses Stichwort reichte Inspektor Bednarczyk mit sehr ernster Miene seinem Staatssekretär die Kopie eines Artikels aus der Frankfurter Zeitung sowie einen mit Computer geschriebenen Text, der die Übersetzung zu sein schien.

„In einem Teil der deutschen Öffentlichkeit wird der Umstand, dass die Warschauer Regierung Interesse an einem deutsch-polnischen Kriminalfall zeigt und alles tut, um die rasche Aufklärung zu unterstützen, offensichtlich als eine Behinderung der Arbeit der deutschen Polizei wahrgenommen.

Ich habe sofort bei meinem Kollegen, Staatssekretär Biedermann, in Berlin angerufen. Er hat sich für die Äußerungen seines Referatsleiters entschuldigt und bekräftigt, dass die Bundesregierung das Engagement Warschaus mit großer Erleichterung zur Kenntnis nehme.

Ich habe betont, dass wir vollstes Vertrauen in die Kompetenzen der örtlichen Polizei haben. Staatssekretär Biedermann hat mir versprochen, dies auch den Potsdamer und Frankfurter Kollegen zu übermitteln.

‚Wenn Ihr den Słubicern vertraut', hat er gesagt, ‚dann sollten es die Frankfurter auch tun.'"

Der Kommandant der Słubicer Polizei blickte zufrieden von einem zum anderen. Miłosz schaute Staatssekretär Gruszek an, während dieser redete, hielt die Hände auf dem Tisch gefaltet und wartete.

„Was die Rolle des Słubicer Stadtfernsehens hingegen angeht", begann Gruszek und griff dieses Mal zum Cappuccino, „so bin ich mir mit den Kollegen Kommandant Konieczny und Inspektor Bednarczyk einig, dass ihre Berichterstattung bis dato, um es gelinde auszudrücken, nicht hilfreich war.

Was das Fass zum Überlaufen brachte, waren die wilden Vermutungen vom Dienstagabend, mit denen Verbindungen des Ermordeten zum Drogen- und Menschenhandel suggeriert wurden. Dabei entbehren diese Gerüchte, wie der Kommandant mir versicherte, jeglicher Grundlage.

Ich habe daraufhin gestern Morgen mit der Lubusker Wojewodin telefoniert. Nach diesem Gespräch ist davon auszugehen, dass sich das Słubicer Stadtfernsehen fortan deutlich zurückhalten wird."

Paweł Koński lachte fröhlich:

„Wann hat jemals das Lokalfernsehen einer Zwanzigtausend-Einwohner-Stadt eine solche Aufmerksamkeit erfahren? Für die ist das Hunderttausende wert."

Gruszek lächelte verkniffen:

„Was die Damen und Herren Journalisten nach Abschluss des Falles aus der ganzen Angelegenheit machen, geht uns nichts an. Aber noch ist der Fall nicht gelöst, habe ich Recht, Herr Kommissar?"

„Das ist richtig, Herr Minister", sagte Miłosz.

„Wenn ich heute Abend nach Hause komme", sagte Staatssekretär Gruszek, „wird meine Frau mich sofort bestürmen, von meinem Gespräch mit einem echten Kriminalkommissar zu erzählen. Sie müssen wissen, meine Frau liebt Kriminalromane."

Der Kommandant lachte, Inspektor Bednarczyk verzog seine Miene zu einer Grimasse, die entfernt an ein Lächeln erinnerte und Paweł Koński stieß Wojtek Miłosz von der Seite an die Schulter:

„Na, dann haben wir ja noch einen weiteren Kandidaten für internationale Berühmtheit."

Wojtek Miłosz lächelte freundlich und sah Staatssekretär Gruszek in sein, trotz der relativ jungen Jahre, von Falten zerfurchtes, ausdrucksstarkes Gesicht. Er war neugierig darauf, was als Nächstes kommen möge.

„Ich würde mich freuen, wenn Sie mir aus erster Hand berichten könnten, wie weit Sie in der Lösung des Falles vorangekommen sind. Es sind ja gerade einmal drei Tage vergangen, nicht wahr?"

Wojtek Miłosz nickte und kam ohne Umschweife zur Sache.

„Ich habe bisher acht Verhöre durchgeführt, davon eines auf der Słubicer Seite und sieben in Frankfurt. Von den letzteren drei Gespräche zusammen mit meinem Frankfurter Kollegen Matuszek und vier Gespräche auf seine Bitte alleine, um Zeit zu sparen."
„Matuszek heißt Ihr Kollege", unterbrach Gruszek. „Das klingt nach slawischen Wurzeln."
„Kann sein, auf jeden Fall spricht Matuszek ein bisschen Polnisch. Ich würde es Kneipen- und Komplimente-Polnisch nennen."
Gruszek grinste.
„Verstehen tut er jedoch eine ganze Menge."
„Da können wir ja froh sein, dass er nicht mit uns am Tisch sitzt, Ihr Kollege", warf Koński ein.
„Wie bewerten Sie die Zusammenarbeit mit Ihrem Frankfurter Kollegen?", fragte Gruszek.
„Es ist eine gute, sachliche Zusammenarbeit", sagte Miłosz, „die auf ein gemeinsames Ziel ausgerichtet ist: Oderbergs Mörder zu finden."
„Ich hatte Sie eben unterbrochen, Herr Kommissar, als Sie begannen, uns von ersten Ergebnissen zu berichten", sagte Gruszek.
„Ich will Sie nicht mit Details langweilen, Herr Minister. Interessant ist jedoch, dass wir feststellen mussten, dass quasi mit jedem Gespräch der Kreis der Tatverdächtigen wächst. Mit anderen Worten: Die halbe Stadt hatte ein Motiv."
„Meinen Sie mit ‚halbe Stadt' Frankfurt?", fragte Gruszek.
„Wenn man Frankfurt und Słubice als einen Stadtraum begreift, dann ja. Vorerst jedenfalls ist unsere Aufmerksamkeit eher nach Frankfurt gerichtet."
Miłosz machte eine kurze Pause und sah sowohl den Staatssekretär als auch den berühmten Fernsehmoderator an.
„Erlauben Sie mir eine Frage, Herr Minister?"
Gruszek schaute Miłosz mit leicht erhobenen Augenbrauen an.

„Verzeihen Sie meine Direktheit. Aber ich gehe doch Recht in der Annahme, dass das hier Besprochene unter uns bleibt?"

„Selbstverständlich", sagte Staatssekretär Gruszek, dessen Stimme zwischen Verwunderung und einem Anflug von Ärger schwankte.

Der Kommandant wurde unruhig. Paweł Koński jedoch prustete ein Lachen heraus, das durch die halb geöffneten Fenster auf die Straße drang. Er schlug zuerst auf den Tisch, so dass die Gläser klirrten und dann Wojtek Miłosz auf die Schulter, so dass dieser, obwohl er beinahe damit gerechnet hatte, kurz gegen die Tischkante gedrückt wurde.

„Herr Minister, Herr Kommandant, ich gratuliere Ihnen. Sie haben hier einen echten Profi in Ihren Reihen. Ein Mann, der seinen Job mit großer Gewissenhaftigkeit betreibt und der vor nichts zurückschreckt. Nicht einmal davor, seinen höchsten Vorgesetzten um Vertraulichkeit zu bitten. Das nenne ich Chuzpe. Der Kommissar hat jedoch völlig Recht, dies zu tun. Denn es ist unser Versäumnis, dass wir den Herrn Kommissar noch nicht über meine bescheidene Rolle in diesem Fall aufgeklärt haben."

Als sich auch die Gesichtszüge des Staatssekretärs entspannten, stieß der Kommandant kaum hörbar die Luft aus, die er angehalten hatte.

„Dieser Fall ruft eine hohe, auch überregionale Aufmerksamkeit hervor", hob Gruszek an. „Es gibt Medienanfragen aus ganz Polen und auch aus anderen Ländern. Sogar die Europäische Kommission interessiert sich für die Zusammenarbeit zwischen der polnischen und der deutschen Polizei."

Davon war Wojtek Miłosz überrascht.

„Alle Anfragen werden vom Kommandanten, vom Kollegen Bednarczyk und den Pressesprechern in Słubice und Warschau abgefangen", erklärte Gruszek, „damit Sie, Herr Kommissar in Ruhe Ihre Arbeit erledigen können."

Der Kommandant nickte zufrieden, während Bednarczyk offensichtlich wenig erbaut darüber war, so wenig im Mittelpunkt zu stehen. Er konzentrierte sich mit Hingabe auf seinen Caffè latte.
„In dieser Situation ist es für uns von großer Bedeutung, dass die Arbeit der polnischen Polizei und der polnischen Regierung in der öffentlichen und politischen Meinung angemessen, das heißt positiv, dargestellt wird. Dazu wollen wir, soweit möglich, unseren Beitrag leisten."
„Wenn Sie erlauben, Herr Minister", schaltete sich der Fernsehmoderator ein. „Ich werde meine morgige Sendung und die Sendung am kommenden Freitag dem Thema der Kriminalitätsbekämpfung in Polen widmen. Den Zuschauern soll damit der Eindruck vermittelt werden, dass sie in Polen sicher leben. Dass dies so ist, davon bin ich persönlich überzeugt. Indem die Zuschauer ein bisschen hinter die Kulissen der Arbeit der Polizei und der Regierung schauen können, entsteht darüber hinaus der Eindruck, dass diese Staatsorgane eine gute Arbeit machen und dass man ihnen vertrauen kann.
Die Sendung am morgigen Tag wird so gestaltet sein, dass es drei Hintergrundfilme gibt und dann die Gäste im Studio über ein paar Thesen und über aktuelle Fälle diskutieren."
Wojtek Miłosz musste an sich halten, um nicht sofort herauszuplatzen, dass man für einen Fernsehauftritt mit ihm nicht rechnen könne. Seine Frau würde es nie im Leben befürworten und andernfalls wochenlang nicht mit ihm reden. Er bezweifelte außerdem, dass ein solcher Auftritt für die Aufklärung des Falles hilfreich sein könnte.
„Natürlich", fuhr Koński fort, „wäre ein Auftritt von Ihnen zum gegenwärtigen Zeitpunkt der Sache nicht dienlich. Aber wir können Informationen, die wir von Ihnen erhalten, durchaus effektiv verwenden. Ich selbst könnte sie in das Gespräch

einfließen lassen, ich könnte einen Rechtsexperten mit den Informationen versorgen. Und so weiter. Am Ende der Sendung wollen wir die Zuschauer um Mithilfe bei der Lösung des Falls Oderberg bitten. Alles unter Wahrung der von Ihnen angemahnten Vertraulichkeit."
Koński lachte wieder.
„Fahren Sie jetzt ruhig fort mit Ihrem Bericht, Herr Kommissar", sagte Gruszek. „Sie sprachen davon, dass die halbe Stadt Frankfurt ein Mordmotiv haben könnte. Dann muss dieser Oderberg sich ja einiges zu Schulden haben kommen lassen."
„Oderbergs Witwe lässt keinen Zweifel daran, dass die Beziehung zwischen ihr und ihrem Mann von kühler Distanz geprägt war. Was seine Kinder angeht, so sieht es danach aus, dass sie sehr unter ihrem Vater gelitten haben. Wir werden morgen mit zweien von ihnen reden. In seiner Baufirma war Oderberg der Übervater. Von seinem Ableben profitiert kein Familienangehöriger, sondern sein junger Prokurist, er wird Millionenerbe. Die Buchführung der Firma ist nicht ganz koscher. Millionen sind am Fiskus vorbei in den Nahen Osten verschoben worden. Dabei mitgewirkt hat sein Rechtsanwalt, der gleichzeitig Vorsitzender der Blauen Fraktion in der Stadtverordnetenversammlung und Schwiegervater des jungen Prokuristen ist."
„Da schau an", freute sich der Fernsehmoderator. „Filz und Korruption beim europäischen Musterknaben Deutschland."
Staatssekretär Gruszek hörte mit großem Interesse zu und forderte Miłosz auf weiterzuerzählen.
„Oderbergs Hauptkonkurrent im Baugewerbe macht aus seinem Hass auf den Ermordeten keinen Hehl. Auch er scheint uns nicht der Mörder gewesen zu sein, genauso wenig wie seine Frau oder sein Prokurist. Reifenspuren, die wir am Fundort der Leiche gefunden haben, passten zu keinem der Wagen auf Bandemers

Betriebsgelände. Aber der Inhaber der zweitgrößten Frankfurter Baufirma könnte jemand anderen bewusst oder unbewusst zur Tat verleitet haben. Oderberg hat sich politisch, beruflich und privat viele Feinde gemacht. Er scheint einerseits sehr auf sein Image eines unbestechlichen Fachmanns und sozial engagierten Frankfurters geachtet zu haben. Er war großzügiger Sponsor eines Kinderheims. Andererseits scheint er bei der Durchsetzung seiner Interessen auch sehr rücksichtslos vorgegangen zu sein."

„Das klingt sehr spannend, Herr Kommissar", sagte Staatssekretär Gruszek. „Es spricht also einiges dafür, dass sich der Mörder auf der deutschen Seite finden wird."

„Im Augenblick schon", gab Miłosz zu. „Ich nehme allerdings auch die Gerüchte über Verbindungen zum internationalen Drogen- und Menschenhandel ernst."

Gruszek riss die Augen auf.

„Dann wäre es nicht ausgeschlossen, dass auch polnische Staatsbürger an der Sache beteiligt waren."

„Wie kommen Sie darauf", fragte Gruszek, „dass an dieser Geschichte etwas dran sein könnte?"

„Ich habe gestern Abend meinem Kommandanten von einem Gespräch mit einem Słubicer Barmann berichtet."

„Die Notiz findet sich in Ihren Mappen", beeilte sich der Kommandant mit Blick auf den Staatssekretär und auf Inspektor Bednarczyk zu versichern.

„Der Barmann hat den Ermordeten mehrfach in seiner Kneipe zu Gast gehabt, in Begleitung von Damen, die wahrscheinlich als Prostituierte tätig sind. Das bedeutet noch nicht viel. Aber zumindest so viel, dass wir das Gerücht nicht völlig abtun können."

„Haben Sie Leute in den Nachtclubs befragt?"

„Meine Kollegen sind seit gestern dabei. Bisher noch ohne Ergebnis."

„Passen Sie auf", sagte Gruszek, „dass die Medien davon keinen Wind bekommen."
Miłosz dachte an seinen höchst mitteilungsfreudigen Kollegen Włodarski, der mit großem Vergnügen gerade den zweiten Tag dienstlich durch die Słubicer Bordelle streifte und versicherte dem Staatssekretär, dass darauf selbstverständlich geachtet würde.
Während des Essens wurde über Sport geredet. Über die polnische Fußballmannschaft, die einigermaßen hoffnungsvoll in die WM-Qualifikation gestartet war, über den historischen Sieg der polnischen Männer in der Welt-Volleyball-Liga und über den Regionalsport Nr. 1, Speedway. Man aß ‚Täubchen' genannte Kohlrouladen und zum Nachtisch Vanilleeis mit heißen Kirschen.
Als man beim Espresso angelangt war, eröffnete Staatssekretär Gruszek der Runde, dass er bald aufbrechen müsse.
„Ich habe Ihnen mit großem Interesse zugehört, Herr Kommissar."
Wojtek Miłosz lächelte zurückhaltend.
„Noch mehr würde ich mich freuen, wenn Sie es sind, der den Mörder dingfest macht. Und wenn der Beitrag der Frankfurter Kollegen schon nicht völlig zu leugnen ist, dass dann zumindest Ihr Anteil daran und der Beitrag der Słubicer Polizei ins rechte Licht gerückt wird."
Der Kommandant nickte zustimmend.
„Dafür, Herr Kommissar, haben Sie die volle Unterstützung meiner Person und der polnischen Regierung.
Herr Kommandant, Sie wissen, dass Sie sowohl Herrn Inspektor Bednarczyk als auch mich jederzeit telefonisch erreichen können."
„Jawohl, Herr Minister."
Der Kommandant erhob sich und nahm Haltung an.
„Vielleicht sehe ich Sie ja nächsten Freitag zusammen mit Redakteur Koński im Fernsehen."

Gruszek genoss sichtlich das überraschte Gesicht von Wojtek Miłosz und klopfte ihm zum Abschied auf die Schulter.
Auf dem Weg zu seinem Wagen schaltete Miłosz das Handy wieder an. Er hatte eine Nachricht von der Gerichtsmedizinerin bekommen, die um einen Rückruf bat.
„Was gibt's Neues, Pani Krystyno?", fragte Miłosz.
„Wir haben die eingehende Obduktion der Leiche heute Morgen abgeschlossen und machen sie jetzt für die Bestattung bereit. Wir haben festgestellt, dass sich der Tote einer für sein Alter ausgezeichneten Gesundheit erfreute. Lunge, Herz, Nieren und Leber waren in einem tadellosen Zustand. Wenn er nicht ermordet worden wäre, hätte er hundert Jahre alt werden können."
„Ist das alles, was Sie herausgefunden haben?", fragte Miłosz. Die Gereiztheit, die er empfand, rührte noch vom Treffen in der *Villa Monte Carlo* her.
„Ganz und gar nicht", erwiderte Pani Krystyna. „Ich könnte Ihnen außerdem sagen, was Herr Oderberg am Sonntagabend als letzte Speisen zu sich genommen hat."
„Ich glaube kaum, dass das für die Aufklärung des Falles von Bedeutung ist."
„Dobrze, Panie Komisarzu, ich sehe, dass Sie nicht in der Stimmung sind, um mit mir zu plaudern", stellte Pani Krystyna fest. „Deswegen erkläre ich Ihnen kurz und knapp, warum ich Sie angerufen habe.
Also, wir haben die Leiche an jenen Stellen untersucht, wo der Mörder oder die Mörderin einen Körperkontakt hätte haben können, um die Person zu ersticken."
Die Gerichtsärztin machte eine Pause und schien etwas Heißes zu trinken.
„Wir haben an der Kleidung an Armen und Beinen verschiedene DNA-Spuren nachweisen können, die vermutlich aus Schweiß

perlen, Gewebespuren und vielleicht auch von Speichel stammen."

„Aha", sagte Wojtek Miłosz, der in Gedanken bereits zu Hause bei seiner Familie war.

„Da ein Erstickungsmord einen intensiven Körperkontakt an mehreren Stellen voraussetzt, haben wir nach einer DNA-Struktur gesucht, die mindestens zweimal an unterschiedlichen Stellen auftritt."

Miłosz sah vor seinem inneren Auge von hinten eine Person mit kurzen Haaren, die Oderberg auf den Boden drückte.

„Wir haben die DNA von drei Personen mehrfach auf Oderbergs Körper nachweisen können."

„Das ist interessant", sagte der Kriminalkommissar. „Wenn ich also einen Tatverdächtigen habe und der Staatsanwalt einer DNA-Probe zustimmt, können Sie die genetischen Strukturen miteinander vergleichen, habe ich Recht?"

„Ich schätze Ihre rasche Auffassungsgabe, Herr Kommissar", sagte Pani Krystyna.

„Leider habe ich noch keinen Tatverdächtigen", sagte Miłosz.

19

Noch am Morgen hatte sich Oderbergs Rechtsanwalt Frank-Rüdiger Müller geweigert, den Zahlencode des kleinen Safes preiszugeben, der hinter der Minibar im Arbeitszimmer des Ermordeten versteckt war. Erst die Verfügung des Staatsanwalts, die gegen 10.30 Uhr zugestellt wurde, brachte Müller zum Einlenken. Seit den Mittagsstunden hatten Petra Schumacher, Inspektor Weingärtner und ein Kollege von der Abteilung Wirtschaftskriminalität den Inhalt des Safes untersucht. Matuszek und Miłosz trafen kurz vor drei Uhr nachmittags in der Wildenbruchstraße ein. Die Wohnungstür war nur angelehnt.

„Dzień dobry, Panie Komisarzu“, begrüßte Petra Schumacher den polnischen Kollegen.

„Nanu“, wunderte sich Miłosz, „kann hier schon jeder Frankfurter Polizist Polnisch?“

„Ich habe ein paar Jahre lang in der deutsch-polnischen Koordinierungsstelle gearbeitet“, sagte Petra Schumacher.

„Petra gehört zu den ganz wenigen Deutschen, die nicht aus Liebe Polnisch gelernt haben“, erklärte Matuszek.

„Was weißt du schon über mein Liebesleben? Nicht viel, möchte ich meinen.“

„Eigentlich bedauerlich“, sagte Matuszek, „vielleicht wäre das ja eine ganz spannende Geschichte, wie ein Abenteuerroman.“

Schumacher lachte:

„Mir kommt es eher wie eine griechische Tragödie vor.“

Aus Oderbergs Arbeitszimmer schaute Inspektor Weingärtner heraus: „Wenn ich die Herrschaften bitten dürfte, ihre Plaudereien auf später zu verschieben. Ich möchte nämlich pünktlich Feierabend machen.“

Petra Schumacher redete Matuszek halblaut an, bevor er ins Arbeitszimmer ging:

„Wenn du dir den Safeinhalt angesehen hast, darfst du in den Salon gehen. Dort wartet die Witwe Oderberg auf dich mit der halben Familie des Ermordeten."

Matuszek und Miłosz betraten Oderbergs sonnendurchflutetes Arbeitszimmer.

„Wir haben das ganze Zimmer auf den Kopf gestellt", begann Inspektor Weingärtner.

„Das sieht man dem Raum gar nicht an", stellte Matuszek fest.

„Ich fasse das mal als Kompliment auf", sagte Weingärtner. „Außer dem Inhalt des Safes haben wir nichts gefunden, was irgendwie weiterhelfen könnte. Keinerlei Hinweise auf Bedrohung oder Erpressung, von Drogenhandel oder Drogen keine Spur. Wir haben die Wände und Dielen auf Hohlräume untersucht. Fehlanzeige. Wir haben jedes Buch in die Hand genommen. Nichts. Allerdings haben wir noch in vielen weiteren Reiseführern handschriftliche Notizen und markierte Stellen gefunden. Wir haben uns nicht die Mühe gemacht, die Stellen zu lesen. Wir hätten auch gar nicht gewusst, wonach wir hätten suchen sollen."

„Ist Ihnen sonst noch irgendetwas aufgefallen?", fragte Miłosz.

Inspektor Weingärtner zog die Augenbrauen hoch und sah Matuszek fragend an. Sein Gesichtsausdruck lautete: Darf der sich einmischen?

Matuszek grinste:

„Am Anfang fand ich es auch eigenartig, dass da noch jemand ist, der Fragen stellt. Sozusagen so etwas wie ein gleichberechtigter Partner."

Matuszek schlug Miłosz auf die Schulter, auf dieselbe Stelle, auf der sich auch der Kommandant und der Fernsehmoderator ausgetobt hatten.
„Mittlerweile habe ich mich jedoch daran gewöhnt", sagte Matuszek.
„Gleichfalls", sagte Miłosz und schlug Matuszek ebenfalls herzhaft auf die Schulter.
„Dann möchte ich Ihnen Ihre Frage beantworten, Herr ...", sagte Weingärtner.
„Miłosz", sagte Miłosz.
„Herr Miłosz", sprach Weingärtner den Namen gar nicht so schlecht aus.
„Uns ist aufgefallen", sagte Weingärtner, „dass in diesem Zimmer Dinge fehlen, die sonst vermutlich in allen anderen Arbeitszimmern der Stadt zu finden wären."
Er machte eine kurze Pause, um die Spannung zu erhöhen.
„Wir haben kein einziges Foto gefunden, keine ausgeschnittenen Zeitungsartikel und nicht einen persönlichen Brief."
„Das ist allerdings interessant", sagte Matuszek. „Nicht wahr, Kollege Miłosz?"
„In der Tat, Kollege Matuszek, das ist es in der Tat." Dabei hielt Miłosz Daumen und Zeigefinger der rechten Hand zwischen Kinn und Schläfe, so dass sich ein Dreieck bildete.
„Wobei", fuhr Miłosz fort, „es weniger wahrscheinlich ist, dass es derlei Gegenstände in diesem Raum niemals gegeben hat, sondern eher, dass sie eines Tages bewusst entfernt worden sind."
„Lassen Sie uns gleich die Witwe Oderberg und die anderen Familienangehörigen danach fragen", sagte Matuszek.
„Dann zeige ich Ihnen nun den Inhalt des Safes", sagte Weingärtner. Er legte einen kleinen Aktenkoffer auf den Schreibtisch.

„In diesem Koffer befinden sich knapp fünfhunderttausend Euro in Hundert-Euro-Scheinen. Eines der Bündel mit jeweils fünfzig Scheinen ist angebrochen worden, es fehlen neun. Die Überprüfung mit einem handelsüblichen Testgerät hat ergeben, dass die Scheine echt sind."

Matuszek nahm ein Bündel in die Hand und fächerte sich damit Luft zu. Er pfiff anerkennend durch die Zähne.

„Nicht schlecht, Herr Oderberg, nicht schlecht."

„Noch interessanter ist meines Erachtens der restliche Inhalt des Safes", sagte Weingärtner. „Es sind Ordner mit Kontoauszügen von vier Bankverbindungen. Jedes Konto läuft über eine andere Firma. Die Konten sind zwischen neun und fünfzehn Jahre alt. Eines befindet sich in der Schweiz, zwei in Dubai und eines in Indonesien. Die Kontoauszüge scheinen lückenlos zu sein."

„Von den Konten in der Schweiz und in Indonesien hat uns Müller nichts erzählt", stellte Matuszek fest. „Welche Beträge sind denn bei diesen Firmen gebunkert?"

„Jeweils zwischen zwei und drei Millionen."

„Das ist ja Wahnsinn", entfuhr es Matuszek. „Wem gehören diese Millionen?"

„Oderbergs Haupterben, also Herrn Todenhöfer."

„Todenhöfer erbt also nicht nur die Geschäftsanteile der Baufirma, sondern auch das Barvermögen der Scheinfirmen?", fragte Matuszek.

„So ist es", antwortete Weingärtner.

„Abzüglich dessen, was der Staat nun für sich in Anspruch nehmen kann", ließ sich der Kollege der Abteilung Wirtschaftskriminalität vernehmen.

„Knöpfen Sie sich morgen noch einmal Todenhöfer vor", sagte Matuszek, „und erstatten Sie mir danach Bericht. Wir müssen beurteilen, ob Fluchtgefahr besteht."

„Wurde das Geld auf den Konten nur gehortet“, fragte Miłosz, „oder gibt es auch irgendwelche nennenswerten Ausgaben?“

„Durchaus“, sagte Weingärtner. „Ungefähr alle zwei Monate wurden über das Kreditkartenunternehmen fünfstellige Beträge abgebucht. Es sind Hotel- und Reisekosten, Restaurantrechnungen und auch hohe Barabbuchungen in Ländern Asiens, Lateinamerikas und Afrikas.“

„Oderbergs Reiseziele“, schlussfolgerte Miłosz.

Die Blicke gingen unwillkürlich zum Bücherregal, in dem Reiseführer und historische Bände aus fast jedem Land dieser drei Kontinente versammelt waren.

„Wenn Sie erlauben“, sagte Weingärtner, „würde ich mich jetzt gern verabschieden, Herr Kommissar. Meine Familie ruft nach mir.“

Miłosz schaute mit schlechtem Gewissen auf die Uhr, es war bereits drei viertel fünf. Er sah seine Frau vor sich, die übermüdet Klein-Łukasz auf dem Arm hielt, der heute keinen beruhigenden Kinderwagen-Mittagsschlaf bekommen hatte, und gleichzeitig die Hausaufgaben der Großen überwachte, Wäsche machte, Essen kochte und dergleichen.

„Kollege Matuszek“, begann Miłosz. „Der Kollege hat völlig Recht. Ich werde auch zu meiner Familie fahren. Mit der Familie Oderberg kommen Sie gewiss auch ohne mich zurecht. Wir sehen uns ja morgen früh auf Oderbergs Beerdigung und danach im Verhör mit Oderbergs Sohn.“

„Hauen Sie schon ab“, sagte Matuszek. „Obwohl Sie mit dieser Entscheidung gewiss den schwereren Part wählen.“

„Das glaube ich auch“, sagte Miłosz und verließ Oderbergs Wohnung.

—

Auf dem Sofa im Wohnzimmer der Witwe Oderberg saßen Matuszek und Schumacher neben der Gastgeberin drei weitere Personen gegenüber. Margarethe Oderberg stellte sie vor: Oderbergs jüngerer Bruder Rudolf, seine Schwester Eleonore, verheiratete Petersen, und seine erste Frau Friederike, die nach der Scheidung vor zwanzig Jahren wieder ihren Mädchennamen Orlowski angenommen hatte. Alle drei mochten Mitte bis Ende Fünfzig sein und alle drei sahen sich erschreckend ähnlich, wie kleine, graue Mäuse. Die elegante Margarethe Oderberg erschien neben ihnen wie eine Diva. Für einen Augenblick stellte sich Matuszek auch den Ermordeten in vitaler Kraft neben ihnen auf dem Sofa vor, zwischen seiner Schwester und seiner ersten Ehefrau. Er würde sie alle beherrschen und es schien Matuszek so, als hätte er zu Lebzeiten jegliche Energie von diesen dreien abgezogen. Friederike Orlowski hatte es auch zwanzig Jahre nach der Scheidung nicht geschafft, an Farbe zu gewinnen. Oder war sie immer schon so unscheinbar und blass gewesen? Matuszek war drauf und dran, sie danach zu fragen, als Margarethe Oderberg ihn aus seinen Gedanken riss.
„Die Verwandten meines verstorbenen Mannes sind heute Nachmittag gekommen, um der morgigen Beerdigung beizuwohnen. Vielleicht möchten Sie ihnen ein paar Fragen stellen."
„Vielen Dank, Frau Oderberg. Es ist sehr freundlich von Ihnen allen, dass Sie ein bisschen von Ihrer Zeit opfern, um uns zu helfen, den Mord an Hans-Werner Oderberg aufzuklären."
Bei dem Wort ‚Mord' zuckte der Bruder zusammen, so dass Matuszek mit der traurigen Gestalt ein wenig Mitleid hatte. Petra Schumacher hingegen schienen die drei Gestalten eher wütend denn mitleidig zu stimmen. Sie platzte mit einer Frage heraus:

„Ich will von Ihnen beiden, Frau Oderberg und Frau Orlowski, wissen, ob Sie dem Ermordeten jemals einen Brief geschrieben haben."
Beide schauten sie verwundert an und bejahten die Frage.
„Wie viele? Schätzen Sie!"
„Vielleicht zehn oder zwölf", sagte die erste Frau.
„Höchstens fünf oder sechs", sagte die zweite.
„Hat Herr Oderberg die Briefe aufbewahrt?"
„Er hat solchen Dingen nie eine große Bedeutung beigemessen", erklärte Friederike Orlowski.
„Es war ihm so unwichtig, dass er sich nicht einmal die Mühe gemacht hätte, sie zu entsorgen", sagte Margarethe Oderberg.
„Wenn er sie aufbewahrt hätte", fuhr Kriminalinspektorin Schumacher fort, „wo, meinen Sie, hätte er diese Briefe aufbewahrt?"
„In seinem Arbeitszimmer", sagte Frau Oderberg, „wo sonst?"
„Gäbe es nicht noch einen anderen Ort?"
„Es gibt noch das Ferienhaus an der Ostsee", gab Margarethe Oderberg zu. „Dort gibt es auch ein Arbeitszimmer, aber warum sollte er sie dorthin bringen?"
„Für wie wahrscheinlich halten Sie es, Frau Oderberg, dass Ihr verstorbener Mann Briefe, wenn es sie noch gibt, in seinem Frankfurter Arbeitszimmer aufbewahrt hätte?"
„Für sehr wahrscheinlich."
„Davon sind wir auch ausgegangen", sagte Petra Schumacher. „Dann wird es Sie vielleicht genauso überraschen wie uns, dass wir im ganzen Arbeitszimmer weder einen einzigen Brief gefunden haben, noch irgendein Foto."
„Das kann nicht sein", meldete sich seine Schwester zu Wort. „Er besaß Fotos von der Familie, als wir noch Kinder waren. Ich habe sie selbst gesehen."

„Wann haben Sie die Fotos zum letzten Mal gesehen, Frau Petersen?“
„Das ist sehr lange her.“
„Und Sie, Frau Oderberg? Können Sie sich an Fotos erinnern?“
„Ja, es gab welche aus unseren ersten Jahren.“
„Wann haben Sie sie zum letzten Mal gesehen?“
„Ich weiß es nicht, vielleicht vor fünf Jahren.“
„Und wann waren Sie zum letzten Mal im Arbeitszimmer Ihres Mannes?“
„Das ist mindestens zwei Jahre her.“
„War es stets verschlossen?“
„Nein, es war nie abgeschlossen. Aber ich habe keinen Grund gehabt, in sein Arbeitszimmer zu gehen.“
Als Bernd Matuszek eine Stunde später in seiner Küche stand und Scheiben vom Hecht in der Pfanne briet, den einer seiner Arbeitskollegen am Vortag in der Alten Oder geangelt hatte, fiel ihm noch eine Frage ein, die er Frau Oderberg hätte stellen sollen. Wie war sie bloß auf die Idee gekommen zu glauben, dass diese drei Oderberg den Tod gewünscht hätten. Diese drei waren nicht in der Lage, sich überhaupt irgendetwas zu wünschen, mit Ausnahme des eigenen Todes vielleicht.

20

Nachdem Wojtek Miłosz über die Stadtbrücke zurück nach Słubice gefahren war, machte er den Fehler, am Kreisverkehr nicht die erste Ausfahrt in Richtung Wohnung zu nehmen, sondern die zweite, die ihn innerhalb von fünf Minuten zum Polizeikommissariat führte. Es war Punkt fünf, als er sein Büro betrat. Der Schreibtisch seines Kollegen Włodarski war verwaist. Stattdessen nahm er wahr, dass neben dem Faxgerät am Fenster der Anrufbeantworter blinkte und dass auf seinem Schreibtisch eine längere, handschriftliche Notiz seines Kollegen lag. Er hätte beides ignorieren sollen, dann hätte er seine Kinder noch vor dem Schlafengehen gesehen.

Drogi Szefie, begann Włodarskis Brief, *ich konnte Sie den ganzen Tag auf Ihrem Mobiltelefon nicht erreichen. Bestimmt kommen Sie aber am Abend nochmals ins Büro oder Sie sind morgen früh der Erste. Deswegen schreibe ich Ihnen einen Brief. Bei mir könnte es morgen etwas später werden, meine Ex hat mich zu einem Versöhnungsabend eingeladen und will unbedingt mit mir nach Berlin fahren …*

Ich hatte heute den ganzen Tag lang das Vergnügen, Bordelle zu besuchen. Ich wusste gar nicht, dass es so viele gibt, dreizehn an der Zahl. Es hat mein Männerherz erfreut, so viele hübsche Mädchen auf einen Haufen zu sehen. Ein Jammer, dass ich die Gelegenheit nicht ausnutzen konnte. Immerhin weiß ich jetzt, wo sich demnächst ein Besuch besonders lohnt. Aber das interessiert Sie gewiss nicht.

Dienstlich gesehen hat meine Suche nichts gebracht. Ich habe allen Bordellbesitzern und zahlreichen Mädchen das Bild des Ermordeten gezeigt. Alle haben die Frage verneint, Oderberg zu kennen. In zwei Puffs allerdings war mir die Antwort des Patrons (so sagt

man doch, oder?) nicht ganz koscher. Bei dem einen könnte ich schwören, dass in seinem Riesenschädel ganze Filme abliefen, als er das Foto anstarrte. Der andere bewahrte zwar sein Pokerface, aber seine Antwort kam mir gespielt vor. Nr. 1: Night Club Blue, Besitzer Arkadiusz Wanaśkiewicz. Nr. 2: Weronika, Besitzer Franciszek Miller. Vielleicht sollten Sie bei den Herren nochmals vorbeischauen.
Gruß, T.W.
P.S. (1): Die meisten der Bordellbesucher sind Deutsche, hässliche, ungehobelte Männer.
P.S. (2): Auf dem AB ist die Hasstirade eines Frankfurter Wutbürgers. Lohnt nicht anzuhören.
P.S. (3) Matkowski wollte Ihnen heute persönlich die Ergebnisse seiner Reifenrecherche mitteilen. Er war sehr enttäuscht, dass er Sie nicht erreicht hat. Die beiden Reifenprofile stammen von einem Continental Cross Contact UHP 235/65 R17 104V bzw. einem Pirelli Scorpion Verde 235/55 R17. Viel Erfolg bei der Suche.
Der Anrufbeantworter zeigte zwei neue Nachrichten an. Miłosz betätigte den Schalter, um die Nachrichten abzuhören.
„Nachricht zwei, heute, sechzehn Uhr sechsundvierzig. Dzień dobry, Panie Komisarzu“, vernahm Miłosz eine polnische Männerstimme, *„Ihr unbedarfter Kollege ist heute durch die Puffs gestreift. Sie sollten kein Wort von dem glauben, was man ihm dort erzählt hat. Was das ‚Paradise‘ angeht, weiß ich mit Sicherheit, dass der Ermordete dort ein- und ausgegangen ist. Und er war dort nicht bloß ein einfacher Stammgast. Wenn ich Ihnen noch einen Tipp geben darf: Nutzen Sie verstärkt das Webportal www.słubice-cala-doba.pl, um Hinweise aus der Bevölkerung zu erhalten. – Nachricht eins, heute, dreizehn Uhr …“.*

Miłosz stoppte die Wiedergabe, blieb eine Weile vor dem Gerät stehen und starrte gedankenverloren ins Leere. Dann verließ er das Büro und fuhr zum *Paradise.*

Das *Paradise* lag in einem kleinen Waldstück am Rande der Stadt. Man gelangte dorthin, indem man die Hauptstraße, die zur Autobahn Berlin-Warschau führte, kurz vor dem Ortsausgang rechter Hand verließ und der schmalen, asphaltierten Straße etwa fünfhundert Meter weit folgte.

Das Bordell war von einem drei Meter hohen Zaun und zahlreichen Überwachungskameras umgeben. Das Einfahrtstor war jedoch geöffnet, Miłosz fuhr über einen Kiesweg auf den Parkplatz. Das *Paradise* glich einer spanischen Hazienda. Es war ein eingeschossiger, weit verzweigter, ockerfarbener Bau, der in Bodennähe mit Feldsteinen verziert war. Auffällig waren die großen Fenster und die schweren, bordeauxfarbigen Vorhänge dahinter. Einige waren zugezogen, andere einladend geöffnet.

Über dem Eingang prangte ein Neonschild mit der schlichten Aufschrift *Paradise.* Bilder von barbusigen, lasziv tanzenden Damen hatte das *Paradise* weder hier, noch auf den Hinweisschildern nötig, die zum Bordell führten. Das *Paradise* war bekannt und jeder wusste, welche Dienstleistungen man hier erwerben konnte. Miłosz wusste, dass das *Paradise* offiziell als Tanzlokal mit kleiner Gastronomie und Agenturbetrieb angemeldet war. Von Zeit zu Zeit führte die Polizei Kontrollen durch, um zu überprüfen, ob alle ausländischen Angestellten über eine Aufenthaltserlaubnis verfügten.

Miłosz betrat das Gebäude und hörte Kuschelrock-Musik à la Brian Adams, als er durch eine große Empfangshalle ging. Am Tresen empfing ihn eine füllige, stark geschminkte Frau mit himbeerrot gefärbten Haaren. Miłosz stellte sich vor, zeigte seinen Polizeiausweis und bat darum, den Inhaber sprechen zu

können. Die dicke Frau musterte den Ausweis mit völlig gleichgültigem Gesichtsausdruck. Sie wies ihn an, auf einem bordeauxroten Sessel zu warten.
Nach einigen Minuten trat hinter einem Vorhang im hinteren Teil der Eingangshalle eine Frau hervor, die Miłosz auf Ende vierzig schätzte. Sie war klein, mit einer schön anzusehenden Figur und rot gefärbten Haaren und mit einem Blick, der deutlich ausdrückte, wer hier das Sagen hatte. Miłosz nannte sie insgeheim ‚Pani 100.000 Volt'.
„Schon wieder die Polizei", erklang eine kräftige Stimme. „Heute Morgen haben Sie Ihren Mitarbeiter geschickt und jetzt kommt der Chef höchstpersönlich, wenngleich nicht älter als dieser. Haben Ihnen die Antworten, die ich Ihrem Kollegen gegeben habe, nicht gereicht?"
Wojtek Miłosz stellte sich erneut vor und hielt ihr den Polizeiausweis entgegen, den die Rothaarige jedoch ignorierte.
„Wissen Sie, ich habe eigentlich keine Zeit. Wir haben heute Abend fünfzig Gäste, was wollen Sie?", fragte sie in einem forschen Ton, der aber nicht unfreundlich war.
Da sich die Bordellchefin nicht vorgestellt hatte, fragte Miłosz, mit wem er die Ehre habe.
„Malina Kamińska, glauben Sie mir auch ohne Ausweis?"
„Sie sind die Inhaberin dieses Etablissements?"
„Zusammen mit meinem Mann, der zur Zeit nicht anwesend ist."
„Ich will Ihre Zeit nicht lange in Anspruch nehmen, Frau Kamińska, aber in der Tat haben mir die Antworten, die Sie meinem Mitarbeiter gegeben haben, nicht ausgereicht."
Er zog aus der Innentasche seines Jacketts eine Fotografie des lebenden Hans-Werner Oderberg.
„Mein Kollege hat Sie gefragt, ob Sie diesen Mann schon einmal gesehen haben, nicht wahr?"

„So ist es."
„Sie haben die Frage verneint, richtig?"
„Wird wohl so sein", antwortete Pani Malina mit hörbarem Ärger in der Stimme.
„Sehen Sie", sagte Wojtek Miłosz, „da haben Sie den Grund für mein Kommen. Ich glaube nämlich, dass Sie meinem Kollegen nicht die Wahrheit gesagt haben."
Die Bordellchefin schaute Miłosz böse an:
„Sie irren sich und Sie halten mich von meiner Arbeit ab, Herr Kommissar."
Miłosz fixierte die Frau mit einem ruhigen Blick:
„Hören Sie, wir haben zwei Möglichkeiten. Entweder wir brechen das jetzt hier ab und ich komme morgen früh mit einem Durchsuchungsbefehl und mehreren Kollegen wieder, deren Aktion gewiss nicht unbemerkt bleiben wird. Oder Sie schenken mir jetzt noch fünfzehn Minuten Ihrer Zeit und wenn Sie all meine Fragen nett beantworten, haben Sie erstmal ein Weilchen Ruhe vor mir."
Malina Kamińska sah den jungen Kommissar überrascht an:
„Soweit ich weiß, braucht man für einen Durchsuchungsbefehl einen triftigen Grund. Nennen Sie mir den mal."
Miłosz schwieg und hielt ihrem Blick stand.
„Also gut", sagte die Bordellchefin, „wir haben ja nichts zu verbergen."
Wojtek Miłosz ließ sich den Festsaal zeigen, einen etwa einhundertfünfzig Quadratmeter großen Raum mit Tischen und Stühlen und einer Bühne samt den obligatorischen Tanzstangen. An der Decke war eine Discobeleuchtung angebracht, die sich über den gesamten Raum erstreckte. Während er sich die Bar und ein paar kleinere Salons zeigen ließ, die mit Sofas ausgestattet waren, ließ er die Besitzerin mit ein paar belanglosen

Fragen nach Gründungsjahr, Ausbau des Etablissements und Anteil deutscher Kunden ins Reden kommen. Sie zeigte Wojtek Miłosz auch eines der ‚chambres séparées', wie sie sie nannte. Miłosz erkannte die dunkelroten Vorhänge und sah durch das Fenster sein Auto immer noch auf dem Parkplatz stehen. Die Zimmereinrichtung bestand aus einem schmalen Schrank, einem Spiegel und einem Bett mit Überdecke in derselben Farbe wie die Vorhänge.

„So sehen die meisten der Zimmer aus, in denen unsere Mädchen die Kunden individuell betreuen. Vielleicht möchten Sie eines unserer Mädchen in Aktion sehen?"

„So früh am Abend herrscht hier schon Betrieb", entgegnete Miłosz schlagfertig. „Ich habe mich schon gewundert, warum uns keines Ihrer Mädchen über den Weg gelaufen ist."

„Kommen Sie mit, ich stelle Ihnen zwei unserer charmantesten Damen vor."

Sie führte Miłosz in einen kleinen Barraum. Am Tresen tranken zwei, in knappes, rotes Leder bekleidete Frauen einen Kaffee. Miłosz musste sich eingestehen, dass die beiden hübsch aussahen. Die eine war sehr schlank und hatte halblange, offene, schwarze Haare, Miłosz vermutete eine russische Herkunft. Die zweite hatte kaffeebraune Haut und die Figur einer Filmschauspielerin. Beider Lächeln war sympathisch, ihr dezentes Parfüm, beide schienen das gleiche aufgetan zu haben, duftete unverschämt gut.

„Das ist Kommissar Miłosz", sagte die Besitzerin. „Er hat einen Kriminalfall aufzuklären und will wissen, ob ein gewisser Herr Oderberg einmal unser Gast gewesen ist. Ich habe ihm gesagt, dass wir diesen Herrn noch nie gesehen haben. Seid trotzdem nett zum Kommissar, Mädels, er ist zum ersten Mal in einem Haus wie dem unseren."

Miłosz ärgerte sich, dass die Bordellchefin ihm zuvorgekommen war. Er hätte den Damen Oderbergs Foto gern gezeigt, bevor ihre Chefin den beiden die Antwort bereits vorgegeben hatte.
Die Frauen lachten und traten ganz nah an den Kommissar heran. Sie verloren ihr Lächeln nicht, als sie Oderbergs Foto musterten. Sie ließen keinerlei Regung erkennen. ‚Das sind Profis', dachte Miłosz, ‚die zeigen ihre wahren Gefühle nicht.'
Mit einem Anflug von Bedauern verabschiedete sich Miłosz von den beiden weiblichen Geschöpfen. Malina Kamińska führte Miłosz zurück in den Tanzsaal und setzte sich mit ihm an einen der kleinen Tische. Sie schaute auf eine elegante, goldene Armbanduhr.
„Laut unserer Vereinbarung haben Sie noch viereinhalb Minuten."
„Ich glaube Ihnen nicht, Pani Malino, dass Sie Herrn Oderberg noch nie gesehen haben. Mir liegt die Aussage eines Zeugen vor, eines Kunden Ihrer Einrichtung, der sagt, dass Herr Oderberg ein häufiger Gast war."
Diesmal hielt Malina Kamińska dem Blick schweigend stand.
„Wären Sie bereit, Ihre Aussage, dass Sie diesen Mann noch nie gesehen haben, unter Eid zu wiederholen."
„Was würde es Ihnen helfen, wenn dieser Mann Kunde unserer Einrichtung gewesen wäre?", fragte sie. „Er ist tot."
„Wenn Sie ihn kennen würden, könnten Sie mir helfen, das Motiv für seine Ermordung aufzuspüren und darüber auch seinen Mörder oder seine Mörderin. Darum geht es mir."
„Und mir geht es darum, unsere Kunden vertraulich zu behandeln."
„Auch die Toten?", warf Miłosz ein.
„Auch die Toten", antwortete Kamińska, „aus Rücksicht auf ihre Angehörigen."
„Die Meinung seiner Angehörigen, seiner Frau, seiner Ex-Frau, seiner Geschwister und Kinder, ist dermaßen negativ, dass das

Wissen um regelmäßige Bordellbesuche keinerlei Unterschied machen würde. Das können Sie mir glauben."
„Ach", entfuhr es der rothaarigen Bordellchefin.
„Angenommen, dieser Herr Oderberg wäre tatsächlich einer unserer besten Kunden gewesen, was würden Sie mich als Nächstes fragen?"
„Ich würde Sie auffordern, mir alles über ihn zu erzählen, was Sie wissen. Ich würde diese Informationen natürlich streng vertraulich behandeln."
Malina Kamińska stand von ihrem Barhocker auf, ging hinter den Tresen und stellte die Musik lauter.
„Ich stehe Ihnen noch ein Weilchen zur Verfügung, obwohl die Zeit abgelaufen ist. Indem ich die Musik aufdrehe, gebe ich dem Küchenpersonal das Zeichen, dass sie mit den Vorbereitungen für die Abendveranstaltung beginnen müssen."
Als sie sich wieder an den Tresen gesetzt hatte, wirkte sie ein wenig nervös. Sie spielte abwechselnd mit ihrer Armbanduhr und mit ihrer Halskette herum.
„Über keinen unserer Kunden wissen wir wirklich viel. Unsere Beziehung beruht grundsätzlich auf Diskretion. Im Falle von Herrn Oderberg kann ich jedoch sagen, dass er nicht nur einer unserer besten Kunden war, sondern auch einer unserer ältesten. Er war von Anfang an dabei, als mein Mann und ich den Betrieb vor knapp zwanzig Jahren gründeten."
„Was charakterisierte Herrn Oderberg, was unterschied ihn von anderen Gästen?"
„Er war sehr großzügig, die Mädchen bekamen immer ein gutes Trinkgeld. Und er war sehr neugierig."
„Was heißt das?", fragte Miłosz.
„Er traf sich nie zweimal hintereinander mit demselben Mädchen, er wollte immer etwas Neues ausprobieren. Er kannte alle

Mädchen und wenn wir neue Ware rein bekamen, war er meistens der Erste, der sie testen durfte."
Miłosz überfiel ein Anflug von Übelkeit. Er wollte sofort reagieren. Dann schluckte er die Worte hinunter, weil ihn der dringende Wunsch erfüllte, diesen Ort möglichst schnell zu verlassen und nach Hause zu kommen.
„Wie oft kam Oderberg zu Ihnen?"
„Normalerweise zwei- bis dreimal pro Woche."
„Wann war er zum letzten Mal da?"
„Lassen Sie mich überlegen. Ich glaube, es war vergangenen Freitag. Wann ist er denn gestorben?"
„Sonntagabend."
„Ach so", sagte sie, „wissen Sie, gerade gestern Abend habe ich zu meinem Mann gesagt: ‚Wo bleibt denn der Herr Oderberg? Er war schon lange nicht mehr bei uns.' Mein Mann wollte eigentlich heute bei ihm anrufen."
Miłosz stand auf und gab Frau Kamińska die Hand:
„Haben Sie vielen Dank, Sie haben mir sehr weitergeholfen. Darf ich mich nächste Woche nochmals bei Ihnen melden?"
„Gewiss doch", sagte die Bordellchefin mit einer plötzlich abwesend klingenden Stimme.
Miłosz verließ das *Paradise* beinahe im Laufschritt, sprang in sein Auto und raste mit einer Geschwindigkeit nach Hause, als wäre der Teufel hinter ihm her. Dadurch entging es seiner Aufmerksamkeit, dass sich ein schwarzer BMW an seine Fersen heftete, nachdem er den Parkplatz des *Zoll-Hotels* passiert hatte. Da er jedoch so unerwartet schnell fuhr, gelang es dem Fahrer des Wagens durch die Verfolgung lediglich, aus etwa hundert Meter Entfernung zu sehen, in welcher Haustür Miłosz verschwand, nachdem er aus dem geparkten Wagen gehastet war.

—

An diesem Abend trafen sich in Frankfurt an der Oder ungefähr zur selben Zeit zwei Gruppen, von deren Existenz außer ihren Mitgliedern niemand etwas wissen sollte. Die einen kamen im Hinterzimmer einer Kneipe in der Weststadt zusammen, die anderen in einem Privathaus in Markendorf. Die beiden Treffen waren so geheim, dass keine der beiden verfeindeten Gruppen eine Ahnung davon hatte, dass die anderen sich schon seit Jahren fast zeitgleich trafen.

Im Hinterzimmer der Kneipe in der Weststadt waren die Vorhänge zugezogen. Der Wirt höchstpersönlich brachte die Getränke, italienischen Rotwein, heimisches Bier und ein paar Mineralwasser.

Frank-Rüdiger Müller, der an der Stirnseite des u-förmigen Tisches Platz genommen hatte, trank gierig das halbe Bierglas leer. „Das tut gut“, seufzte er, „nach solch einem Tag.“ Vor ihm auf dem Tisch standen ein kleines Glöckchen und eine Büste des großen Sohnes der Stadt Heinrich von Kleist.

„Seid ihr denn schon komplett?“, fragte der Wirt.

„Fast“, sagte Müller. „Willst du dich nicht auch eine Weile zu uns setzen? Was reden die Leute denn so, die zu dir kommen?“

„Der Mord an Oderberg ist Thema Nr. 1, das auf jeden Fall. Die Leute sagen, das kann nur die Polenmafia gewesen sein.“

„Recht haben sie, die Leute“, sagte ein alter Mann, „denn welcher Frankfurter hätte das getan haben können?“

„Ich wüsste schon, wer dafür in Frage käme“, sagte ein glatzköpfiger Mann im mittleren Alter.

„Die Maulwürfe, die hätten dazu all die Jahre die Gelegenheit gehabt“, sagte Roland Todenhöfer, der rechter Hand von Müller an der Stirnseite des Tisches saß und vom Wirt ein Glas Rotwein serviert bekam. „Warum hätten sie es ausgerechnet jetzt tun sollen?“

In diesem Augenblick trat ein hoch gewachsener Mann in den Raum. Er trug einen eleganten, schwarzen Anzug und einen hellen Sommermantel, den er mit Schwung über den Kleiderhaken warf. Der schwarze Dreitagebart verlieh ihm ein lässiges Aussehen. Der Mann klopfte zur Begrüßung auf den Tisch und schaute kurz in die Runde. Dann setzte er sich links neben Frank-Rüdiger Müller und wechselte im Flüsterton ein paar Worte mit ihm. Als ihr Gespräch beendet war, läutete Müller das Glöckchen und eröffnete, als das Murmeln im Raum verstummt war, die Versammlung.

„Liebe Freunde", sagte er, „wir kommen morgen auf dem Frankfurter Friedhof zusammen, um von unserem Freund und Weggefährten Hans-Werner Oderberg Abschied zu nehmen, der auf grausame und niederträchtige Weise ums Leben kam. Auf unserer heutigen Zusammenkunft wollen wir beratschlagen, wie wir mit den Gefahren umgehen wollen, die seit HW's Tod auf uns zukommen."

Müller war sich der gesammelten Aufmerksamkeit gewiss, als er fortfuhr.

„Roland hat berichtet, dass der ermittelnde Kommissar Bernd Matuszek die Bücher seiner Firma kontrolliert hat. Aus mir hat der Mann heute Informationen über HW's geheime Konten herausgequetscht. Aber die größte Gefahr geht nicht von dem Frankfurter Kommissar aus, sondern von seinem polnischen Kollegen."

„Hört, hört", sagten einige. Der elegant gekleidete Herr, seines Zeichens Geschäftsführer einer städtischen Gesellschaft, lehnte sich, zufrieden grinsend, in seinem Stuhl zurück.

„Dieser Mann", fuhr Müller fort, „Milosch mit Namen, schnüffelt hier in unserer Stadt herum und steckt seine Nase in Dinge, die ihn nichts angehen. Er ist eine Gefahr, weil er die ungeschriebenen

Regeln, die in unserer Stadt seit Jahrzehnten gelten, nicht kennt und nicht kennen kann."

Laute Zwischenrufe signalisierten Zustimmung.

„Daher schlage ich vor, dass wir heute zwei Dinge beschließen. Erstens: Unser Mann in der Frankfurter Kriminalpolizei, Kollege Wallmann, soll nachweisen, dass dieser Pole seine Kompetenzen überschreitet, indem er auf der deutschen Seite ermittelt. Er tut es auf jeden Fall dann, wenn er ohne Begleitung eines Frankfurter Polizisten unterwegs ist. Wir wissen von Roland, dass er ein Gespräch mit dem polnischen Bauleiter seiner Firma eigenständig geführt hat. Mit diesem Nachweis können wir ihm seine Grenzen aufzeigen. Dafür sorgt Kollege Wallmann.

Zweitens: Derjenige von uns mit den besten Kontakten zur Landesregierung, also Hans-Theodor, soll einen Anruf bei unserem Innenminister tätigen. Dieser Anruf soll dafür sorgen, dass unser Polizeipräsident dem Matuszek eine Sache ganz deutlich macht, nämlich …".

—

Wenn mitten in der Woche vor einem unscheinbaren, weiß verputzten Einfamilienhaus im Frankfurter Stadtteil Markendorf innerhalb kurzer Zeit ein Dutzend Autos vorgefahren wären und für zwei bis drei Stunden die halbe Straße zugeparkt hätten, hätte dies sicherlich den einen oder anderen Nachbarn neugierig machen können. Und ein Aufsehen zu vermeiden, das war etwas, was den Herrschaften in Markendorf ebenso wichtig war wie jenen in der Weststadt. Daher parkten die meisten Gäste ein oder zwei Straßen weiter und legten die paar hundert Meter zum Haus des Gastgebers zu Fuß zurück. Das Neubaugebiet in Markendorf umfasste ausreichend Nebenstraßen, so dass jeder Besucher bei jedem Treffen, welches jeden ersten Donnerstag des letzten Monats eines Quartals stattfand, der weder auf einen Feiertag, noch auf einen geraden Tag fiel, einen Platz fand. Dieses System hatte der Gastgeber ausgeklügelt, ebenso wie den jeweils ein Jahr im Voraus erstellten Plan, wer wann zu welcher Uhrzeit in welcher Nebenstraße zu parken hatte.

Da die Termine über Jahre hinaus feststanden, war die Ehefrau des Gastgebers an diesen Abenden stets verreist, seine beiden Kinder waren bereits erwachsen und schon lange von zu Hause ausgezogen.

Die Gäste trafen nach und nach ein und wurden durch den Gastgeber an der Tür begrüßt und in den Wohnraum geleitet, von dem aus der Blick durch große Terrassenfenster in den Garten hinausging und weiter auf die dahinter liegenden Felder. Die Sonne ging am Horizont unter, im Wohnzimmer prasselte bereits das Kaminfeuer. Die Anwesenden saßen auf Sofas, Sesseln und Stühlen, die in einem Halbkreis rund um den Kamin aufgestellt waren. Jeder hielt ein Glas Rotwein in der Hand. Wolfgang Bandemer, der Gastgeber, nahm seinen Platz auf einem unbequem aussehenden Stuhl mit einer harten Lehne aus Metallstäben ein und hielt zur Begrüßung sein Glas in die Höhe. Die anderen taten es ihm gleich. In einem leisen, verschwörerischen und zugleich freudlosen Ton hieß er seine Gäste willkommen. Alle tranken einen Schluck vom Wein und stellten ihr Glas ab.

„Liebe Freunde“, sagte Bandemer, „vergangenen Sonntag hat sich etwas Ungeheuerliches ereignet. Einige von uns haben es bereits am Dienstag erfahren, andere erst gestern. Hans-Werner Oderberg, der von uns allen am meisten gehasste Mensch auf Erden, ist tot. Er ist durch eine fremde Hand ums Leben gekommen.“

Außer den Geräuschen, die das Kaminfeuer machte, herrschte Stille im Raum.

„Ich habe ja schon mit allen von euch gesprochen, entweder per

Telefon oder persönlich. Keiner von euch hat eine Idee, wer es getan haben könnte."

Einige tranken erneut einen Schluck Rotwein, die meisten schauten betreten zu Boden.

„Ich glaube, ich spreche den meisten von euch aus der Seele", fuhr Bandemer fort, „wenn ich sage, dass wir diese Nachricht mit Genugtuung aufgenommen haben. Da hat einmal wirklich jemand seine gerechte Strafe erfahren."

„Das ist wahr", sagte ein junger Mann, der Stadtverordnete und Rechtsanwalt Sebastian Wanzer.

„Andererseits hat der Mörder oder die Mörderin uns allen die Grundlage dafür entzogen, dass wir selbst eines Tages mit Oderberg abrechnen können. Alles Material, welches wir in den Jahren nach der Wende gegen ihn in mühsamer Ermittlungsarbeit zusammengetragen haben, ist von einem Tag auf den anderen wertlos geworden."

„Wir können unser Material ja immer noch als Biografie herausgeben", sagte ein Universitätsprofessor mit sarkastischem Ton. „Titel: Das wahre Leben des Hans-Werner O., aufgedeckt von seinen Feinden, die jedoch nie den Mut aufgebracht haben, ihn umzubringen."

„Christian, ich bitte dich", sagte Bandemer. „Lass uns diese Diskussion nicht noch einmal führen. Wir haben sie hundertmal geführt und wir hatten eine Position, die von einer großen Mehrheit getragen wurde."

„Das ist richtig", sagte der Universitätsprofessor. „Aber ihr wisst alle, dass ich mich stets für eine Tötung ausgesprochen habe."

„Ich gleichfalls", sagte eine Richterin, eine grauhaarige Dame mit Brille.

„Warum habt ihr es dann nicht getan, mit Verlaub?", warf ein Riese von einem Mann ein, mit einem buschigen Schnauzbart

à la Lech Wałęsa. Die anderen nannten ihn den ‚Angler', weil er seine gesamte Freizeit am Oderufer zubrachte, entweder auf der einen oder auf der anderen Seite, Fische aller Art und Größe angelte, sie fotografierte und vermaß und alsdann wieder ins Wasser warf.
Der Angler erntete zustimmendes Gemurmel. Der Universitätsprofessor wollte sich erheben und zur Verteidigungsrede ansetzen, als Wolfgang Bandemer, der unmittelbar neben ihm saß, ihn mit einem Druck auf die Schulter davon abhielt.
„Du hast zweifelsohne Recht, Wolfgang", sagte ein weiterer Mann, den die anderen den Bordellbesucher nannten. „Ich will diese Diskussion auch nicht noch einmal führen. Sie bringt uns jetzt auch nichts mehr. Ich glaube, dass die meisten von uns das genauso sehen. Doch eines müssen wir uns heute wohl eingestehen: Es ist ein Fehler gewesen, dass wir uns all die Jahre nicht darauf verständigen konnten, was wir mit dem Material, das wir gesammelt haben, anfangen wollten. Wir wussten, dass wir eines Tages mit Oderberg abrechnen wollten, aber am Ende nicht wie."

21

Am Freitagmorgen wachte Wojtek Miłosz auf, als es draußen noch stockfinster war. Er wusste, dass er eben noch in einem Alptraum gefangen gewesen war, aber jetzt war er der Traumwelt bereits so weit entronnen, dass er an sie nur noch verschwommene Erinnerungen hatte. Er war im *Paradise* gewesen, das ihm wie eine große, schwarze Höhle vorgekommen war, durchbrochen von ein paar bunten Scheinwerfern. Die Menschen, die um ihn herumgeisterten, waren ihm vorgekommen wie schemenhafte, seelenlose Gestalten. Es war stickig gewesen in der Höhle, beklemmend, tropisch heiß. Mit einem Mal hatte sich der Boden unter ihm aufgetan und er war gefallen, ins Bodenlose gestürzt, wahrscheinlich war er aus diesem Fall heraus aufgewacht.

Es war ihm völlig klar, dass er nicht mehr würde einschlafen können. Er schälte sich behutsam aus der Bettdecke, um seine Frau nicht aufzuwecken. Gosia drehte sich auf die andere Seite, wahrscheinlich hatten seine Bewegungen sie doch geweckt, sie wachte fast immer auf, wenn er früher aufstand. Aber sie ließ sich nichts anmerken. Klein-Łukasz schlief ruhig und friedlich in seinem Bettchen.

Wojtek Miłosz stand auf und schloss behutsam das Fenster. Durch den offenen Spalt war kalte Luft ins Zimmer geströmt, die Temperatur schien in der Nacht stark abgekühlt zu sein. Auf der Straße und auf dem Hochwasserschutzdeich bewegten sich nichts und niemand.

Der Blick auf seine Frau, den er im Hinausgehen aufnahm, brachte ihm den vergangenen Abend in Erinnerung. Als er die Wohnungstür aufgeschlossen hatte, war er voller Freude gewesen, wieder zu Hause zu sein und seine Familie zu sehen. Tobiasz saß mit einem Gameboy auf der Wohnzimmercouch und schenkte seinem Vater ein kleines Lächeln, als dieser ihn mit einem freudigen ‚Hallo' und einem Schmatzer auf die Wange begrüßte. Dann wandte sich der Junge wieder seinem Mario-Spiel zu. Seine Tochter Wiktoria lag auf ihrem Bett und plauderte gerade über das Handy mit einer Freundin.

„Du, ich muss mal kurz Schluss machen, ich rufe später wieder an."

„Cześć córeczko."

„Cześć tatusiu."

„Darf ich einen Augenblick zu dir kommen?"

„Na klar, komm her, ich mache dir Platz." Papa Miłosz legte sich neben seine Tochter auf das Bett und stützte seinen Kopf auf den angewinkelten linken Arm.

„Hattest du einen anstrengenden Tag?", fragte Wiktoria.

Wojtek Miłosz lachte und seine Tochter lachte mit.

„Warum lachst du, Papa?"

„Es klingt so lustig, wenn du mich nach meinem Tag fragst, aber ich habe die Frage sehr gerne. Willst du eine ehrliche Antwort hören?"

„Na klar will ich das, Papa."

„Es war ein schrecklich langer und anstrengender Tag. Wenn ich es mir recht überlege, war es auch ein schrecklicher Tag, weil ich viele schreckliche Dinge gehört habe."

„Das ist ja schrecklich", sagte Wiktoria.

„Ich habe fast den ganzen Tag mit sehr unsympathischen Menschen verbracht. Und diese Menschen haben mir Dinge über einen Mann erzählt, dessen Mörder ich finden muss."

„Du findest ihn bestimmt, Papa", sagte Wiktoria.

„Irgendwann bestimmt", sagte Miłosz. „Aber um ihn zu finden, musste ich mir heute den ganzen Tag anhören, was die Menschen über diesen Mann denken."

„War es ein böser Mann?“
„Ja, ich glaube schon. Was die Leute erzählt haben, das hat mich mal traurig gemacht und mal wütend. Manches war so unfassbar, dass ich mir am liebsten die Ohren zugehalten hätte. Ich wollte es gar nicht hören. Aber das ging nicht. Ich musste mir alles anhören.“
„Dann brauchst du jetzt etwas, was dich auf andere Gedanken bringt, Papa“, sagte Wiktoria.
Wojtek Miłosz streichelte seiner Tochter über die Schulter.
„Ich bin schon auf dem besten Weg, um auf andere Gedanken zu kommen“, sagte er, „weil du mir zugehört hast.“
Wiktoria Miłosz lächelte vergnügt.
„Soll ich dir einen Tee machen?“, fragte sie.
„Das wäre wunderbar.“
„Dann lass uns in die Küche gehen. Du setzt dich gemütlich hin und ich mache dir einen Tee.“
Als seine Frau wenig später mit Klein-Łukasz von einem Spaziergang zurückkam, war sie müde und gereizt. Sie drückte Wojtek das Baby in die Hand:
„Da hast du ihn, du kannst dich ruhig auch einmal wieder um deinen Sohn kümmern.“
Sie schalt Tobiasz, den Gameboy sofort auszuschalten und forderte Wiktoria auf, den Abwasch zu machen und Tisch zu decken.
„Muss ich wirklich beides machen?“, fragte Wiktoria.
Das reichte aus, um Gosia die Nerven verlieren zu lassen. Sie schickte Wiktoria auf ihr Zimmer und machte sich daran, Rohkost, Aufschnitt, Brühwürstchen und Rührei für das Abendessen vorzubereiten. Das Geschirr deckte sie selbst.
Die Stimmung bei Tisch war gedrückt. Wojtek Miłosz merkte, wie er langsam müde wurde. Er gab dem Bedürfnis nach, sich

ein Bierchen zu genehmigen und wurde danach noch müder. Als seine Frau später auf der Couch saß und das Baby stillte, machte er noch einen Versuch, mit seiner Frau zu reden. Auf die Frage, wie denn ihr Tag verlaufen sei, bekam er nur die knappe Antwort ‚stressig'.

„Mein Tag auch", sagte Miłosz. Damit war die Unterhaltung beendet.

—

Freitagmorgen kleidete sich Wojtek Miłosz im Badezimmer an, kochte sich einen Kaffee und genoss es, alleine im Wohnzimmer zu sitzen. Bis zum Klingeln des Weckers um 6 Uhr 15 hatte er noch über eine Stunde Zeit. Er entschied sich, eine DVD anzuschauen mit den größten Erfolgen der polnischen Fußballnationalmannschaft. Diese stammten aus einer Zeit, in der Wojtek Miłosz noch nicht geboren war. 1972 war Polen Olympiasieger geworden, 1974 nach Siegen gegen Argentinien, Italien und Brasilien und einer unglücklichen 0:1-Halbfinalniederlage gegen die Mannschaft der BRD WM-Dritter und 1976 nochmals Olympiazweiter nach einer Finalniederlage gegen die DDR. Wojtek Miłosz schaltete den Fernseher aus, bevor seine Frau aufstand, weil er wusste, dass sie dafür kein Verständnis gehabt hätte. Der Morgen verlief ohne besondere Vorkommnisse mit den üblichen Verrichtungen eines normalen Wochentags. Er brachte Wiktoria und Tobiasz zur Schule und überquerte anschließend die Stadtbrücke zwischen Słubice und Frankfurt. Die Oder war vom Wind gekräuselt, über beiden Städten zogen von Westen her dunkle Wolken auf. Miłosz fuhr durch die halbe Stadt zum Frankfurter Hauptfriedhof. Am Nordeingang traf er um viertel vor acht auf Bernd Matuszek. Matuszek hielt die aktuelle Ausgabe der Frankfurter Zeitung

in der Hand, die er zu einem Stab zusammengerollt hatte.
„Haben Sie die heute Morgen schon gelesen?", fragte Matuszek.
„Dazu hatte ich keine Gelegenheit."
„Dann sollten Sie die Gelegenheit jetzt nutzen."
Matuszek entrollte die Zeitung, faltete sie zusammen und hielt Miłosz den Artikel unter die Nase:

FRANKFURTER UND SŁUBICER POLIZEI UNEINS ÜBER AUFKLÄRUNG DES ODERBERG-MORDES
Im Mordfall Oderberg (wir berichteten am Mittwoch) mehren sich die Anzeichen dafür, dass die schlechte Zusammenarbeit zwischen den Behörden die Aufklärung des Verbrechens behindert. Einig sind sich die Frankfurter und Słubicer Polizei nur darin, dass sie es nicht für notwendig erachten, die Öffentlichkeit zu informieren. Von beiden Seiten war am Donnerstag keine Stellungnahme zu erhalten.
Für den Blauen Stadtverordneten Wunderlich ist der Fall sonnenklar: ‚Jeder, der Hans-Werner Oderberg näher kannte, schätzte ihn. Er war ein sehr fähiger Unternehmer, der durch seine Bautätigkeit das Bild unserer Stadt nach der Wende sehr positiv geprägt hat. Aber vor allem hatte er ein gutes Herz. Das beweist seine jahrelange Hilfe für das Frankfurter Kinderheim. Deswegen sind die Vermutungen der Słubicer Polizei, dass Oderberg etwas mit Drogen oder Menschenhandel zu tun gehabt haben soll, völlig absurd. Der Mörder kann nur aus dem geschäftlich-politischen oder aus dem privaten Umfeld kommen.'
Einer, der Oderberg auch privat gut kannte, ist Holger Petersen (25), Sohn von Oderbergs Schwester Eleonore.
‚Ich persönlich kann von meinem Onkel nichts Negatives berichten. Wenn ich ihm auf Familientreffen begegnet bin, war er immer freundlich. Aber mit seiner engsten Familie lebte er im Krieg. Seine

Kinder hassen ihn, seine erste Ehefrau hat ihn verlassen und seine zweite behandelt ihn bereits seit Jahren wie einen Fremden.'

Auf die Frage, warum ihn seine Familie ablehnte, sagt Petersen: ,Allen ging es immer nur darum etwas zu erben. Auf der Feier zu seinem 60-sten Geburtstag hat er es allen gesagt: Mein Vermögen erbt jemand, der mir wirklich nahe steht. Und das ist keiner der hier Anwesenden.'

Ein Beamter aus dem Brandenburger Innenministerium, der die Arbeit der Frankfurter Polizei seit Jahren verfolgt, sagt, dass die Frankfurter Polizei quasi autistische Züge aufweise. ,Die suchen bei Gewaltverbrechen immer zuerst und vordringlich im privaten Umfeld. Das gesellschaftlich-politische Umfeld wird meistens völlig ausgeblendet, weil sich dort niemand der Handelnden auskennt. Es interessiert sie auch nicht.'

Unterdessen verfolgt die Słubicer Polizei eine völlig andere Fährte. Sie geht davon aus, dass Oderberg mit dem Słubicer Rotlicht-Milieu zu tun hatte und sucht den Mörder daher in diesem Umfeld. Für Arkadiusz Błaszczyk, ehemaliger Kriminalkommissar der Polizei Sulęcin, steht dieser Verdacht auf wackeligen Beinen:

,Es gibt bisher lediglich einen anonymen Hinweis aus der Bevölkerung. Das ist schlicht zu wenig. Leider sind in der Słubicer Polizei eher unerfahrene Leute am Werk. Das gilt für den verantwortlichen Kommissar Miłosz genauso wie für den Kommandanten der Słubicer Polizei. In dieser Lage sollten die Słubicer falsche Eitelkeit ablegen und sich stärker die Erfahrung ihrer Frankfurter Kollegen zu Nutze machen. Aber das Hauptproblem', so Błaszczyk weiter, ,liegt ganz woanders. Es liegt darin, dass deutsche und polnische Behörden hier überhaupt gezwungen sind zusammenzuarbeiten. Es ist ein sehr unglücklicher Umstand, dass ein Frankfurter Bürger auf der polnischen Seite aufgefunden wurde.' Mit einem Augenzwinkern fügt er hinzu: ,Man hätte die Leiche in einer Nacht-und-Nebel-Aktion einfach ein paar

hundert Meter weiter auf das andere Oderufer fahren sollen. Dann hätte es kein Problem geben.'

Błaszczyk ist der Auffassung, dass sich die deutsche und die polnische Polizei so stark voneinander unterscheiden, dass eine Kooperation von vornherein zum Scheitern verurteilt ist: ,Gemeinsame Ermittlungen der Frankfurter und der Słubicer Polizei, das ist so, als müsste ich zusammen mit meinem fünfjährigen Enkel ein Wildschwein erlegen. Stellen Sie sich vor, ich dürfte ihm nur das Gewehr halten, aber nur er dürfte schießen. Das kann nicht funktionieren.'

Dass die Lage jedoch auch auf Słubicer Seite als ernst eingestuft wird, darauf deutet das ungewöhnlich starke Interesse aus Warschau hin. Mittlerweile wurde nicht nur ein Inspektor des Innenministeriums als Aufsicht vor Ort abgestellt. Von Remigiusz Łazarski, dem Lebuser Vorsitzenden der in Warschau regierenden Liberal-Konservativen Partei hat die Frankfurter Zeitung erfahren, dass am gestrigen Tag auch der Vizeminister im Innenministerium, Mateusz Gruszek, in Słubice weilte: ,Ich kenne meinen Parteifreund Gruszek gut genug um zu wissen, dass er nicht ohne Grund hierher kommt', sagt Łazarski. ,Es geht ihm darum, die Słubicer Polizei auf eine unnachgiebige Haltung gegenüber den Deutschen zu trimmen. Den polnischen Behörden soll nicht noch einmal der schwarze Peter zugeschustert werden wie damals vor vier Jahren.'

Wojtek Miłosz faltete die Zeitung zusammen und reichte sie Matuszek zurück:

„Wenn man das liest, bekommt man den Eindruck, dass die Welt voll von klugen Menschen ist. Die einzigen Deppen sitzen in der Polizei. Leider sind das gerade die, die den Fall lösen müssen."

„Schlimmer noch", fügte Matuszek hinzu, „wenn etwas schief geht, dann sind die Polen daran Schuld."

„Nein", sagte Miłosz, „Schuld sind immer die Deutschen und zwar schon seit über 600 Jahren."
Matuszek lachte auf, hielt aber sofort inne, weil ihm eine Gruppe von Trauergästen, die unweit ihren Wagen geparkt hatten, ärgerliche Blicke zuwarf. Medienleute schienen nicht in der Nähe zu sein. Mit gedämpfter Stimme sagte er zu Miłosz:
„Wenn das so ist, können wir ja gar nichts falsch machen. Beide Seiten werden sich bestätigt sehen."
Die beiden Kommissare traten hinter anderen Trauergästen durch das schmiedeeiserne Haupttor. Es fing an zu nieseln.
Der Friedhof sah aus wie ein großer Park. Durch eine kopfsteinbepflasterte Allee mit zwanzig bis dreißig Meter hohen, schlanken Fichten ging es auf das Friedhofsgelände. Rechter Hand befanden sich hinter einer hohen Hecke Gräber aus der Zeit des Zweiten Weltkriegs. Auf der linken Seite endete der Friedhof nach ein oder zwei Gräberreihen an einer Efeu bewachsenen Mauer. Hinter Stacheldraht und Scheinwerfern erhob sich das weiße Gebäude der Frankfurter Justizvollzugsanstalt. Unterhalb eines der Wachtürme wies ein Schild die Besucher nach rechts zur Trauerhalle. Ein großer Bau aus dunkelrotem Klinker mit drei hohen, kirchenartigen Säulen markierte das Ende dieser Allee, die nicht nur von Fichten, sondern auch von Laubbäumen gesäumt war. Die Trauerhalle hatte etwas Monumentales und Endgültiges wie der Tod.
Auf den Stufen zur Trauerhalle stießen sie auf Frank-Rüdiger Müller, der in Begleitung einer Frau unter einem Torbogen auftauchte, der linker Hand von der Trauerhalle zu den Verwaltungsgebäuden führte. Müller grüßte knapp mit leicht angehobener Hand, ohne Anstalten zu machen, Matuszek die Hand zu geben.
Die Trauerhalle war voll, es waren nur noch wenige, vereinzelte Stühle frei. Miłosz schätzte die Anzahl der Gäste auf deutlich

mehr als 200 Personen. Per Blickkontakt verständigten sich Miłosz und Matuszek darauf, mit ihrem Kommen möglichst wenig Aufsehen erregen zu wollen und daher hinter den letzten Bänken stehen zu bleiben. Im vorderen Bereich der schmucklosen Halle lag der Tote in einem geschlossenen Sarg aufgebahrt. Vor dem Sarg thronte ein großes Porträtfoto im schwarzen Rahmen in einem Meer von Kränzen. Das Foto zeigte ein offensichtlich recht aktuelles Bild des Ermordeten. Oderberg machte auf Miłosz auf dem Bild einen zufriedenen Eindruck, aber es war ein Bild ohne Lächeln.

Um Punkt acht Uhr setzte von der Empore getragene Orgelmusik ein, die mit zwei oder drei Stücken, die fast nahtlos ineinander übergingen, eine knappe Viertelstunde andauerte. Als die Musik verstummte, kamen aus einer Tür am Kopfende der Halle vier schwarz gekleidete Herren, die den Sarg anhoben und ihn mit gemessenen, langsamen Schritten ein paar Meter in den Mittelgang hineintrugen. Als sie stehen blieben, erhob sich in der ersten Reihe die Witwe Oderberg in Begleitung einer blonden, jungen Frau, deren natürliche, zarte und zugleich starke Schönheit auch in der Trauerkleidung durch die große Halle ausstrahlte.

„Das muss die Tochter der Witwe aus erster Ehe sein", raunte Matuszek seinem Kollegen zu.

Die Sargträger setzten sich wieder in Bewegung, Margarethe Oderberg hatte sich bei ihrer Tochter eingehakt, die Ähnlichkeit der beiden war unverkennbar, nicht nur weil beide einen eleganten, schwarzen Hut trugen.

Der Reihe nach erhoben sich zunächst weitere Angehörige, von denen Matuszek und Miłosz bereits einige kennen gelernt hatten: Oderbergs Bruder Rudolf sowie seine Schwester Eleonore Petersen mit ihrem in der Zeitung zitierten Sohn. Oderbergs

erste Ehefrau Friederike Orlowski war in Begleitung eines Mannes mit halblanger, schwarzer Haarpracht und einem Vollbart à la Räuber Hotzenplotz. Er trug zu einer schwarzen Jeans und einem weißen Hemd eine elegante, schwarze Lederjacke.
Matuszek stieß Miłosz leicht an:
„Franz-Werner Oderberg, der Sohn aus erster Ehe. Mit dem würde ich nachher gern reden, wenn er dazu bereit ist. Er lebt in Hamburg und ist Journalist bei einem bekannten Wochenblatt."
Einige der Trauergäste tuschelten miteinander, als sie die beiden Kommissare entdeckten, an denen am Ende der Halle jeder vorbei musste.
„Kollege, man zeigt auf uns", sagte Miłosz. „Bestimmt haben einige heute Morgen schon die Zeitung gelesen. Tut mir echt Leid für Sie, Kollege. Mitgegangen-mitgefangen-mitgehangen."
Als die Trauergemeinde wenig später auf einer kleinen Friedhofslichtung im fortgesetzten Nieselregen um einen schmucklosen Grabstein herumstand, der nichts als die nackten Fakten aufwies – Hans-Werner Oderberg, * 08.10.1950 in Frankfurt (Oder), † 09.09.2012 ebenda – und die Besucher nach und nach ihre mitgebrachten Blumen in das Grab warfen oder eine Schippe Sand hinunterschickten, um danach der Witwe und ihrer Tochter ihr Beileid zu bekunden, hatten Miłosz und Matuszek den Eindruck, dass die Trauergemeinde ein Who's who der Frankfurter Gesellschaft war. Es waren nicht nur viele Stadtverordnete gekommen, der Oberbürgermeister und seine Beigeordneten, sondern auch die Geschäftsführer ortsansässiger Firmen, städtischer Gesellschaften und Kreditinstitute. Matuszek erkannte seine Ex-Frau ebenso wie die Fraktionsvorsitzenden der Blauen und der Orangefarbenen Partei im Brandenburger Landtag.
„Mindestens genauso interessant ist es zu sehen, wer nicht gekommen ist", sagte Matuszek. „Es fehlt Herr Bandemer und es

scheint mir auch der gemeinsame Sohn der Oderbergs zu fehlen. Im Wohnzimmer der Witwe hing ein Foto von ihm. Interessant ist auch, dass niemand aus der Familie Beileidsbekundungen entgegennehmen möchte. Alle halten sich im Hintergrund, die Witwe steht mit ihrer Tochter dort völlig allein."

„Diese Tochter ist eine sehr schöne Frau", stellte Miłosz fest.

„Genauso wie ihre Mutter", sagte Matuszek.

„Aber sie scheint im Laufe der Jahre verhärtet zu sein."

„Wie fast alle hier", meinte Matuszek. „Keiner weint, aber alle tragen Mienen aus Stein zur Schau."

„Mit Ausnahme der Tochter", sagte Miłosz.

„Die lächelt sogar", sagte Matuszek.

Miłosz und Matuszek gingen als letzte auf die beiden Damen zu, um ihnen ihr Beileid auszusprechen.

„Das sind die beiden Kommissare, die den Mörder finden wollen", stellte Margarethe Oderberg sie ihrer Tochter vor. Matuszek war überrascht, dass sie ihnen beiden kein Lächeln schenkte, sondern sie mit ruhigem, ernstem Blick musterte.

„Mein Name ist Bernd Matuszek", sagte er, als er ihr nochmals die Hand reichte.

„Madeleine Chevalier", sagte sie, ihre Hand war klein und kalt.

„Wojtek Miłosz, enchanté, Madame."

„Vous parlez français, monsieur?"

Da war ein feines Lächeln.

„Seulement un tout petit peu, malheureusement", bekannte sich Miłosz dazu, dass seinem Französisch bedauerlicherweise enge Grenzen gesetzt waren.

Das Nieseln hatte aufgehört, stattdessen kam Wind auf, der hörbar in den Baumwipfeln ringsherum rauschte. Eine Windböe riss den beiden Damen die Hüte vom Kopf. Matuszek lief ein paar Schritte, um sie aufzuheben. Sie waren auf der nächstgelegenen

Grabplatte gelandet und kaum dreckig geworden. Als er den beiden Damen die Hüte reichte, empfand er ein seltenes Gefühl der Verlegenheit. Mit einem Mal sah Matuszek vor sich seine Tochter stehen, der er ihre Mütze reichte, die ihr im Meereswind vom Kopf geweht worden war. Die Witwe Oderberg und ihre schöne Tochter schienen auch verlegen zu sein, sie nahmen die Hüte stumm entgegen. Matuszeks Tochter Eveline hatte auch kein Wort gesagt, am Ostseestrand auf Usedom, wo er mit ihr im vergangenen Herbst ein Wochenende verbracht hatte. Am Ostseestrand war es ihm so vorgekommen, als hätte der Wind sie davor bewahrt, einander mit Worten weh zu tun, sich nach vielen Jahren erneut zu verletzen. Eveline hatte im Alter von 28 Jahren am Ostseestrand zum ersten Mal Worte dafür gefunden, ihrem Vater zu erklären, wie sehr es sie belastet hatte, ihre Mutter unter den ständigen Frauengeschichten des Vaters leiden zu sehen. ‚Was hatte der Windstoß an Oderbergs Grab wohl verhindert?', fragte sich Matuszek, als er und Miłosz mit der Trauergesellschaft über den Friedhof gingen und in der Schankwirtschaft *Kosmos* zum Leichenschmaus einkehrten.

Franz-Werner Oderberg willigte ohne Umschweife in ein Gespräch ein.

„Ich habe hier sowieso nichts Besseres zu tun", sagte er.

Sie setzten sich in einen kleinen Nebenraum mit Blick auf die Straße. Als ihnen ein mürrischer, alter Kellner drei Mineralwasser brachte, fuhr draußen eine Straßenbahn Richtung Zentrum vorbei, in der ein paar alte Menschen und ein paar junge Leute saßen, vielleicht Studenten.

„Was für eine Beziehung hatten Sie zu Ihrem Vater, Herr Oderberg?", fragte Matuszek.

„Warum wollen Sie das wissen?"

„Wir müssen den Mörder Ihres Vaters finden", antwortete

Matuszek. „Zu ihm führt eine Geschichte, die wir noch nicht kennen. Aber wahrscheinlich kennt einer von denen, die ihm nahe standen, diese Geschichte oder zumindest einen Teil von ihr. Standen Sie Ihrem Vater nahe?"

„Nein, schon lange nicht mehr."

„Wie lange ist das her?"

„Na ja, als ich ein Kind war und noch als Heranwachsender, war da wohl eine gewisse Nähe. Er war nun einmal mein Vater."

„Gab es ein bestimmtes Ereignis, das für Sie einen Einschnitt in der Beziehung zu Ihrem Vater markiert hat?"

„Ja, das gab es."

Matuszek sah sein Gegenüber an und wartete.

„Es war kurz nach meinem 18. Geburtstag", sagte Oderberg.

„Wie alt sind Sie jetzt, wenn ich fragen darf?", sagte Matuszek.

„Siebenunddreißig."

Wojtek Miłosz fragte sich, mit wem der Sohn wohl mehr Ähnlichkeit hatte, mit der Mutter oder mit dem Vater. Es war unmöglich zu sagen, weil der dichte, schwarze Vollbart das Gesicht völlig verdeckte.

„Wir hatten im Geschichtsunterricht die jüngste deutsche Vergangenheit behandelt. An jenem Tag ging es um die Machenschaften der Staatssicherheit in der DDR. Es entwickelte sich eine sehr hitzige Diskussion. Ich merkte, dass zwei Klassenkameraden das Thema sehr beschäftigte. Sie waren voller Wut. Die Lehrerin, eine junge, nette Frau, die aus Nordrhein-Westfalen nach Brandenburg geschickt worden war, war mit der Situation völlig überfordert. Die beiden Jungs aus meiner Klasse sprachen offensichtlich stellvertretend für ihre Väter oder Mütter."

Oderberg trank einen Schluck Wasser.

„Ich habe mich in die Diskussion eingemischt. Politik und Geschichte waren meine Lieblingsfächer. Ich habe die Stasi verteidigt, gar nicht aus Überzeugung, sondern eher aus Lust an der Widerrede. Ich habe gesagt, dass die Stasi das Land nach innen verteidigen musste. Später ist mir klar geworden, dass auch ich in der Diskussion in die Rolle meines Vaters geschlüpft bin. Wenn jemand ihm gegenüber emotional wurde, hat er immer den Oberlehrer gegeben."

Matuszek fühlte sich erneut an seine Tochter erinnert. Am Ostseestrand hatte sie gesagt: ‚Du konntest nie mit Gefühlen umgehen, mit meinen nicht und mit deinen auch nicht.'

Oderberg fuhr fort:

„Da sind mir die beiden fast an die Gurgel gegangen. Wie ich es wagen könne, so zu reden. ‚Weißt du denn nicht, wie viele Existenzen dein Vater vernichtet hat?' Sie haben behauptet, dass mein Vater viele Menschen an die Stasi ausgeliefert hat. Er hatte als Mitarbeiter im Baukombinat Zugang zu Betrieben und Wohnungen und er habe überall Wanzen ausgelegt. Und in der Nacht habe er die abgehörten Gespräche auf staatsfeindlichen Inhalt hin untersucht. Die beiden behaupteten, dass ihre Väter meinem Vater mehrere Jahre Gefängnis zu verdanken hatten."

„Wie hießen die beiden Jungen?", fragte Matuszek.

„Der eine hieß Ulrich Klose, er ist mich am stärksten angegangen. An den anderen Namen kann ich mich momentan nicht erinnern. Als der Unterricht vorüber war, sind die beiden aus dem Klassenraum geflüchtet. Der Ulrich hat bis zum Abitur kein Wort mehr mit mir gewechselt. Der andere hat kurz darauf die Schule verlassen, weil angeblich seine Leistungen zu schlecht waren. Ich habe ihn nie mehr gesehen."

„Haben Sie mit Ihrem Vater über das Ereignis gesprochen?", fragte Matuszek.

„Ja, noch am selben Abend. Ich war sehr verstört, als ich nach

Hause kam. Ich bereute, dass ich die beiden so hart angegangen war. Sie taten mir Leid. Andererseits war ich wütend, wütend auf meinen Vater. Ich konnte zwar noch nicht sicher sein, ob die ganzen Anschuldigungen stimmten. Aber die Wut der beiden hatte meine Wut auf den Vater wach gerufen, die sich all die Jahre angestaut hatte und die an diesem Tag heraus wollte."
„Warum waren Sie wütend auf Ihren Vater?", fragte Matuszek.
Oderberg junior stieß ein bitteres Lachen aus, dann atmete er tief durch.
„Wenn ich diese Fragen höre, fühle ich mich neunzehn Jahre zurückgeworfen. Meine Freundin hatte Recht, seine Beerdigung wird zu einer Prüfung, ob ich es wirklich geschafft habe, meinen Vater zurückzulassen.
Meine Wut, das war die Wut auf einen kalten, erdrückend riesigen Felsen. Auf einen Vater, der nie ein Vater war. Dem ich völlig gleichgültig war. Es hätte nur eine einzige Sache gegeben, die ich hätte tun können, um seine Anerkennung zu gewinnen, vielleicht sogar so etwas wie Zuneigung."
„In seine Firma einzusteigen", sagte Matuszek.
„Richtig", sagte Oderberg.
„Hatten Sie das vor?", fragte Matuszek.
„Auf meinem 18. Geburtstag hat er eine Rede gehalten vor der ganzen Verwandtschaft. Er wollte, dass ich bei ihm ein Praktikum mache und später Bauingenieur studiere. Ich hatte es geahnt und eine Gegenrede vorbereitet. Ich habe gezittert und gestottert, aber ich habe ihm eine Absage erteilt. Er hat es nicht verstanden. Er konnte sich nicht vorstellen, dass ich tatsächlich nein sagen könnte."
Oderberg stand auf und trat ans Fenster.
„Er hat danach kein Wort mehr mit mir geredet. Für mich war es keine Befreiung, ich bin in ein Loch gefallen und habe mir

nichts sehnlicher gewünscht, als ihn klein zu kriegen, ihm weh zu tun, mich zu befreien. An diesem Abend kam die Gelegenheit dazu.
Er hat sich alles angehört, was ich von der Schulstunde zu berichten hatte. Er hat gegrinst. Er hat nichts abgestritten. Er hat gesagt, es waren harte Zeiten und dass nur derjenige überleben konnte, der rücksichtsloser und gerissener war als die anderen. ‚Ich würde es jederzeit wieder genauso machen', hat er gesagt. ‚Dadurch ging es uns gut in der DDR, wir hatten alles, was wir uns wünschten.'"
Oderberg setzte sich erneut an den Tisch, an dem ihm Miłosz und Matuszek gegenübersaßen.
„Das war aber noch nicht alles. Er kam auf mich zu, legte mir eine Hand auf die Schulter, sah mich an und sagte: ‚Du wirst niemandem davon ein Sterbenswörtchen erzählen, du wirst schweigen wie ein Grab, hast du verstanden?'
Ich habe mich von ihm losgemacht und gesagt: ‚Nein, das werde ich nicht tun.'
‚Doch, das wirst du sehr wohl tun', hat er gesagt.
Wir sind beide lauter geworden, wir haben uns angeschrien. Er hat mich geschüttelt, ich habe ihn als erster geschlagen, dann haben wir uns geprügelt, regelrecht blutig geschlagen.
Zu meiner Überraschung war ich stärker, er war damals körperlich in einer mäßigen Verfassung, hat pausenlos gearbeitet und zuviel Alkohol getrunken. Er hat stark im Gesicht geblutet, als ich ihn liegen gelassen habe.
Meine Mutter sagte später, er habe eine gebrochene Nase gehabt, irgendwas am Auge und am Knie. Ich hatte keine größeren Verletzungen.
Ich habe am selben Abend ein paar Sachen zusammengepackt, habe meine Ersparnisse mitgenommen und bin nach Berlin

gefahren. Ich habe die Nacht auf dem Bahnhof verbracht und bin am nächsten Tag mit dem Zug nach Hamburg gefahren. Dort bin ich geblieben. Ich bin heute zum ersten Mal seit 19 Jahren wieder in Frankfurt."

—

„Habe ich bei der Pressekonferenz etwas verpasst?", fragte Matuszek seine Kollegin Petra Schumacher, als er mit ihr um die Mittagszeit in der Kantine des Polizeipräsidiums saß.
„Nichts. Der Chef hat gesagt, dass wir sehr vertrauensvoll mit der Słubicer Polizei zusammenarbeiten, dass das Warschauer Interesse an dem Fall nur nützlich sein kann und dass wir Hinweisen aus allen Richtungen nachgehen. Und wie war's auf der Beerdigung?"
„Ich kenne jetzt fast Oderbergs gesamte Familie. Alle scheinen ihn gehasst zu haben, die einen eher kühl und distanziert, die anderen heiß und innig."
„Das ist ja nichts Neues."
Matuszek nickte.
„Hast du auf der Beerdigung einen Freund von Oderberg getroffen, einen Vertrauten, der dir irgendetwas Neues erzählen konnte, was uns weiterhilft?"
„Das Gespräch mit Oderbergs Sohn war interessant. Vielleicht könntest du mal eine Information überprüfen. Finde doch mal heraus, wer mit Franz-Werner Oderberg vor 19 Jahren den Geschichtsunterricht am Städtischen Gymnasium Nr. 1 besucht hat.
Ansonsten habe ich mindestens zehn Leute angesprochen. Niemand kannte jemanden, dem Oderberg nahe stand. Der Mann scheint sich selbst völlig genug gewesen zu sein."
„Dann hatte er bestimmt eine heimliche Geliebte."

„Eine? Mein junger Słubicer Dr. Watson hat herausgefunden, dass er Stammgast in einem Bordell war."
„Aha", sagte sie.
„Aber das ist noch kein Grund, jemanden zu ermorden."
Petra Schumacher schaute ihren Kollegen mit einem verständnislosen Blick an.
„Ich glaube, dass ich dem Mörder noch nicht begegnet bin, auch auf der Beerdigung nicht", sagte Matuszek.
„Schade eigentlich. Dann hättest du das Wochenende mit deiner Marzena noch unbeschwerter genießen können."
Matuszek schaute sie fragend an.
„Willst du wissen", fragte Kriminalinspektorin Petra Schumacher, „was ich über Müller und Bandemer herausgefunden habe?"
Matuszek nickte und schaute geistesabwesend in den Kantinensaal.
„Bandemer hat zu DDR-Zeiten fünf Jahre in Bautzen gesessen. Der Vorwurf lautete ‚Anstiftung zur Verschwörung gegen die Staatsgewalt.' Tatsächlich hatte er verschiedene Ehrenämter in der evangelischen Kirche inne und hat in seiner Gemeinde Gesprächsrunden zu gesellschaftlichen Themen organisiert. Er war übrigens auch zu DDR-Zeiten schon Bauingenieur. Wer ihn ausspioniert und wer ihn letztlich angezeigt hat, konnte nie zweifelsfrei festgestellt werden. Zu den Verdächtigen gehörte jedoch auch Hans-Werner Oderberg.
Müller ist zehn Jahre jünger als Bandemer und Oderberg, die fast gleich alt waren. Müller war über zehn Jahre lang Oderbergs Rechtsanwalt und Vertrauter in Finanzfragen. Etwa genauso lange ist er auch Stadtverordneter."
„Sehr interessant", sagte Matuszek ohne besondere Begeisterung in der Stimme. „Hat einer von den beiden Dreck am Stecken?"
„Fehlanzeige", sagte Petra Schumacher.

Matuszek nippte an seinem Kaffee und schob den leer gegessenen Teller bei Seite.
„Ich denke, ich habe heute so etwas wie eine Spur gefunden."
„Wie das?", fragte sie.
„Ich bin mir ziemlich sicher, dass das Tatmotiv nichts mit Konkurrenz, Neid oder Habgier zu tun hatte. Es hat etwas mit einer sehr tiefen, persönlichen Verletzung zu tun und mit einer unheimlich großen Wut auf diesen Mann."

—

Am selben Abend entbrannte auf dem Internetforum der Frankfurter Zeitung eine Diskussion über den am Morgen veröffentlichten Artikel. Was durch die Internetredaktion nicht vom Server entfernt wurde, wurde im Zeitraum zwischen Freitagabend und dem Erscheinen der Montagsausgabe insgesamt 2.354 Mal angeklickt. Hier ein paar Ausschnitte:
Bürger 345: Dass unsere Polizei unfähig ist, wussten wir ja schon seit Langem. Dass es die polnische Polizei offenbar auch ist, war für mich neu. Die armen Polen!
Wutbürger Lossow: Von wegen: Die armen Polen! Diese Inkompetenz hat Methode. So haben die polnischen Verbrecherbanden leichtes Spiel. Und davon profitieren die Polizisten dort drüben doch am meisten.
Bürger 345: Dieses anti-polnische Gegeifere in öffentlichen Foren sollte polizeilich verboten werden. Zu Hilfe!
Angelika_009: Dem Hilferuf schließe ich mich an, ich rufe alle Frauen auf, diesem Internetforum zur Hilfe zu eilen. Hier lassen sich nämlich mal wieder nur Männer aus. Und wenn es stimmt, dass O. ein begeisterter Bordellgänger war, dann ist die Sache doch mal wieder sonnenklar: Wo Männer ein Problem produziert haben, sind es ganz bestimmt nicht Männer, die es wieder lösen werden. Daran haben sie gar kein Interesse.

Der Rolf: Dumme Ziege!
FP_ab56: H…
Angelika 009: Seht ihr?!
Marlies_1945: Bisher hat noch niemand die Stimme des Neffen ernst genommen. Wenn dessen Beobachtung zutrifft, dann ist es bei diesem Verbrechen genauso wie bei den meisten Verbrechen: Der Mörder kommt aus dem engsten Familienkreis.

22

Am Nachmittag brach die Sonne durch die Wolkendecke über den beiden Städten an der Oder. Dadurch erschien jemand, der eine große Sonnenbrille trug, die das halbe Gesicht verdeckte, wie die junge Frau mit dem geblümten Kopftuch, die an der Kreuzung Leipziger Straße/ Weinbergweg aus der Straßenbahn stieg, einem aufmerksamen Beobachter nicht von vornherein als verdächtig. Dass die Frau die Sonnenbrille bereits auf dem ganzen Fußweg vom Słubicer *Plac Przyjaźni* über die *ul. Jedności Robotniczej*, die Stadtbrücke und die *Karl-Marx-Straße* bis zur Straßenbahnhaltestelle *Zentrum* und anschließend während der gesamten Fahrt getragen hatte, konnte der ältere Herr, dem die Frau von seinem Fenster in der zweiten Etage des Wohnblocks, oberhalb der Gaststätte *Kosmos* auffiel, nicht wissen. ‚Was für eine heiße Frau', dachte der Mann, ‚und so geheimnisvoll mit der Sonnenbrille und dem Kopftuch.' Er sah die Frau mit kleinen, eleganten Schritten die Kreuzung überqueren und unter den Platanen zwischen dem Hochhaus und dem Grabsteinhändler in Richtung Friedhof aus seinem Blickfeld entschwinden.

Die junge Frau folgte offensichtlich der Beschreibung auf einem kleinen Zettel, den sie von Zeit zu Zeit zu Rate zog, um das Grab, das sie suchte, zu finden. Es war ein frisches Grab, das noch nicht zugeschaufelt worden war. Der Raum zwischen dem Sarg und der Erdoberfläche war zur Hälfte mit Kränzen und Blumen aufgefüllt. Die junge Frau schaute sich um, um sicher zu gehen, nicht beobachtet zu werden. Außer einem Spatzen, der ein paar Meter entfernt auf einem Tannenzweig hockte und sie anzuschauen schien, konnte sie kein lebendes Wesen ausmachen. Sie trat an das offene Grab heran, schaute hinunter und erhaschte an zwei Stellen einen Blick auf den nussbaumfarbenen Sarg. Eine ganze Weile lang starrte sie auf das Holz des Sarges und dann etwa genauso lang auf den Grabstein. Nichts bewegte sich, weder der Sargdeckel, noch der Grabstein. Als der Spatz davonflog, schien auch die junge Frau genug gesehen zu haben und schickte sich an, genau den gleichen Weg zurück nach Słubice zu nehmen, den sie gekommen war.

Der ältere Herr hatte die ganze Zeit an seinem Fenster ausgeharrt und auf sie gewartet. Länger als eine halbe Stunde hatte er nicht warten müssen. Als sie unter den Platanen wieder auftauchte und auf die Kreuzung zumarschierte, verließ der Mann kurz seinen Beobachtungsposten, um aus dem Wohnzimmerschrank ein Fernglas zu holen. Als die Ampel auf Grün sprang, hatte der Mann das Fernglas scharf genug eingestellt und konnte eingehend ihr Gesicht studieren. Sein Blick glitt über eine makellose Haut, unter dem Kopftuch entdeckte er einen schwarzen Haaransatz, die Frau schien ein südländischer Typ zu sein, eine echte Seltenheit in Frankfurt an der Oder. Der Mann war enttäuscht, dass die Sonnenbrille zu dunkel war, um ihre Augen erkennen zu können. Als die Frau an der Straßenbahnhaltestelle stehen blieb, hatte der Mann genug Zeit, um ihren ganzen Körper eingehender zu studieren. Unter einem grauen Blazer trug sie eine weiße Bluse, die Farbe ihres Büstenhalters konnte der Mann nicht ausmachen, aber die prallen, wohlgeformten Brüste, die er im Dreiviertelprofil betrachten konnte, zeichneten sich erfreulich deutlich unter der Kleidung ab. Der Blick des Mannes glitt über einen kleinen, straffen Po und zarte Hüften, er war dermaßen begeistert von dem, was seine Augen geboten bekamen, dass er sich schon am Abend nicht mehr an die Farbe und den Stoff der Hose erinnern konnte.

Sechs Minuten sind eine lange Zeit, wenn man nichts anderes zu tun hat, als einen Menschen durch ein Fernglas zu beobachten. Dem alten Mann war die Zeit zu kurz, um die junge Frau genüsslich und Stück für Stück mit den Blicken ausziehen zu können. Die Ankunft der Straßenbahn kam dem Mann wie eine kalte Dusche vor, die Frau stieg ein und entschwand seinen Blicken. Nachdem die Frau an der Haltestelle *Zentrum* die Straßenbahn wieder verlassen hatte, passierte sie die Kreuzung zwischen den *Lenné-Passagen* und dem *Oderturm* und erreichte über den *Brunnenplatz* den *Marktplatz,* wo im *Café Mitte* ein paar Menschen draußen saßen und die warmen Sonnenstrahlen genossen. Als sie die Stadtbrücke überquerte, hatte sich die Sonne bereits wieder hinter den Wolken versteckt. Die junge Frau, die ihre Sonnenbrille immer noch nicht abgenommen hatte, durchquerte die halbe Stadt, kam hinter dem *Plac Przyjaźni* auch an den Plätzen *Wolności* und *Bohaterów* vorbei, um dann am Landratsamt auf das Hauptkommissariat der Słubicer Polizei zuzusteuern. Sie setzte sich an einem kleinen Grünstreifen auf eine Bank, von der aus sie den Eingang der Polizei im Blick hatte. Sie saß angespannt dort, die Beine gerade angewinkelt und schaute unablässig auf den Eingang des Polizeigebäudes. Es war 16 Uhr 25. Jetzt nahm sie die Sonnenbrille ab. Sie hatte wunderschöne, dunkelbraune Augen, unter denen das dezente Make-up wie durch Tränen leicht zerlaufen war.
Nicht einmal eine Minute später saß die junge Frau nicht mehr auf der Bank, sie war wie vom Erdboden verschluckt. Ein Mann, der wie ein gelangweilter Spaziergänger ausgesehen hatte, hatte sich plötzlich von hinten auf sie gestürzt und ihr ein schwammähnliches Etwas in das Gesicht gedrückt. Die Frau konnte nicht einmal schreien, sie hatte innerhalb von Sekunden das Bewusstsein verloren. Ein schwarzer BMW war herangebraust, ein

zweiter Mann war aus der Beifahrertür gesprungen und hatte den Fond geöffnet. Zu zweit trugen sie die Frau auf den Hintersitz, verschwanden im Wagen und fuhren ohne quietschende Reifen davon.
Wojtek Miłosz trat kaum fünf Minuten später aus dem Polizeiquartier, stieg auf dem Parkplatz in seinen Wagen und fuhr nach Hause. Er freute sich auf das Wochenende mit seiner Familie.

23

Bernd Matuszek holte Marzena gegen halb drei mit seinem schwarzen Mini Cooper von ihrer Wohnung in der *Halben Stadt* ab. „Ist das dein ganzes Gepäck?“, fragte er sie erstaunt, als sie mit einer Laptoptasche und einem kleinen, schwarzen Reisekoffer aus der Haustür trat.

„Wir fahren doch nur für ein Wochenende“, antwortete sie. „Hauptprogramm: Miteinander reden, am Strand spazieren gehen und lecker essen. Dafür brauche ich weder fünf Paar Schuhe noch zehn verschiedene Kleider.“

Als sie ihn umarmte, flüsterte sie ihm ins Ohr:

„Und für die Nächte brauche ich überhaupt keine Klamotten.“

Auf der Autobahn herrschte mäßiger Verkehr, Matuszek raste mit 170 über den Asphalt. Marzena erzählte, wie weit sie mit ihrer Doktorarbeit gekommen war, Matuszek gelang es über weite Strecken aktiv zuzuhören. Marzena gelang es bereits während der Autofahrt, Matuszek ein paar Bemerkungen über seine Arbeitswoche zu entlocken. Sie merkte, dass ihn der Fall Oderberg sehr beschäftigte und dass sie etwas Geduld brauchen würde, bis er etwas über sich preisgeben würde.

Nördlich von Berlin überraschte sie ein gewaltiger Wolkenbruch, aber als Matuszek um kurz nach vier vor Anklam die A20 verließ, schien die Sonne. Das Außenthermometer zeigte 16 Grad an.

„Hast du einen Badeanzug eingepackt?“, fragte Matuszek.

„Auf alle Fälle ja, aber das Wasser wird doch kaum mehr als fünfzehn Grad haben, oder?“

„Vielleicht sogar siebzehn oder achtzehn Grad“, sagte er auf Polnisch.

„Willst du bei solchen Temperaturen ins Wasser gehen?“, fragte sie ebenfalls auf Polnisch.
„Pewnie“, sagte er.
Matuszek hatte im Ostseebad Bansin ein Ferienhäuschen gemietet, das nur gut zweihundert Meter vom Strand entfernt lag. Marzena war begeistert vom Kamin im gemütlichen Wohnzimmer. Matuszek öffnete die große, gläserne Schiebetür und trat in den Garten hinaus, um in tiefen Zügen die Meeresluft einzuatmen, die ein kräftiger Wind herbeiwehte. Als Matuszek mit einem glücklichen Lächeln in das Wohnzimmer zurückkam, schlang Marzena ihre Arme um ihn und begann, ihn zärtlich auf den Hals und weiter hinauf bis zum Mund zu küssen. Matuszek schloss die Augen und ließ nach und nach eine Portion Leidenschaft in das Küssen einfließen. Bald flogen die ersten Kleidungsstücke auf die Wohnzimmercouch und sie liebten sich auf dem Ikea-Teppich, abgepolstert von ein paar Couchkissen zum ersten Mal an diesem Wochenende, während von Zeit zu Zeit durch das offene Terrassenfenster eine leichte Meeresbrise über ihre nackte Haut strich.

—

Wojtek Miłosz tobte wie ein ausgelassener Teenie mit seinen Kindern Wiktoria und Tobiasz durch das Nichtschwimmerbecken des *Inselbades* in Eisenhüttenstadt. Seine Frau Małgosia lag auf einer Sonnenliege am Beckenrand und hatte die Augen geschlossen. Klein-Łukasz schlief mit trockener Windel und einem Strampler bekleidet friedlich neben ihr in einer Tragetasche.
Als Miłosz eine kleine Atempause benötigte, setzte er sich auf eine Liege neben seine Frau und ließ das Schwimmwasser auf der Haut trocknen. Als seine Frau die Augen öffnete, nahm er ihre rechte Hand und streichelte sie liebevoll.

„Ich war dir in dieser Woche keine große Hilfe, nicht wahr?", sagte er vorsichtig.
Gosia Miłosz lachte leise:
„Und ich habe wohl wenig Verständnis für meinen Mann aufgebracht, der sich nicht nur mit der Słubicer Verbrecherwelt, sondern auch noch mit der Frankfurter herumschlagen musste."
Ein paar Minuten lagen sie schweigend nebeneinander und hielten Händchen, bis Klein-Łukasz ihnen mit einem unruhigen Glucksen und Drucksen zu verstehen gab, dass er – vermutlich – zwecks eines kleinen Bäuerchens auf den Arm genommen werden wollte.
„Das ist ja nun wohl endlich mal wieder mein Job", sagte Kriminalkommissar Miłosz und schritt zur Tat.

—

Die drei männlichen Insassen des schwarzen BMWs, von Beruf ‚Männer fürs Grobe' im *Paradise,* stritten sich auf der Fahrt zu einem abgelegenen Waldstück, etwa 30 km von Słubice entfernt, darüber, was sie mit ihrem hübschen Opfer anstellen sollten, das immer noch bewusstlos auf der Rückbank lag, mit dem Kopf auf dem Schoß des jungen Mannes, der sie betäubt hatte.
Der Fahrer sprach sich dafür aus, sie unschädlich zu machen:
„Jede Wette, dass der Chef das von uns verlangt, kurwa."
Die anderen beiden waren der Meinung, dass es besser wäre, ihr lediglich eine Lektion zu erteilen.
„Wir könnten ihr das hübsche Gesichtchen ramponieren, so dass sie diese Sonnenbrille noch ein paar Wochen lang weiter tragen muss", sagte der Mann auf dem Beifahrersitz, der die Frau in den Wagen geschleppt hatte. „Wenn wir sie umbringen, kurwa, und irgendjemand findet sie, kurwa, dann stecken wir erst richtig in der Scheiße, k… . Dann kommen nicht zur zwei

Bullen ins Bordell, k…, sondern wir kriegen eine ganze Hundertschaft auf den Hals gehetzt, k…, die uns die Bude komplett auf den Kopf stellt."
„Co z tego, wenn sie jemand findet, k…", meinte der Fahrer, „dann müssen wir sie eben so zurichten, k…, dass sie niemand mehr identifizieren kann."
„Bist du verrückt geworden!", rief der Mann aus der zweiten Reihe.
Die Namen der drei Männer tun nichts zur Sache, der Name der jungen Frau jedoch sehr wohl. Sie hieß Mira Narayan, war 22 Jahre alt und stammte aus einer kleinen Stadt in der Nähe von Neu Delhi, Indien.

—

Bernd Matuszek und Marzena Pawlikowska hatten für den ersten Abend ihres Wochenendes am Meer einen Rollentausch vereinbart: Sie wollte kochen und er durfte sich kulinarisch verwöhnen lassen. Sie hatte ihm versprochen, das beste Essen zu kredenzen, was die polnische Küche – und ihre Kochkünste – hergaben. Er hatte ihr versprochen, dass er nicht am Essen herummeckern würde.
Sie verließen gegen drei viertel sechs ihr Wochenendhäuschen, Marzena, um für das Abendessen einzukaufen und Bernd Matuszek, um einen langen, appetitanregenden Strandspaziergang zu unternehmen.
Als Matuszek den Strand erreicht hatte, zog er Schuhe und Strümpfe aus, stopfte die Strümpfe in die Schuhe, krempelte die Hosenbeine seiner Jeans zweimal hoch und lief, die Schuhe in der Hand, barfuß über den Strand und genoss das Gefühl, den Sand unter den nackten Füßen zu spüren, so ungemein, dass er aus heiterem Himmel lachen musste.

‚Mein Gott', dachte er, ‚wie herrlich es am Meer ist, wie einfach ist es, glücklich zu sein und wie verdammt nötig habe ich dieses Wochenende.'
Er wanderte etwa zwei Kilometer in nordwestliche, also in die unbesiedelte Richtung. Er ging nahe an der Wasserlinie, so dass die auslaufenden Wellen von Zeit zu Zeit seine Füße umspülten. Er liebte alles um sich herum, das Wasser, den Meereswind, den Blick aufs Meer hinaus, das Kreischen der Möwen, die wärmende Sonne auf seiner Haut, die sich allmählich orange und dann rot färbte, um schließlich vor seinen Augen im Meer zu versinken. Er schaute den Menschen ins Gesicht, die an ihm vorbeikamen, grüßte manchmal jemanden oder wurde gegrüßt und dachte an nichts Besonderes. Ein paar Bilder der vergangenen Woche kamen und gingen, ein paar Gedankenfetzen und Gefühle traten an die Oberfläche, so wie Fische wohl von Zeit zu Zeit dicht an die Oberfläche des Meeres heranschwammen, wenn keine Möwe in der Nähe war. Matuszek zerrte keinen der Gedanken hervor, sondern ließ sich einfach in aller Ruhe treiben.

—

Wiktoria und Tobiasz Miłosz schliefen schon auf der Rückfahrt im Auto ein. Dreistündiges Herumtollen im warmen Wasser hatte sie todmüde gemacht. Im Bauch verbreitete die Leib-und-Magen-Speise der Miłosz-Sprösslinge, Pommes mit Ketchup und Majo, ein wohliges Gefühl. Gosia Miłosz streichelte von Zeit zu Zeit die Hand ihres Mannes.
„Was meinst du, Kochanie", fragte Wojtek Miłosz seine Frau, „wirst du auch bald so müde wie unsere Kinder oder kannst du noch ein bisschen Energie mobilisieren für einen schönen, gemeinsamen Abend zu zweit?" Er grinste seiner Frau zu.

Gosia Miłosz lachte, zum ersten Mal seit einer Woche, die sich so lang anfühlte wie ein ganzes Jahr, ihr bezauberndes Lachen, in das sich Wojtek vor elf Jahren verliebt hatte.
„Ich weiß es nicht, das hängt ganz vom Angebot ab."
„Na, das klingt doch sehr verheißungsvoll", erwiderte Miłosz. „Dann fahre ich doch gleich noch ein bisschen schneller."
„Nicht so ungeduldig, mein Lieber. Erst musst du noch deinen Drittgeborenen ins Bettchen kriegen und ihn dazu bringen, dass er mindestens sechs Stunden am Stück friedlich schläft."
„O Gott!", sagte Miłosz, „für ein solch langes Vorspiel fehlt selbst mir das Durchhaltevermögen."

—

Der Besitzer des *Paradise* erklärte dem Beifahrer des schwarzen BMW über das Mobiltelefon, dass er zwar mit Verräterinnen grundsätzlich kurzen Prozess mache, dass es aber in diesem Fall tatsächlich mehr Probleme schaffen, als welche lösen würde. Die Lösung des Problems, die der ‚Chef' von ihnen verlangte, gefiel den beiden vorderen Insassen jedoch noch weniger als ein blutiger Mord.
„Ihr kommt jetzt sofort aus dem verfickten Wald zurück, ihr Schwachköpfe. F. schmeißt ihr bei uns raus, k..., den brauche ich hier. Anschließend packt ihr euch noch eine ordentliche Ration zum Fressen und zum Ballern ein und dann bringt ihr die Kleine zu Wladimir."
„Zu Wladimir, k..., aber der ist doch."
„Richtig, ihr Weicheier, Wladimir ist in Kiew, und genau dort bringt ihr das Luder hin und zwar sofort, habt ihr verstanden?! Und wenn ihr euch erwischen lasst, könnt ihr euch gleich die Kugel geben, kurwa!"

—

Als über der Ostseeküste auf Usedom an diesem Abend allmählich die Dämmerung heraufzog, war Matuszek mit der untergehenden Sonne im Rücken bereits wieder an Bansin vorbeigekommen und hatte sich noch einen weiteren Kilometer in die andere Richtung nach Heringsdorf aufgemacht. In Heringsdorf verließ er den Strand und zog sich auf einer Bank an der Uferpromenade Strümpfe und Schuhe wieder an. Jetzt, da die Sonne ihre wärmende Kraft an diesen Flecken Erde nicht mehr abgeben konnte, wurde es rasch ein paar Grad kühler. Mit flottem Schritt ging er auf dem Deich zurück.

Als Matuszek den Ort Bansin wieder erreicht hatte, verlangsamte er seine Schritte, um die Vorfreude auf den gemeinsamen Abend mit Marzena zu verlängern. Dabei streifte sein Blick abwechselnd über das Meer, dessen im leichten Wind gekräuselte Oberfläche er in der Dunkelheit nur dort sehen konnte, wo auf sie das Licht eines Bootes fiel und die Häuser, die an der Oderpromenade standen. Mit einem Mal blieb er wie vom Blitz getroffen stehen. An der Fassade eines hübschen, weiß getünchten, zweistöckigen Hauses, aus dessen großen Panoramafenstern im ersten Stock man einen traumhaften Blick über den Deich hinweg aufs Meer haben musste, hing ein Leuchtschild mit der nicht zu übersehenden Aufschrift: *Oderberg Versicherungen.*

Im Erdgeschoss, das die Büroräume zu beherbergen schien, brannte noch Licht. Matuszek zögerte keinen Augenblick. Er ging die Treppe vom Deich hinunter, überquerte die schmale, asphaltierte Straße und klingelte an der Tür, unmittelbar unterhalb des Schildes, auf das er unablässig starrte, als könne er nicht glauben, was er dort las.

Die Tür wurde geöffnet und vor Matuszek stand ein junger Mann Anfang oder Mitte Zwanzig. Der Mann sah auf den ersten

Blick sympathisch aus, attraktiv sogar, er hatte eine schlanke Figur und dazu ein Allerweltsgesicht.

„Guten Abend“, sagte Matuszek. „Herr Oderberg?“

„Der bin ich, kommen Sie ruhig rein.“

„Bevor ich Ihre Zeit in Anspruch nehme, Herr Oderberg, muss ich Ihnen eine Frage stellen.“

Der junge Herr Oderberg blieb im Türrahmen stehen und schaute den großen, kräftigen Mann, der wie ein Urlauber aussah, überrascht an.

„Sind Sie verwandt mit Hans-Werner Oderberg aus Frankfurt (Oder)?“

„Ja, er war mein Vater. Wenn Sie mich das fragen, dann vermute ich, dass Sie der Kriminalkommissar sind, der den Mord an ihm aufzuklären hat.“

„Jetzt würde ich Ihr Angebot hereinzukommen gern annehmen“, sagte Matuszek.

Der junge Herr Oderberg führte Matuszek in den hinteren Teil des Hauses zu einem hellen Wintergarten, der im warmen Licht einer Laterne einen wunderschönen Blick auf einen Garten freigab, der dem Maler Emil Nolde alle Ehre gemacht hätte. Martin Oderberg servierte einen köstlichen Darjeeling, stilecht in Teegläsern und mit Kluntjes.

„Warum sind Sie heute nicht zur Beerdigung gekommen?“, fragte Matuszek.

„Weil ich es so mit meiner Mutter besprochen habe. Nachdem klar war, dass Madeleine an ihrer Seite stehen würde, damit sie nicht alleine mit dem Ganzen bleibt, waren wir beide der Meinung, dass es besser ist, wenn ich hier bleibe. Mit meiner Frau und unseren kleinen Kindern. Die Kinder hätten es gar nicht verstanden, sie kannten ihren Opa ja auch überhaupt nicht.“

„Herr Oderberg", sagte Matuszek, „ich kenne Ihre Familie und das berufliche und politische Umfeld Ihres Vaters erst seit vier Tagen. Aber ich kann mich nicht daran erinnern, jemals ein solch frappierendes Fehlen von Trauer erlebt zu haben. Stattdessen bin ich auf Hass und Gleichgültigkeit getroffen. Wie standen Sie zu Ihrem Vater?"
„Distanziert", sagte Oderberg, „aber ohne diesen gewaltigen Groll, der in meiner Familie weit verbreitet ist, das stimmt. Ich hatte eine freundliche Distanz zu ihm."
„Wie haben Sie das geschafft?", fragte Matuszek mit aufrichtigem Erstaunen.
Oderberg lachte.
„Ich weiß es selbst nicht so genau. Ich glaube, ich habe einfach ein sonniges Gemüt. Ich bin im Sternzeichen ein Zwilling, müssen Sie wissen."
„Das erklärt tatsächlich einiges", sagte Matuszek. „Ich glaube zwar nicht an dieses Zeug, aber ein bisschen muss dran sein, meine Ex-Frau ist auch Zwilling."
„Sie wissen bestimmt, dass mein Vater hier in Heringsdorf ein großes Haus besitzt."
„Ich wusste, dass es sich an der Ostsee befindet, aber nicht, wo genau."
„Wenn mein Vater in den letzten Jahren für ein paar Tage in seinem Haus weilte, habe ich ihn manchmal besucht. Wir haben einfach ein Glas Wein getrunken und freundlich miteinander geredet. Und nach ein bis zwei Stunden bin ich wieder gegangen."
„Ihr Vater hat Sie nie hier in Ihrem Haus besucht?"
„Nein, niemals."
„Hat Ihr Vater niemals den Wunsch geäußert, Sie hier zu besuchen?"

„Er hat nicht danach gefragt und wir haben ihn nicht eingeladen. Jetzt wissen Sie, wie unsere freundliche Distanz aussah."
Bernd Matuszek trank einen Schluck Tee, er schmeckte wie süßer, flüssiger Samt.

„Herr Oderberg, ich will ganz offen sein. Ich bin zwar in den letzten Tagen auf mehrere Menschen gestoßen, die durchaus ein Motiv für den Mord an Ihrem Vater hätten. Sein Hauptkonkurrent im Frankfurter Baugewerbe, Wolfgang Bandemer, hat ihn gehasst, sein junger Prokurist Roland Todenhöfer profitiert finanziell sehr von seinem Ableben, um die Firma ist es andererseits ohne ihn eher schlecht bestellt. Ihre Familie trägt ihren Hass oder ihre Gleichgültigkeit mehr oder weniger offen zur Schau. Aber mir fehlt definitiv eine heiße Spur. Vielleicht können Sie mir helfen."

„Ich wüsste nicht wie", sagte Martin Oderberg.

„Erzählen Sie mir ein bisschen von Ihrem Vater. Ich habe den Eindruck, dass Sie trotz allem einen anderen Blick auf ihn hatten. Vielleicht sind Ihnen Dinge aufgefallen, die die anderen in ihrem Hass und in ihrer Gleichgültigkeit nicht gesehen haben."

„Ich habe mir in den letzten Tagen auch die Frage gestellt, wer ihn getötet haben könnte. Ich habe aber keine Antwort gefunden."

„Manchmal sind es Kleinigkeiten, die sich zu einem Bild zusammenfügen", sagte Matuszek. „Gab es zum Beispiel irgendetwas, was Sie mit Ihrem Vater erlebt haben?"

„Als ich zwischen zehn und zwölf Jahre alt war, hat mich mein Vater ein paar Mal auf Reisen mitgenommen."

„Meinen Sie seine zahlreichen Reisen in Länder der Dritten Welt?"

„Ja."

„Waren die Reisen geschäftlicher oder privater Natur?"

„Es waren private Reisen. Er hat fast die ganze Welt bereist, vorrangig jedoch Länder der so genannten Dritten Welt."

„Was war der Antrieb für diese Reisen?"
„Sein Motto war ‚Reisen bildet'. Aber es ging ihm auch noch um etwas anderes. Mein Vater war, wie soll ich sagen, er war ein begeisterter Sextourist."
„Woher wissen Sie das?"
„Auf unserer letzten gemeinsamen Reise war ich, wie gesagt, bereits zwölf. Wir sind nach Thailand gereist. An einem Abend waren wir in einem Klub im Untergeschoss unseres Hotels, in dem die leicht bekleideten Damen nicht zu übersehen waren. Zwei von ihnen kamen an unseren Tisch, ich habe gesehen, wie mein Vater ihnen Geld zusteckte. Er hat mich ins Hotelzimmer gebracht, wo ich die halbe Nacht lang Videos gucken durfte. Mein Vater ist wieder weggegangen. Ich konnte mir denken, wie er seine Nacht verbracht hat. Einige Jahre später hat er es auch einmal beiläufig erwähnt."
„Was waren seine Worte?"
„Er hat gesagt: `Weißt du, Junge, das Schönste an den Reisen sind immer die Frauen. Es gibt in jedem Land wundervolle Frauen, die für ein bisschen Geld alles tun, was du von ihnen verlangst."
„Mein Słubicer Kollege hat herausgefunden, dass Ihr Vater seit mehreren Jahren auch in einem Słubicer Bordell Stammgast war."
„Dann haben Sie ja schon eine heiße Fährte."
„Wie meinen Sie das?"
„Sex mit fremden Frauen, die von ihm nichts weiter wollen als etwas von dem, was er im Überfluss hatte, nämlich Geld, das war seine große Leidenschaft. Dieses Milieu ist per se kriminell, nicht wahr?"
Matuszek nickte.
„Vielleicht finden Sie dort seinen Mörder oder seine Mörderin."

24

Marzena hatte es geschafft, in einem kleinen Fischgeschäft frischen Karpfen aufzutreiben, den sie auf polnische Art paniert in der Pfanne briet. Als Vorspeise gab es eine Fischsuppe, die sie aus den Resten verschiedener Fischarten zubereitet hatte. Dazu hatte sie in einer Weinhandlung einen Riesling gekauft. Auf einen Nachtisch hatte sie verzichtet.

„Den schaffen wir ja sowieso nie aufzuessen", grinste sie Matuszek an.

„Für morgen habe ich ein paar kleine Eisbeinchen gekauft, du kannst sie so wunderbar in einer Biersoße zubereiten."

„Wolltest du nicht das ganze Wochenende kochen?", fragte Matuszek.

„Ja, schon, aber die Eisbeine haben mich so angelacht. Dafür gibt es am Sonntag Bigos auf altpolnische Art mit getrockneten Pflaumen und Pilzen. Ich fange gleich morgen früh zu kochen an, damit es Sonntag richtig gut ist."

„Wo hast du denn hier getrocknete Pflaumen und Pilze aufgetrieben?", fragte Matuszek.

„Die habe ich mitgebracht, sie waren in dem ach so kleinen Reisekoffer."

Matuszek lobte die Einkäufe und die zarten Karpfenfilets und vermied es, von seinem Gespräch mit dem jungen Oderberg zu berichten, um die Stimmung nicht kaputtzumachen.

Nach dem Essen entfachte Matuszek ein Feuer im Kamin, Marzena zog die Vorhänge vor die Terrassenfenster und öffnete die Tür einen Spaltbreit.

„Damit wir die Meeresluft schnuppern können."

Sie liebten sich zwischen Kaminfeuer und Meeresluft, schliefen auf der Couch aneinander geschmiegt ein und liebten sich noch einmal. Irgendwann in der Nacht trug Matuszek seine Freundin ins Schlafzimmer und legte sich selbst auf die Wohnzimmercouch. Als er einschlief, trat aus der Asche im Kamin noch ein zarter, rötlicher Schimmer.

—

Am nächsten Morgen war Matuszek schon vor sechs Uhr am Strand, um den Sonnenaufgang zu beobachten. Es versprach, ein sonniger Spätsommertag zu werden. Um acht Uhr war er der erste Kunde in der Bäckerei, um frische Brötchen zu kaufen. Er weckte Marzena, indem er ihr das Frühstück ans Bett brachte, duftenden Kaffee und Honigsemmeln. Anschließend eröffnete er ihr, dass sie am Vormittag Zeit haben werde, weiter an ihrer Doktorarbeit zu schreiben. Denn nachdem er das Eisbein mit viel Knoblauch und Stralsunder Bier in den Ofen gestellt haben würde, müsste er für ein paar Stunden arbeiten. Er erzählte ihr von der gestrigen Begegnung mit Oderbergs Sohn und erklärte, dass er die Möglichkeit habe, zusammen mit ihm das Feriendomizil des Ermordeten unter die Lupe zu nehmen, das sich gleich im Nachbarort befinde.
„Deswegen hast du diesen Ort für unser Wochenende ausgesucht“, meinte Marzena.
„Nein, ich schwöre dir, es war reiner Zufall.“

—

Das Ferienhaus von Oderberg senior war ein großzügiges, gelb getünchtes, Reet gedecktes Anwesen, das sich auf einem dreitausend Quadratmeter großen Dünengrundstück am Rande des Ortes befand. Martin Oderberg führte Matuszek in einen weiträumigen, lichtüberfluteten Salon. Die gläsernen Schiebetüren gingen auf die Dünen hinaus, der helle Parkettboden bildete einen stilvollen Kontrast zu den schweren Eichenmöbeln. Der junge Oderberg hatte den Tee bereits vorbereitet, er stand in einem Keramikstövchen, unter dem ein Teelicht den Tee warm hielt.

„Wenn Sie wollen, zeige ich Ihnen das Haus", sagte Oderberg.

„Sehr gern, aber da ich nicht viel Zeit habe, interessieren mich am meisten die Zimmer, in denen ich auf ein gut gehütetes Geheimnis stoßen könnte."

Matuszek wurde durch drei Schlafzimmer, drei Badezimmer und eine große Bibliothek geführt, die aus einem wertvollen Querschnitt deutscher Literatur in der Ausgabe von DDR-Verlagen der Jahre 1949-1989 zu bestehen schien. Danach waren kaum noch neue Bände hinzugekommen.

„Die Wende scheint für Ihren Vater ein gewichtiger Einschnitt gewesen zu sein."

„Er war ein Privilegierter im DDR-System. Als die DDR aufgehört hatte zu existieren, hat er jedoch nicht bei Null angefangen. Seine alten Kameraden waren ja in ihrer Mehrzahl noch da. Man hat sich gegenseitig geholfen. Nach kaum zehn Jahren war seine gesellschaftliche Anerkennung wieder auf dem alten Stand, seine Geldbörse jedoch um ein Vielfaches dicker."

„Sind die Gemälde in den Zimmern echt?"

„Nein, das sind alles Reproduktionen. Für so etwas hätte mein Vater nie Geld ausgegeben. Er war sehr sparsam. Der einzige Luxus waren weite Reisen und käufliche Frauen."

Matuszek fühlte Groll in sich aufsteigen, er war gereizt, er hatte genug von Oderberg gehört und hatte es satt, durch die kalten,

sterilen Räume zu wandern, die der Tote einmal bewohnt hatte.
„Sie haben mich vorhin nach Geheimnissen gefragt", sagte Oderberg. „Ich glaube, mein Vater hatte keine wirklichen Geheimnisse. Er hat Millionen am Fiskus vorbei auf sicheren Konten geparkt, um sich davon seine Reisen zu finanzieren. Meine Mutter wusste darüber Bescheid und wir Kinder auch.
Sie haben seine Kontoauszüge gefunden. Wenn Sie wollen, zeige ich Ihnen das Regal mit pornografischen Aufnahmen, die er von einigen seiner Rendez-vous hat anfertigen lassen."
Matuszek schaute ihn entgeistert an.
„Er hat mir selbst davon erzählt", sagte Oderberg, „nur gesehen habe ich die Streifen nicht."
Matuszek nahm sich vor, am Montag zusammen mit Miłosz eine ordentliche Razzia im Bordell *Paradise* durchzuführen. Da fiel sein Blick auf ein Bücherregal, in dem ein gutes Dutzend graubrauner Taschenbücher des Reclam-Verlags zwar fein säuberlich nebeneinander standen, jedoch alle etwa zwei Zentimeter weiter vorgerückt als die benachbarten Bände. Er nahm die Bücher aus dem Regal und entdeckte dahinter etwa zwanzig handschriftlich gefüllte Kladden, die so aufeinander gestapelt waren, dass sie hinter den Büchern nicht gesehen werden konnten.
„Kennen Sie diese Hefte?", fragte Matuszek.
Oderberg nahm eines in die Hand und blätterte darin.
„Ich sehe die Hefte zum ersten Mal. Sie sehen aus wie Protokolle der Bespitzelungsmitschnitte, die mein Vater im Auftrag der Stasi angefertigt hat."
Matuszek nahm sich eines der Hefte vor. Die abgehörten Personen waren lediglich mit dem Anfangsbuchstaben ihres Nachnamens gekennzeichnet. Er fand G,s und H's, W,s und B's. Matuszek erklärte Oderberg, wonach er suchte. Die beiden

forsteten die Bände gemeinsam durch. Nach wenigen Minuten hielt Oderberg ein leicht vergilbtes, zusammengefaltetes, liniertes A4-Notizblatt in den Händen. In kleiner Schrift befanden sich in handschriftlich gezogenen Spalten in jeder Zeile zwei Eintragungen. Neben einem Großbuchstaben, der meistens mit einer Zahl versehen war, stand ein Name. Der Großbuchstabe und der erste Buchstabe des Nachnamen stimmten stets überein.

„Das muss sie sein", rief Matuszek, „die Liste aller bespitzelten Personen. Die Zahl muss jeweils den Protokollband bezeichnen, die Kladden sind auch durchnummeriert."

Er überflog den Zettel und fand den Namen, den er suchte.

„Da haben wir es: Wolfgang Bandemer gehört zu den Opfern. Das erklärt diesen bodenlosen Hass. Aber ich glaube dennoch, dass er nicht der Mörder ist."

Er ließ sich von Oderberg das Faxgerät zeigen und schickte die Liste an die Privatnummer seiner Kollegin Schumacher. Dann rief er sie von Oderbergs Telefon aus an.

„Hallo Petra, ich störe dich nur kurz. Wir haben doch einige junge Kollegen, die gern mal ein paar bezahlte Wochenendüberstunden schieben, nicht wahr? Setz sie darauf an, die Namen auf der Liste zu überprüfen, die ich dir eben gefaxt habe. Vielleicht ist da eine heiße Spur bei."

Die Reaktion von Matuszeks Kollegin Petra Schumacher auf den Anruf wird dem verehrten Leser an dieser Stelle höflich erspart.

25

Am Samstagmorgen schien in Słubice ebenso die Sonne wie auf Usedom. Wojtek Miłosz wachte um kurz nach sieben durch ein vertrautes Geräusch auf: Sein jüngster Sprössling gab halb glucksend und halb quäkend zu verstehen, dass er ausgeschlafen habe und dass ihm langweilig sei. Die beste Ehefrau von allen hauchte mehr, als dass sie sprach:

„Er hat keinen Hunger, ich habe ihn erst um halb sechs gestillt."

Wojtek Miłosz wusste, was zu tun war. Er holte Klein-Łukasz aus seinem Bettchen, wickelte ihn im Badezimmer in eine frische Windel, zog ihn an und ging mit ihm im Kinderwagen raus.

Er trug den Kinderwagen die Stufen hinauf auf den Deich und genoss einen kurzen Moment lang den vertrauten Blick auf die Skyline Frankfurts, die im Licht der aufgehenden Sonne golden glänzte. Vorbei am Collegium Polonicum und einem der beiden Glaspavillons auf dem Brückenkopf schob er den Kinderwagen auf die Stadtbrücke. Die Oder floss noch müde im fahlen Licht des frühen Morgens dahin, weil die Sonnenstrahlen hier das Wasser noch nicht erreichten. Er klappte das Verdeck des Kinderwagens vollständig herunter, damit Klein-Łukasz auch ein bisschen von dem leichten, frischen Wind abbekam, der von Norden über die Brücke wehte.

Auf der breiten Frankfurter Einkaufsstraße entdeckte Miłosz an einem Laternenpfahl ein Plakat des hiesigen Damen-Bundesliga-Handballklubs FHC. Unter dem Bild einer Spielszene verkündete es das Heimspiel gegen den VfL Oldenburg am heutigen Samstag in der *Brandenburghalle*.

‚Da gehe ich heute Nachmittag mit Tobiasz hin', entschied Miłosz spontan und strahlte Klein-Łukasz voller Vorfreude an.

Am *Marktplatz* kaufte er je zwei Schrippen, Berliner Knüppel, Marien- und Dinkelbrötchen und auf dem Rückweg in einer Słubicer Bäckerei ein ofenwarmes Mischbrot.
Wieder zu Hause legte er den Kleinen in eine blaue Trage, damit er ihn überall bei sich haben konnte und Łukaszek nicht alleine blieb. Dieser schaute aufmerksam mit großen Augen, wie sich sein Papa rasierte und lutschte innig an seinem kleinen Stoffteddy, als Papa das Frühstück mit Kaffee, weich gekochten Eiern und mit Wurst und Käse belegten Brötchen zubereitete. Auf der einen Hand trug er das Tablett mit dem Frühstück an Gosias Bett, mit der anderen Hand hielt er den kleinen Hosenscheißer fest. Wojtek Miłosz gab seiner Frau einen Kuss auf die schlafwarmen Lippen.
„Guten Morgen, Liebling, hast du gut geschlafen?"

—

Die beiden Insassen des schwarzen BMW`s waren abwechselnd die ganze Nacht hindurch gefahren. Die junge Frau lag gefesselt und geknebelt auf dem Rücksitz. Die Männer hatten es geschafft, die Grenze zwischen Polen und der Ukraine auf einem unbewachten Feldweg zu passieren. Nachdem es taghell geworden war, hatten sie ihr Opfer mit einer Wolldecke zugedeckt, damit sie nicht etwa von einem vorbeifahrenden Auto aus gesehen werden konnte. Tagsüber kamen die beiden Männer nicht mehr so schnell voran, weil sie sich vorrangig auf Nebenstraßen fortbewegten und trotz Navigationsgerät mehrfach verirrten. Sie hatten vor, das Mädchen am Sonntagmorgen in einem Bordell der Innenstadt von Kiew bei besagtem Wladimir abzuliefern. Ihr Chef hatte ihnen versprochen, dass sie sich bei Wladimir, quasi als Gegenleistung für die hübsche Beute, ordentlich mit Wodka betrinken und danach ihren Rausch ausschlafen könnten. In der Nacht von Sonntag auf Montag wollten sie sich auf den Rückweg nach Słubice machen.

—

Als Bernd Matuszek am Samstag um die Mittagszeit in das Ferienhäuschen zurückkam, erfüllte der Duft von gebratenem Eisbein alle Räume. Marzena hatte es geschafft, anderthalb Seiten an ihrer Doktorarbeit zu schreiben. Matuszek begoss das Eisbein noch einmal mit Bier und ging zum Kartoffelschälen in die Sonne auf der Terrasse. Als sie sich schließlich zum Essen an den Tisch setzten, waren beide nicht in der Stimmung, das zarte Eisbein, das ganz von selbst vom Knochen abfiel, zu genießen. Ihre Gedanken waren bereits woanders, das Gespräch blieb einsilbig, der Zauber des gemeinsamen Liebeswochenendes war verflogen.

—

Wojtek und Tobiasz Miłosz fuhren nach dem Mittagessen mit dem Fahrrad nach Frankfurt. Im Eiscafé am *Brunnenplatz* durfte Tobiasz sich einen Eisbecher aussuchen. Miłosz junior entschied sich für einen viel zu großen Früchtebecher. Zum Glück hatte Wojtek Miłosz, als Vater dreier Kinder ein erfahrener Resteesser, wohlweislich kein Eis zum Kaffee bestellt.
Bei strahlendem Sonnenschein strampelten Vater und Sohn den *Rosa-Luxemburg-Berg* hinauf und danach noch einen weiteren Kilometer bis zur *Brandenburghalle.*
Tobiasz staunte, als er von allen Seiten Menschen in Scharen auf eine riesige Halle zuströmen sah.
„Kommen die alle zum Handballspiel?“, fragte er seinen Papa.
„Ich glaube schon“, sagte Wojtek Miłosz.

„Frankfurt ist eine sehr große Stadt, nicht wahr?“, fragte Miłosz junior.
„Frankfurt ist dreimal größer als Słubice, aber auch zusammen sind beide Städte siebenmal kleiner als Poznań und fünfundvierzig Mal kleiner als Berlin.“
Tobiasz überlegte und schien sich die Größenverhältnisse vorzustellen. Seine Schlussfolgerung lautete: „Dann ist Frankfurt doch nicht so groß.“
Wojtek Miłosz stellte sich mit seinem Sohn auf der Höhe des Mittelkreises in die oberste Reihe, damit er einen guten Überblick über das gesamte Spielfeld haben konnte. Unten wärmten sich die Spielerinnen auf. Wojtek Miłosz konnte seinem Sohn auf die Frage nach den Namen der Spielerinnen keine Antwort geben, immerhin wusste er zu sagen, wer die Frankfurterinnen und wer die Oldenburgerinnen waren.
„Liegt Oldenburg weit weg?“, fragte Tobiasz.
„Ja, die Spielerinnen hatten eine weite Anreise, fünf oder sechs Stunden lang. Oldenburg liegt in der Nähe eines großen Meeres, das Nordsee heißt.“
„Wenn die so lange hierher fahren mussten, sind sie vielleicht müde und können nicht so gut spielen“, meinte Tobiasz.
„Das könnte sein“, antwortete Miłosz. „Wir können ja gleich darauf achten.“
Aus den Lautsprechern hallte Musik, die von Zeit zu Zeit von der Stimme des Hallensprechers unterbrochen wurde. Die Spielerinnen verschwanden noch einmal in den Umkleidekabinen. Ein Stück links von ihnen standen auf den untersten Rängen etwa dreißig Männer und Frauen, die dieselben gelben Trikots der Spielerinnen trugen, den meisten Krach machten und deren Sprechgesang Wojtek Miłosz nur teilweise verstehen konnte. Einer der Fans gab auf einer großen Pauke den Takt vor.

Als die Spielerinnen unter großem Applaus einliefen, versuchte Tobiasz, sich ein paar Namen zu merken und den Nummern auf dem Rücken zuzuordnen.

„Die Frankfurter Nummer neun ist ja riesengroß", stellte Tobiasz fest, „viel größer als die anderen. Die wird bestimmt viele Tore schießen."

„Na hoffentlich", lachte Papa Miłosz, „wir wollen doch, dass Frankfurt gewinnt, oder?"

„Natürlich Papa, die Frankfurterinnen sind doch auch ein bisschen unsere Mannschaft!"

Die Stimmung in der Halle war großartig, Tobiasz staunte, wie voll die Halle geworden war. Als Wojtek Miłosz ihm am Montag den Sportteil der Frankfurter Zeitung mitbrachte, las Tobiasz, dass fast 800 Menschen zum Spiel gekommen waren.

Tobiasz Miłosz war begeistert, als die riesige Spielerin mit der Nummer neun bereits wenige Sekunden nach Spielbeginn mit einem gewaltigen Wurf das erste Tor erzielte. Als dieselbe Spielerin kurze Zeit später auch das 2:1 markierte, sprang Tobiasz laut jubelnd hoch und strahlte über das ganze Gesicht, als wollte er sagen: ‚Na, Papa, habe ich es nicht gesagt.'

Wojtek Miłosz war an diesem Nachmittag zur Hälfte ein glücklicher Papa, der sich über die gemeinsame Zeit mit seinem begeisterten Sohn freute. Zur anderen Hälfte war er der Słubicer Kriminalkommissar, der den Mord an Hans-Werner Oderberg aufzuklären hatte. Er erinnerte sich daran, dass Oderbergs polnischer Bauleiter erzählt hatte, dass ihn sein Chef ein paar Mal zu einem Spiel des FHC mitgenommen hatte. Miłosz suchte die Zuschauerränge nach bekannten Gesichtern ab, entdeckte aber weder den Bauleiter noch irgendjemanden, den er kannte. Miłosz fragte sich, wie viele der anwesenden Männer wohl das *Paradise* besuchten und wie viele Oderberg gekannt hatten.

‚Die Städte sind so klein', dachte Miłosz, ‚dass fast jeder jeden kennt. Bestimmt ist hier auch jemand darunter, der weiß, wer der Mörder ist.' Er nahm hundert Menschen mit seinen Augen auf, aber traf auf keinen Blick, der ihm etwas hätte erzählen können.
„Hallo Wojtek", hörte er hinter sich die Stimme eines Mannes. „Ist das dein Filius?", fragte er und zeigte auf Tobiasz.
Es war einer seiner Schulfreunde, Daniel Baumgärtner, der wie die meisten nach dem Abitur zum Studieren in den Westen gezogen war.
„Ich bin für ein Wochenende hergekommen, um meine Eltern zu besuchen", sagte er. „Heute Abend treffe ich mich übrigens mit ein paar Jungs aus unserem Abiturjahrgang im *Ratskeller*. Einige sind ja doch hier geblieben. Dein alter Kumpel Maciek kommt auch, der ist jetzt in der polnischen Botschaft in Berlin. Hast du nicht auch Lust zu kommen?"
Miłosz erklärte, dass er zurzeit sehr viel arbeiten müsse und die wenigen freien Stunden, gerade am Wochenende, mit seiner Familie verbringen wolle. Für den noch kinderlosen Daniel Baumgärtner, der als Ingenieur bei einem Stuttgarter Autobauer tätig war, war die Arbeit der Słubicer Kriminalpolizei von geringem Interesse, so dass Wojtek Miłosz sich bald wieder seinem Sohn und dem Spiel zuwenden konnte.
Tobiasz Miłosz war am Ende enttäuscht darüber, dass seine Frankfurterinnen nach einem spannenden, ausgeglichenen Spiel mit 29:32 trotz der zwölf Tore seiner Lieblingsspielerin gegen ‚die vom Meer' verloren hatten. Dennoch wollte er unbedingt wieder mit seinem Papa zum Handball gehen.

—

Nach dem Essen wurde Matuszek angenehm schläfrig. Er stand auf, um für sie beide einen Kaffee zu kochen. Danach wollte er ein Mittagsschläfchen halten und ab halb vier im Fernsehen beim Samstagsspiel seiner Bayern die Welt vergessen. Er hatte bei der Auswahl des Wochenendhäuschens darauf geachtet, dass der Sportsender im Angebot inbegriffen war. Als Matuszek das Fernsehgerät überprüfte, erkannte Marzena zumindest einen Teil seiner Absichten.

„Komm, Bernd“, sagte sie, „wir machen einen Strandspaziergang. Ich muss mit dir reden.“

Draußen schien die Sonne, wärmte die Haut und besänftigte die Sinne. Die Straßen des kleinen Ortes waren voll von Wochenendurlaubern, die Autokennzeichen wiesen ihre Besitzer vorrangig als Bewohner der im Norden gelegenen Städte aus, Greifswald, Rostock, Schwerin und Hamburg, dazwischen auch einige polnische Kennzeichen. Am Strand nutzten viele Menschen die vielleicht letzte Gelegenheit, mit einer Decke an den Strand zu gehen und die Septembersonne zu genießen. Über den Himmel zogen lediglich ein paar vereinzelte Schäfchenwolken.

„Ich hatte mich sehr auf dieses Wochenende gefreut“, sagte Marzena, „jetzt bin ich enttäuscht, dass es hier genauso ist wie zu Hause. Du bist rund um die Uhr mit deiner Arbeit beschäftigt.“

Matuszek, der noch die Hoffnung hatte, zu Spielbeginn auf seinem Sofa zu sitzen, verteidigte sich:

„Ich hätte auch am liebsten das Wochenende lang keinen einzigen Gedanken an den Fall Oderberg verschwendet. Dass ich hier auf seinen Sohn treffe, das konnte ich wirklich nicht ahnen.“

„Und dass du das Gespräch mit ihm auf die nächste Woche verlegst und hier einfach noch einmal hoch fährst, das wäre wohl zu viel verlangt gewesen.“

„Das waren doch nur ein paar Stunden. Das Gespräch ist vorbei,

das Thema ist für den Rest des Wochenendes abgehakt. Jetzt bin ich ganz und gar für dich da."
Er legte einen Arm um ihren Körper, nahm ihn jedoch kurze Zeit später wieder zurück, weil er spürte, dass es ihr nicht angenehm war. Eine Zeit lang gingen sie schweigend durch den Sand nebeneinander her. Die Wellen rollten aus, kamen bis auf einen halben Meter an sie heran, dann floss das Wasser wieder zurück, um wenige Augenblicke später einen erneuten Anlauf zu nehmen. Bernd Matuszek lief barfuß, Marzena behielt ihre Sandaletten an.
„Es geht nicht nur darum, dass auch hier noch ein paar Stunden für die Arbeit draufgehen. In der Woche sehen wir uns entweder gar nicht oder du bist abwesend, wenn du da bist."
Marzena suchte nach Worten.
„Ich möchte einen Partner, der sein Leben mit mir teilt, der Anteil nimmt an meinem Leben."
Matuszek hörte die Worte und versuchte sie zu begreifen. Er dachte an den vergangenen Abend, die Nacht und den Morgen danach. Hier brach der Faden ab.
„Sag mir, was du konkret von mir erwartest, Marzena."
„Dass du Zeit mit mir verbringst, dass du dich für mich interessierst."
„Aber ich interessiere mich sehr für dich, das weißt du doch."
„Aber ich merke es zu selten."
Matuszek schaute aufs Meer hinaus und merkte nach einer gewissen Zeit, dass er am Horizont nach Schiffen suchte. Marzena betrachtete Matuszek und suchte nach einer Reaktion in seinem Gesicht.
Vom Strand her prallte ein Fußball an Matuszeks Bein. Er drehte sich um und sah, dass der Ball von ein paar Jungs gekommen war, die sich im Sand mit Stöckchen zwei Tore gebaut hatten.

Einer der Jungs kam auf ihn zu und murmelte eine Entschuldigung. Für einen Augenblick verspürte Matuszek das Bedürfnis, dem Kerl den Ball in die Magengrube zu jagen. Stattdessen kickte er ihn locker zurück. Marzena und er gingen schweigend weiter.
„Der Fall Oderberg ist für dich sehr belastend, nicht wahr?"
Das war Marzena.
„Ich glaube schon", sagte Matuszek, zum Meer gewandt. Die Sonne wärmte das Herz und ein sanfter Windstoß fuhr ihm über die Haut am Haaransatz direkt ins Gehirn.
„Es ist eine Achterbahnfahrt der Gefühle", sagte er. „Du wirst durch die Schilderungen von anderen mit einem Mann konfrontiert, der ein wahres Schwein gewesen zu sein scheint. Aber du kannst all diese Bilder nicht mit der Realität konfrontieren, denn der Mann ist tot. Du hast ihn als Toten zum ersten Mal gesehen.
Was dir all die Menschen von dem Toten erzählen, lässt auch tief in ihre eigenen Abgründe blicken. Arme Schweine, graue Mäuse oder welche, die dafür, dass sie sich von dem Tyrannen gelöst haben, einen Preis gezahlt haben."
Matuszek dachte an Franz-Werner Oderberg und an die Witwe, die am Grab wie eine Statue stand, eine Statue von altgriechischer, entrückter Schönheit.
„Ich habe Angst, wie es sein wird, wenn ich dem Mörder oder der Mörderin gegenüberstehe. Derjenigen Person, die ihrem Hass bis zum Ende gefolgt ist und sich versucht hat daraus zu befreien, indem sie Oderbergs Leben ein Ende bereitete. Ich habe Angst vor den Gefühlen, die mich befallen, wenn ich diese Person treffe."
Matuszek empfand eine abgrundtiefe Leere in seinem Inneren, nachdem er diesen Worten Ausdruck gegeben hatte. Er begegnete

Marzenas Blick, Marzena nahm seine Hand und ging neben ihm weiter. Als erstes spürte er den warmen Sand unter seinen Füßen, dann Marzenas Hand, deren Wärme den Rest seines Körpers durchflutete.
„Und mit diesen Gefühlen möchte ich häufig nicht zu dir kommen, sondern bleibe lieber mit ihnen alleine."
„Schade", sagte Marzena, „dann kannst du sie nicht mit mir teilen."
Matuszek hörte die Worte und musste lächeln. Er brachte Marzena mit einem sanften Druck auf ihre Hand dazu, sich zusammen mit ihm in den Sand zu setzen, ein paar Meter von der Wasserlinie entfernt.
„Und was würdest du mir manchmal abends gern erzählen, wenn ich es schaffen würde, dir zuzuhören?", fragte Matuszek.
Marzena lachte auf und ließ sich rücklings in den Sand fallen und erlaubte es Matuszek, ihre Stirn, Hals und Lippen mit sanften, vorsichtigen Küssen zu bedecken. Dann lagen sie nebeneinander im Sand und schauten in den Himmel, in dem kleine Wolken wandelnde Figuren bildeten.
„Vielleicht würde ich dir erzählen, dass ich mich manchmal sehr einsam fühle mit meiner Doktorarbeit. Dass ich nicht weiß, ob das überhaupt gut genug ist, was ich da schreibe und ob es überhaupt irgendeinen Menschen interessieren wird. Und ich habe Angst, nicht rechtzeitig fertig zu werden. Ist das ein Widerspruch?"
Matuszek überlegte.
„Nicht unbedingt. Wenn du dich aus Angst, nicht fertig zu werden, kürzer fasst, steigt gleichzeitig auch die Chance, dass es irgendjemand, außer deinem Doktorvater, lesen wird."
Marzena dachte nach.
„Meinst du, ich schreibe zu viel sinnloses Zeug."
„Das habe ich nicht gesagt", versicherte Matuszek.

„Aber vielleicht hast du Recht."
Jetzt zog Marzena ebenfalls ihre Schuhe aus.
„Würdest du denn so etwas", fragte sie, „abends nach deinem Tag noch hören wollen?"
„Probieren geht über Studieren", sagte Matuszek. „Wenn schon nicht jeden Abend, so doch jeden zweiten. Manchmal brauche ich abends einfach nur noch eine Stunde in der Muckibude, ein Fußballspiel in der Glotze, ein Bierchen und schon schlafe ich friedlich ein und bin zu nichts mehr zu gebrauchen."
„Ist heute der erste oder der zweite Tag?", fragte Marzena.
„Dreimal darfst du raten", sagte Matuszek.
Dass er eigentlich das dritte Saisonspiel seiner Bayern live im Fernsehen hatte verfolgen wollen, fiel ihm erst wieder ein, als Marzena und er schon fast wieder in ihrem Häuschen angekommen waren. Da war es bereits drei viertel fünf.
Matuszek bat um die Erlaubnis, noch eine halbe Stunde Fußball sehen zu dürfen. Dem Antrag wurde stattgegeben. Er schaltete ein beim Stande von 2:1 für Bayern München. Seine Mannschaft war überlegen, erzielte in der Nachspielzeit noch den 3:1-Siegtreffer und behauptete nach drei Spieltagen den ersten Tabellenplatz.

—

Bernd Matuszek schlief Samstagnacht schlecht. Durch seine Träume geisterten unendlich viele nackte Frauen. Anfangs hatte ihm das noch außerordentlich gefallen, irgendwann merkte er jedoch, dass mit den Frauen etwas nicht stimmte. Er entdeckte Fesseln an Händen und Beinen, dann Schnüre, die vom Kopf aus in die Höhe führten wie bei einer Marionette. Eine Frau, die ihm besonders schön vorkam, schien zu schreien, aber er konnte ihre Schreie nicht hören, bis ihm auffiel, dass ihr die

Ohren abgeschnitten worden waren. Hinter dieser Frau schließlich kam eine dunkelhäutige Frau zum Vorschein, die in der Luft schwebte wie eine Feder, sie hatte die Augen geschlossen und schien nicht mehr zu leben. In diesem Augenblick wachte Bernd Matuszek schweißgebadet auf. Die Uhr seines Handys zeigte 02:20 Uhr. Er leuchtete Marzena, die in ihrem weißen Satinnachthemd wie üblich nicht unter, sondern auf der Decke schlief, mit dem Lämpchen des Handys von allen Seiten an, um festzustellen, dass sie lebte und dass mit ihr alles in Ordnung war. Er stand auf, kleidete sich an und fing, kaum dass er vor der Haustür stand, an zu rennen. Er hielt erst ein, als er am Strand angekommen war und mit dem nächsten Schritt geradewegs in die Ostsee gelaufen wäre.

26

Sonntagnacht gegen drei Uhr verführte eine der sozialversicherungspflichtig angestellten, so genannten exotischen Tänzerinnen des Słubicer Nachtklubs *Paradise,* eine künstlich blondierte, spindeldürre, etwa fünfundzwanzig Jahre alte Rumänin einen der beiden Wachleute zum unentgeltlichen Geschlechtsverkehr auf der Personaltoilette unweit des großen Discosaals. In den Drink danach mischte die junge Frau unbemerkt ein Schlafmittel, so dass das Vergnügen für den Wachmann namens Przemek, verheirateter Vater zweier erwachsener Kinder, ein jähes Ende nahm. Die Tänzerin legte dem Wachmann ein Kissen unter den Kopf und ließ ihn hinter dem Tresen liegen, so dass er von zufällig hereinkommenden Personen nicht sofort entdeckt werden würde.

Um den zweiten Wachmann, der sich im Eingangsfoyer des Bordells aufhielt, aus dem Weg zu räumen, wählte die Tänzerin mit Bedacht eine andere Methode. Sie bestach ihn mit zweihundert Złoty und beruhigte sein Gewissen mit der Geschichte, dass sie sich in der Nacht um ihre schwerkranke Mutter kümmern müsse. Ansonsten war das Eingangsfoyer, wie häufig zu dieser Zeit, unbesetzt. Die Tänzerin wusste, dass sie außerhalb des *Paradise* von den Aufpassern des Chefs beschattet wurde. Deswegen musste es ihr gelingen, das Bordell zu einer Zeit zu verlassen, zu der niemand sie draußen vermuten würde.

Als sie vorsichtig die Eingangstür des *Paradise* hinter sich zuzog, war der Mut, mit dem sie ihren Plan bis hierhin in die Tat umgesetzt hatte, verflogen. Die Angst überkam sie wie ein plötzlicher Schauer, fuhr ihr in die Brust und in den Bauch und verursachte ein Schwindelgefühl. Sie schaute sich auf dem Parkplatz um, horchte zum Haus zurück, sah einige Fenster erleuchtet und huschte zum Ausgangstor so schnell und lautlos, wie sie konnte und es ihre Angst erlaubte. Anstatt nach links in Richtung Hauptstraße zu gehen, schlug sie den Weg in den Wald ein. Schon nach wenigen Schritten erreichte sie einen Weg, der zwischen den Ausläufern der Stadt und den Oderwiesen zum Stadtzentrum führte. Wenn ihr Verschwinden noch mindestens zehn weitere Minuten unbemerkt bliebe, so dachte sie, hätte sie eine Chance, in die Stadt zu gelangen und dort ihr Vorhaben abzuschließen.

Die Tänzerin hatte Glück. Ein Freier, der sie zu seinen Favoritinnen zählte, fuhr auf das Gelände, kaum eine Minute, nachdem sie im Wald verschwunden war. Der bestochene Wachmann erklärte, dass M., die Tänzerin, heute wegen Krankheit nicht zur Arbeit gekommen wäre. Der Wachmann zögerte, ob er, wie es eigentlich seine Pflicht gewesen wäre, jetzt auch die Chefin herbeirufen sollte, um den Freier in Empfang zu nehmen. Die Chefin nahm ihm die Entscheidung ab und kam in die Halle getorkelt, wohl weil sie das Auto auf den Parkplatz hatte fahren hören. Wenn der Freier gegenüber der Chefin seiner Enttäuschung über das Fehlen von M. Ausdruck verliehen hätte, wäre der Schwindel rasch aufgeflogen. Doch dem Freier stand nicht der Sinn nach einem Gespräch mit der Chefin, das angesichts betrunkenen Zustandes erfahrungsgemäß viel Zeit in Anspruch genommen hätte. Er gierte nach einer raschen Befriedigung seiner sexuellen Bedürfnisse und orderte ohne Umschweife K., steckte der Chefin das Geld zu und verschwand zielstrebig in Richtung von K.'s bevorzugtem Aufenthaltsort. Die Chefin begab sich anschließend zum Tanzsaal und weiter direkt in die Personalküche, so dass ihr weder das Fehlen des Wachmanns noch sein Schlaf hinter dem Tresen auffiel.

Im stockfinsteren Wald ließ die Angst nach, erwischt zu werden. Die Tänzerin tastete sich mit kleinen Schritten über den Waldweg. Ein ums andere Mal schlug ihr ein kleiner Zweig gegen die Brust oder streifte ihr Gesicht, aber das war ihr egal.
Die Tänzerin überquerte die Bahnstrecke Warschau-Berlin und folgte weiter ihrem Weg, ohne irgendeine Menschenseele zu treffen. Das tierische Geraschel im Unterholz, Insekten und Vogelgeräusche nahm sie mit Erleichterung zur Kenntnis.
Auf Höhe des ehemaligen jüdischen Friedhofs musste die Tänzerin den Schutz der kleinen Wege und Straßen aufgeben. In der völligen Dunkelheit über die Oderwiesen zu laufen, war ihr nicht ganz geheuer, weil sie befürchtete, tief im Wasser zu versinken. Stattdessen schlich sie sich auf den Hochwasserschutzdeich, der sie nach zwei Kilometern in einem weiten Bogen zu ihrem Ziel führen würde. Zwei Kilometer lang musste sie unmittelbar oberhalb der Haupteinfallstraße in die Stadt entlanggehen und konnte nur hoffen, dass keiner der Gorillas des *Paradise* gerade in diesem Augenblick die Straße passieren würde. Vielleicht würde ihre schwarze Kleidung sie unsichtbar machen, dachte sie.
Die Tänzerin hielt sich so weit wie möglich von der Straße entfernt und lief unter den Bäumen entlang, die im Abstand von etwa zwanzig Metern den Wall säumten. Linker Hand wanderte ihr Blick auf die andere Seite des Flusses. Das nächtlich erleuchtete Frankfurt sah ihr in der Dunkelheit ein bisschen unheimlich aus und noch viel größer als am Tage.
Die vereinzelten Autofahrer, die zu dieser Zeit die Straße entlangfuhren, nahmen keine Notiz von ihr. Den Nachtgängern, die ihr auf dem Deich zu Fuß oder auf dem Fahrrad entgegenkamen, war sie fremd. Die Tänzerin schaffte es, unbehelligt zu dem Haus an der ul. 1 Maja zu gelangen. Es war kurz nach vier.

Als sie einen Augenblick zögernd vor der Tür stand, überkam sie die Angst wieder mit aller Macht. Sie schaute sich um und erwartete jeden Moment, dass jemand aus einem der benachbarten Hauseingänge springen und auf sie stürzen würde. Sie war wie gelähmt vor Angst, so dass sie gewiss nicht einmal mehr in der Lage sein würde zu schreien, geschweige denn sich zu wehren. Von der Stadtbrücke her näherte sich ein Auto, endlich betätigte sie den Klingelknopf, neben dem der Name ‚Miłosz' stand. Das Auto kam näher, sie klingelte erneut. Das Auto fuhr an ihr vorüber. In einer Wohnung in der ersten Etage ging das Licht an. An der Sprechanlage ertönte eine Männerstimme. Die Tänzerin flüsterte etwas in die Sprechanlage, woraufhin die Tür mit einem Surren aufsprang. Die Tänzerin schlüpfte in den Hauseingang und zog sofort danach die Tür hinter sich zu.

—

Gegen sechs Uhr trat die Tänzerin wieder hinaus auf die Straße, erklomm den Deich und verschwand auf dem Weg zur Stadtbrücke im leichten Morgennebel. Wojtek Miłosz stand am Küchenfenster in der ersten Etage und sah ihr noch ein Weilchen hinterher, bevor er die Kinder weckte. Seine Frau stand bereits neben ihm und fragte ihn, wer denn mitten in der Nacht an der Wohnungstür geklingelt habe.

Die Tänzerin überquerte unterdessen den Fluss. Sie dachte darüber nach, ob es noch sicherere Methoden für einen Selbstmord geben könnte, als wie geplant zur Insel Ziegenwerder zu laufen, sich am Oderufer beide Pulsadern aufzuschlitzen und mit den Händen unter Wasser in den Fluss zu waten, bis sie entweder zuerst das Bewusstsein verlieren oder gleich ertrinken würde. Einfach von der Brücke zu stürzen, würde vielleicht nicht ausreichen.

Ihr fiel keine bessere Methode ein. Daher beschloss sie, auch den letzten Schritt ihres Plans in die Tat umzusetzen. Sie war ein bisschen stolz auf sich selbst. Sie war beinahe glücklich, als sie auf der Insel Ziegenwerder am kleinen Strand die Schuhe auszog, sich mit einer Rasierklinge die Arme aufschnitt und barfuß ins Wasser lief. Die Sonne war zwar noch nicht zu sehen, aber sie färbte bereits den Himmel rosa, als die Tänzerin die Augen schloss.
Der Freitod der Tänzerin wurde von einem Angler beobachtet, der an einer der Einbuchtungen am anderen Oderufer saß. Mit seiner Kleidung in der blassgrünlichen Farbe der ufernahen Schilfe und Gräser war er gut getarnt, weswegen die Tänzerin ihn wahrscheinlich nicht wahrgenommen hatte.

27

Am Montagmorgen wurde die Stadtbrücke zwischen Frankfurt und Słubice für die voraussichtliche Dauer von zwei Wochen vollständig für den Autoverkehr gesperrt, damit die Glasdachkonstruktion über den ehemaligen Grenzanlagen zügig abmontiert werden konnte.

Bernd Matuszek trat um kurz vor acht mit guter Laune in sein Büro, in dem seine Kollegin Petra Schumacher bereits auf ihn wartete.

„Hattest du ein schönes Wochenende?", fragte sie ihn.

„Ja, danke, mit sehr schönem Wetter", antwortete er, obwohl er seiner Kollegin bereits ansah, dass sie einen Ärger in sich trug, der nur darauf wartete sich auszudrücken. Matuszek überlegte kurz, was die Ursache für ihren Ärger sein könnte, ihm fiel jedoch nichts ein.

„Das freut mich für dich", sagte Petra Schumacher, ohne dass ihr Gesicht irgendein Anzeichen der Freude erkennen ließ. „Ich hatte dafür gar kein Wochenende."

Matuszek sah sie fragend an.

„Weil du nicht an dein Handy gegangen bist, durfte ich den halben Sonntag mit dem Außenministerium, mit unserem Innenminister persönlich, mit dem Polizeipräsidenten und mit mehreren Medienfuzzis konferieren."

„Was ist passiert?", fragte Matuszek.

Petra Schumacher setzte sich auf den Bürosessel ihres Kollegen, legte die Beine auf seinen Schreibtisch und ließ ihn neben sich stehen.

„Also, bevor ich die von dir gewünschten Nachforschungen anstellen konnte, musste ich unseren Chef um eine Genehmigung

ersuchen. Es war mir zu heiß, mit diesem heiklen Thema die halbe Stadt aufzuscheuchen, ohne die Rückendeckung von oben zu haben."
„Welchen Chef hast du gefragt, den kleinen oder den großen?"
„Den kleinen."
„Das hättest du dir sparen können."
„Richtig, du Schlaumeier. Walli hat nämlich nicht den Mut gehabt, alleine zu entscheiden, sondern hat sofort beim Präsi angerufen."
Matuszek seufzte und setzte sich auf die Schreibtischkante gegenüber.
„Der Präsi kannte zwar nicht die Liste, aber er wusste etwas über einige Personen, die von Oderberg bespitzelt worden waren."
„Er wusste was?", fragte Matuszek entgeistert.
„Richtig gehört. Er kannte die Namen einiger heute hochgestellter Persönlichkeiten, die alle eines gemeinsam haben: Sie wurden dank Oderbergs Informationen nach Bautzen gebracht oder haben ihren Job verloren oder …".
„Dann war Oderbergs Stasitätigkeit also ein offenes Geheimnis."
„So sieht es aus und es zeigt einmal mehr, was du für ein unglaublicher Ignorant bist, wenn es um Themen geht, die über Frauen, Fußball und das, was du unbedingt für deinen Job wissen musst, hinausgehen."
„Bloß weil ich nicht wusste, dass Oderberg ein Stasispitzel war?"
„Nein, weil dir außer Bandemer kein einziger der Namen auf der Liste, die du mir gefaxt hast, bekannt vorgekommen ist."
„Na, dann klär mich mal auf", sagte Matuszek.

„Mit dem größten Vergnügen." Sie reichte Matuszek eine Kopie der Liste. „Betrachte dies, mein Lieber, als einen kleinen Beitrag meinerseits zu deiner politischen und gesellschaftlichen Bildung." Bernd Matuszek fand ein halbes Dutzend Namen unterstrichen und in Petras Handschrift mit Informationen über ihre jeweilige Funktion versehen. Unter anderem las er:

Wolfgang von Wiedekind, Brandenburgischer Justizminister (1999-2004)
Michael Hauptmann, Rektor der TU Cottbus (seit 2001)
Hannelore Unglaube, Staatssekretärin im Bundesfinanzministerium (1998-2005)
Hanspeter György, Vorstandsvorsitzender von Intelligent Energy AG (seit 2000)
Vaclav Berg, Staatsanwalt von Frankfurt (Oder) (1997-2011)

„Lass mich raten: Der Chef wollte auf keinen Fall, dass wir diese Personen verhören."
„Wieder richtig. Mehr noch: Er wollte überhaupt nicht, dass das ganze Thema Stasi hochgekocht wird."
„Und wie sollen wir dann den Mörder von Oderberg finden?"
„Das darfst du den Chef selber fragen. Er war drauf und dran, zu dir nach Bansin zu fahren und es dir persönlich zu sagen."
„Der hätte mir gerade noch gefehlt."
„Stattdessen hat mich der Innenminister am Sonntagmorgen eine halbe Stunde lang zu getextet."
„Hat er in dasselbe Horn gestoßen wie der Präsi?"
„Er hat es indirekt versucht. Er hat uns vorgeworfen, dass wir in unserer Ermittlungsarbeit keine klare Linie verfolgen. Erst würden wir vorrangig im privaten und politischen Umfeld des Opfers suchen. Dann schwenken wir auf die Słubicer Linie ein, den Verbindungen ins Rotlichtmilieu zu folgen, und jetzt würden wir auch noch die Stasivergangenheit des Opfers wieder aufwärmen. Diese Kapriolen würden in den Medien als mangelnde

Professionalität der Polizei bewertet. Auch die öffentliche Meinung, die sich unter anderem in Internetforen ausdrücke, gehe in dieselbe Richtung. Dass die Stasivergangenheit des Opfers etwas mit dem Mordmotiv zu tun habe, so hat mich der Innenminister belehrt, sei jedoch höchst unwahrscheinlich."

„Na, da bin ich aber mal gespannt, warum das so sein soll", sagte Matuszek.

„Der Innenminister hat erklärt, dass das Motiv Stasirache doch schon seit mehr als zwanzig Jahren bestünde. Er hat mich gefragt, ob wir ein Indiz dafür hätten, dass dieser Hintergrund ausgerechnet jetzt zu einem Mord führen musste. Die Frage musste ich verneinen. Der Minister hat zwar nicht wortwörtlich gesagt, dass wir von der Stasi die Finger lassen sollen, aber ich kann dir sagen, genau das hat er gemeint."

„Aber wir haben auch kein Indiz dafür, dass die Fährte falsch ist", sagte Matuszek.

„Die Journalisten habe ich auf heute vertröstet, wenn du wieder da bist", gab Petra Schumacher grinsend bekannt.

„Woher die wohl wieder mal als erste Bescheid wissen?"

„Dreimal darfst du raten."

„Nee, lass mal."

Petra Schumacher zog die Beine vom Schreibtisch und bot Matuszek seinen eigenen Bürosessel an.

„Nimm Platz, mein Lieber, halte das Telefon in der Nähe und entspann dich noch ein Weilchen, bevor das große Gewitter über dich hereinbricht."

Petra Schumacher ging zur Tür:

„Ich mach dann mal ein kleines Päuschen. Nicht auszuschließen, dass es auch ein bisschen länger dauert. Was ist eigentlich aus der heißen Fährte in eines der Słubicer Bordells geworden?"

„Ich frag gleich mal meinen Dr. Watson. Aber vorher werde ich noch ein oder zwei andere Gespräche führen. Gib mir bitte mal die berühmte Liste, bevor du gehst."

—

Als Wojtek Miłosz an diesem Morgen ins Kommissariat kam, führte ihn sein Weg sofort zum Büro des Kommandanten. Er störte die Chefsekretärin beim Kaffeetrinken und Illustrierte lesen und erfuhr, dass der Chef noch nicht in sein Büro gekommen sei. Miłosz nahm ungefragt auf dem Besucherstuhl Platz und wählte die Mobilfunknummer des Kommandanten. Als Miłosz seinem Vorgesetzten einen guten Morgen wünschte, legte die Sekretärin staunend die Zeitung beiseite und spitzte die Ohren. „Besorgen Sie mir bitte umgehend vom Staatsanwalt einen Durchsuchungsbefehl für den Nachtklub *Paradise*. – Ja, die Begründung habe ich in spätestens anderthalb Stunden fertig. – Es gibt eine sehr ernst zu nehmende Zeugenaussage. – Von wann? Letzte Nacht. – Wenn der Staatsanwalt das Papier nicht ohne die Begründung rausrücken will, bitten Sie ihn, alles schon mal so weit vorzubereiten, dass es dann ohne Verzug ausgestellt werden kann. – Ja, bitte vertrauen Sie mir. Ich schreibe so schnell, wie ich kann."
Miłosz stürmte in sein Büro und bügelte den gut gelaunten Kollegen Włodarski, der eben anheben wollte, um von seinem Wochenende zu erzählen, mit den Worten ‚keine Zeit' ab. Genau siebenundfünfzig Minuten später hatte Miłosz seinen Bericht fertiggestellt:
Słubice, den 17. September
Zur Begründung des Antrags auf eine unverzügliche Hausdurchsuchung im Nachtklub „Paradise", Słubice, wird im Folgenden eine Zusammenfassung der mündlichen Aussage von Frau Elena Rumkovic vom heutigen Tage wiedergegeben, welche diese gegenüber dem

Berichterstatter zwischen 4.15 Uhr und 6.00 Uhr auf eigene Initiative abgegeben hat.
Frau R., selbst legale Angestellte des Klubs, erklärte, dass im Keller des Nachtklubs „Paradise“ in der ul. Leśna, Słubice, schätzungsweise zehn Frauen als Sexsklavinnen gefangen gehalten werden. Diese wurden in den vergangenen Jahren allesamt durch den am 09.09. ermordeten Frankfurter Bürger Hans-Werner Oderberg aus Ländern der Dritten Welt hierhergeholt. Vermutlich besitzt keines der Mädchen eine Aufenthaltserlaubnis.
R. erklärte, dass alle Mädchen mit dem Versprechen, als Tänzerin und Animierdame gutes Geld zu verdienen, gelockt wurden. Allen wurde zugesichert, dass sie jederzeit die Möglichkeit hätten, in ihr Heimatland zurückzukehren. Tatsächlich wurde ihnen im „Paradise“ der Reisepass weggenommen und sie wurden im Keller ohne jeglichen Kontakt zur Außenwelt festgehalten. Sie wurden durch regelmäßige Verabreichung von Medikamenten sowie durch die Drohung, ins Gefängnis zu kommen, wenn sie ohne Papiere erwischt würden, gefügig gemacht.
Die Gefangenen wurden von Wachkräften des „Paradise“ mit Essen und Trinken versorgt. Die Sexdienste der Mädchen durften nur besonders vertrauenswürdige Stammgäste des „Paradise“ in Anspruch nehmen.
R. erklärte, dass nur einer der Gefangenen von Zeit zu Zeit erlaubt wurde, das „Paradise“ zu verlassen. Dies sei die indische Staatsbürgerin Mira Narayan, die sich gegenüber R. am 10.09. zu dem Mord durch Vergiften an Hans-Werner Oderberg am 09.09. bekannt hat. Zur Substanz des Giftes oder zur genauen Tatzeit konnte R. keine Angaben machen.
R. gab an, dass N. seit vergangenem Freitag vermisst wird. R. vermutet, dass sie von Mitarbeitern des „Paradise“ entführt und entweder getötet wurde oder an einem unbekannten Ort gefangen gehalten wird.
Der beantragte Durchsuchungsbefehl für den Nachtklub „Paradise“

dient der Sicherstellung von Beweisen und der Gewinnung von weiteren Aussagen, welche den dringenden Verdacht des Menschenhandels oder der Beihilfe zum Menschenhandel sowie der Freiheitsberaubung oder der Beihilfe dazu durch den Besitzer des „Paradise", seine Frau sowie mehrere Angestellte erhärten sollen.
Der Durchsuchungsbefehl ist mit höchster Dringlichkeit auszustellen, da Flucht- und Verdunklungsgefahr gegeben ist.
Gez. Kriminalkommissar Wojtek Miłosz, 17.09., 8.20 Uhr.

—

Wolfgang Bandemer zeigte sich im Telefongespräch mit Matuszek überrascht, dass dieser nicht gewusst hatte, dass Oderberg ihn an die Stasi ausgeliefert hatte.
„Das ist ein offenes Geheimnis", sagte Bandemer.
„Wie offensichtlich vieles in dieser Stadt", entgegnete Matuszek.
„Als ich in Bautzen einsaß, habe ich Oderberg täglich den Tod gewünscht", sagte Bandemer. „Auch in den Jahren danach habe ich mich oft bei diesem Gedanken ertappt. Als ich von seinem Tod erfahren habe, konnte ich eine gewisse Genugtuung nicht verhehlen. Aber ich bleibe dabei: Ich habe ihn nicht umgebracht und ich weiß auch nicht, wer ihn ermordet haben könnte."
„Aber Sie können es nicht ausschließen", sagte Matuszek, „dass Sie jemanden mit Ihrem Hass dazu angestiftet haben."
Am anderen Ende der Verbindung herrschte Stille.
„Denken Sie nach, Bandemer", rief Matuszek in sein Festnetztelefon. „Wer könnte sich an Oderberg haben rächen wollen, um all das zu sühnen, was er Ihnen und anderen angetan hat?"
„Da müsste ich Ihnen die halbe Stadt aufzählen", sagte Bandemer mit leiser Stimme.
„Nicht nötig, Herr Bandemer", sagte Matuszek, „die kenne ich bereits."

Der Geschäftsführer einer der großen, städtischen Gesellschaften empfahl Matuszek, die alten Geschichten nicht in die Öffentlichkeit zu bringen.
„Das habe ich heute schon einmal gehört", sagte Matuszek.
„Dann nehmen Sie sich diesen Rat zu Herzen", sagte der Geschäftsführer. „Suchen Sie den Mörder dort, wo Oderberg gefunden wurde. In Słubice."
„Und wenn wir ihn dort nicht finden?", fragte Matuszek.
„Dann haben Sie nicht richtig gesucht", sagte der Geschäftsführer.
Als Matuszek auflegte, hatte er das Gefühl, wieder ganz am Anfang zu stehen. Er war drauf und dran, beim Polizeipräsidenten zu erwirken, die halbe Stadt zu einem wahren Verhörmarathon ins Präsidium zu zitieren. Er stellte sich vor, wie er und Petra Schumacher von einem Verhörzimmer zum anderen liefen, stundenlang, so lange, bis endlich einer den Mord gestehen würde. Andererseits war da seine Intuition, die ihm sagte, dass der Name des Mörders nicht auf der Liste der Personen stehen würde, die er verhören könnte. Denn ihm war dieser Name noch nicht untergekommen.
Mitten in diese Überlegungen hinein erhielt er einen Anruf des wachhabenden Beamten in der Polizeistelle in der *Halben Stadt*, ein paar Schritte von Marzenas Wohnung entfernt.
„An der *Römertreppe* wurde eine Wasserleiche gefunden. Sieht nach einer Prostituierten ausländischer Herkunft aus. Können Sie mal jemanden vorbeischicken?"

28

Um kurz vor neun begann Miłosz, ausgestattet mit dem Durchsuchungsbefehl des Staatsanwalts, in Begleitung von sechs Polizisten die Razzia im Nachtklub *Paradise.* Einen der Kollegen postierte er am Haupteingang, einen im Garten hinter dem Gebäude. Mit den übrigen vier Männern musste er eine ganze Weile das Haus durchforsten, um überhaupt jemanden anzutreffen, dem er den Durchsuchungsbefehl zeigen konnte. Ein blondes Mädchen, das völlig verängstigt war, führte ihn zur betrunkenen Bordellchefin.

„Wo ist Ihr Mann?“, fragte Miłosz.

„Keine Ahnung“, lallte die Frau. „Er ist heute Morgen weggefahren.“

„War er allein?“

„Ich glaube nicht.“

„Wer ist mit ihm gefahren?“

„Drei von den Gorillas und ein paar Mädchen.“

„Die Mädchen aus dem Keller?“

„Wie meinen?“

„Wissen Sie, wo Ihr Mann hingefahren ist?“

„Keine Ahnung.“

„Hören Sie“, sagte Miłosz, eine Spur lauter, „ich habe hier einen Durchsuchungsbefehl des Staatsanwalts. Wir können hier den ganzen Laden auf den Kopf stellen, so dass Sie Ihr Haus danach nicht wiedererkennen. Es wäre also durchaus angebracht, wenn Sie ein bisschen mehr Kooperationsbereitschaft an den Tag legten.“

Die Bordellbesitzerin schaute den Kommissar mit großen Augen an, wobei die Tränensäcke unter den Augen fast so groß schienen wie die Augen selbst. Eine Haarsträhne fiel der Frau auf ihre Nase, ungeschminkt sah sie nicht aus wie Ende vierzig sondern wie sechzig.

Mit einem Mal fing die Frau hysterisch an zu lachen.

„Mein Mann ist weg, die schönsten Mädchen sind auch weg, da müssen Sie wohl oder übel mit mir Vorlieb nehmen, junger Mann."

Miłosz ließ die Frau auslachen und sagte dann mit leiser, klarer Stimme: „Zeigen Sie mir den Eingang zum Keller, in dem Sie die Mädchen gefangen gehalten haben."

Die Bordellchefin zögerte, ihr linkes Augenlid zuckte unkontrolliert. In ihrem versoffenen Gesicht spiegelte sich das Für und Wider ab.

„Früher oder später finden wir den Keller ohnehin", setzte Miłosz nach. „Wenn Sie uns helfen, ersparen Sie Ihrem Etablissement jedoch schwerwiegende Beschädigungen."

Das Zucken des linken Augenlides erreichte eine noch höhere Frequenz. Die Frau tastete nach einer Außentasche ihres Morgenmantels und entnahm ihr einen Flachmann mit einer klaren Flüssigkeit. Sie trank den Rest aus und schüttelte schließlich den Kopf.

„Mein Mann würde nicht wollen, dass ich Ihnen irgendetwas zeige. Wir sind ehrbare Leute, wir verschaffen doch nur den armen Männern ein wenig Spaß."

Wojtek Miłosz gab seinen Leuten den Befehl, das gesamte Haus nach dem Kellereingang zu durchsuchen. Sie brauchten eine knappe halbe Stunde, um ihn zu finden. Zweimal hatten sie das Haus bereits ohne Erfolg durchforstet und weder von außen noch von innen irgendeinen Kellerzugang gefunden. Erst beim wiederholten Betreten eines etwa zwanzig Quadratmeter großen Besprechungszimmers im hinteren Teil des Hauses stellte sich einer der Polizisten beim Anblick des klobigen, auf alt getrimmten Schreibsekretärs, der auf einem Teppich an der Wand stand, die Frage nach seiner Funktion. In seinen Fächern lagen ein paar Papiere und einige Bücher, zwei Kugelschreiber und ein Aktenordner. Das schien zu wenig, um damit tatsächlich Büroarbeit verrichten zu können. Ansonsten befand sich in dem Raum lediglich ein ovaler Sitzungstisch mit zwölf Stühlen. Als der Polizist an das Möbelstück herantrat, stellte sich heraus, dass es sich kinderleicht bewegen ließ. Die unten rundherum angebrachten Bordüren hatten die Rollen, auf denen der Schreibsekretär stand, perfekt verdeckt. Der Polizist rollte den Teppich zusammen und fand darunter eine etwa achtzig Zentimeter schmale und eineinhalb Meter lange Luke, deren metallener Griff unter dem Teppich eine kleine Ausbuchtung verursacht hatte, die unter dem Möbel verborgen gewesen war.

Der Polizist holte Kommissar Miłosz und zwei seiner Kollegen herbei. Miłosz zog die Luke auf. Darunter schaltete sich eine nackte Glühbirne ein, die den Blick auf eine Treppe freigab, die auf eine verriegelte Holztür zulief. In diesem Augenblick klingelte Miłosz' Mobiltelefon.

„Guten Morgen Herr Kollege, es steht eins zu eins."

„Matuszek, guten Morgen, was haben Sie gesagt?"

„Ich habe gesagt, es steht eins zu eins. Wir haben an der Oder eine Tote gefunden, die offensichtlich in Słubice gewohnt hat. Sie hat aufgeschnittene Pulsadern, wahrscheinlich Selbstmord."

„Wie heißt sie?"

„Das können wir noch nicht sagen. Die Tote schwamm im Fluss, vieles, was sie an Papieren bei sich trug, ist vom Wasser verwaschen

worden. Wir konnten nur ein Schreiben des Finanzamtes Słubice identifizieren. Die Frau trug eine Schminktasche mit einer großen Menge Präservative bei sich. Deswegen könnte es sein, dass es sich um eine Prostituierte handelt."
„Ist es eine kleine, sehr schlanke Frau mit blond gefärbten Haaren?", fragte Miłosz.
Matuszek bejahte.
„Kennen Sie sie?"
Miłosz musste sich auf dem Geländer der Kellertreppe abstütztten, er schloss für einen Moment die Augen und sah die junge Frau auf dem Sofa in seinem Wohnzimmer sitzen und dann im Morgengrauen auf dem Hochwasserschutzdeich seinem Blick entschwinden.
„Sie hat mich heute Morgen aufgesucht, um eine Aussage zu machen", sagte Miłosz. „Deswegen bin ich jetzt hier im Nachtklub *Paradise*, um einen Keller unter die Lupe zu nehmen, in dem mehrere Frauen jahrelang gefangen gewesen sein sollen."
Jetzt war es an Matuszek, nichts zu sagen.
„Wenn Sie wollen und am Fundort der Leiche entbehrlich sind, kommen Sie doch her."
„Bin schon unterwegs", sagte Matuszek.
Dass Miłosz mit vorgehaltener, entsicherter Pistole in den Raum hinter der verriegelten Tür trat und sich von zwei Kollegen Rückendeckung geben ließ, war eine unnötige Sicherheitsmaßnahme gewesen. Der Keller war menschenleer. Abgesehen von einem leichten Geruch kellertypischer Erdfeuchtigkeit trugen die Räume, die die Polizisten der Reihe nach durchkämmten, alle Merkmale einer gemütlichen Wohnung. Es gab drei große, helle Badezimmer, eine komplett eingerichtete Küche und einen Aufenthaltsraum mit Plüschmöbeln, Fernseher, Stereoanlage und sogar ein paar Büchern, Bildbände aus verschiedenen

exotischen Ländern. Erst auf den zweiten Blick fielen den Polizisten Dinge auf, die es in einer gewöhnlichen Souterrain-Wohnung nicht gegeben hätte. In jedem Raum waren mindestens vier kleine Kameras installiert, in jedem Winkel eine. Die Wände und Decken waren mit eierkartonförmiger Schallisolierung ausgestattet. Keiner der Räume hatte ein Fenster, Frischluft wurde durch ein Luftaustauschsystem zugeführt, deren Ausgang am hinteren Teil des Hauses in den Garten führte.

Die Kellerwohnung umfasste fünfzehn Schlafräume und schien sich unter dem gesamten Haus durchzuziehen. In zwei Räumen war das Bett durchwühlt, in einem Raum stand der Kleiderschrank offen, Hemden und Unterwäsche lagen auf dem Boden. Die Räume schienen sehr hastig verlassen worden zu sein.

Jede Tür, hinter der sich ein Schlafraum befand, war mit einem Schild aus Holz geschmückt, auf dem ein weiblicher Vorname stand. Im Flur fanden sich all diese Namen wieder, sie waren zusammen mit einem Konterfei des Mädchens auf eine Weltkarte gepinnt, die offensichtlich die Herkunft der Mädchen anzeigte. Wojtek Miłosz suchte vergeblich nach dem Namen Mira, bis ihm klar wurde, dass die Mädchen gegenüber den Freiern wohl nicht mit ihrem richtigen Namen auftraten. Das Foto, das am indischen Subkontinent hing, kam dem Bild, das er sich von der wahrscheinlich entführten Mira Narayan gemacht hatte, recht nahe.

Miłosz wies zwei seiner Kollegen an, mit Handschuhen in den Zimmern nach persönlichen Gegenständen zu suchen, mit denen sich die Identität der Mädchen nachweisen ließe. Einen weiteren Kollegen ließ er Fotos machen, einen vierten im Haus nach der Videoüberwachungsanlage suchen. Per Mobiltelefon orderte er zwei weitere Kollegen von der Spurensicherung, die die persönlichen Möbelstücke nach Haaren absuchen sollten, um DNA-Spuren sicherzustellen.

„Halten Sie außerdem nach Blutspuren Ausschau", sagte er seinem Schach spielenden Kollegen, der der Pensionierung nahe war.
„Meinen Sie, dass Sie hier Spuren des Mordes finden?", fragte Matuszek, als er, ein bisschen außer Atem, neben Miłosz trat.
„Der Mord war unblutig", sagte Miłosz. „Aber wer weiß, ob sich an diesem Ort nicht noch andere Gewalttaten abgespielt haben."
Matuszek schaute sich um, Wojtek Miłosz folgte ihm.
„Ich hätte nicht für möglich gehalten", sagte Matuszek, „dass es so etwas hier, einen Steinwurf von unser aller Leben entfernt, geben könnte."
Wojtek Miłosz reichte Matuszek eine Kopie seines Berichtes an den Staatsanwalt.
„Das hat mir das Mädchen heute Morgen erzählt, die Sie tot aufgefunden haben. Ich werde gleich zurück ins Kommissariat gehen und eine Fahndung nach der mutmaßlichen Mörderin Oderbergs ausschreiben lassen. Aber vorher können Sie mir helfen, noch ein paar Informationen aus dem Personal herauszuquetschen, die uns bei der Suche nach den Geflohenen helfen können."
„Sie überschätzen meine Polnischkenntnisse, Herr Kollege", sagte Matuszek.
„Dann versorgen Sie meine Kollegen mit Kaffee und seien Sie bei den Gesprächen ein aufmerksamer Zuhörer."
Während Matuszek noch den Bericht las, sein Polnischniveau zwang ihn zu einem langsamen Lesetempo, trat Miłosz im Tanzsaal vor die Ansammlung aller Personen, die seine Kollegen im Nachtklub zusammentreiben konnten.
„Wir haben Grund zur Annahme, dass in den Kellerräumen des *Paradise* jahrelang mehrere Mädchen aus Nicht-EU-Staaten gegen ihren Willen gefangen gehalten und zur Prostitution gezwungen worden sind. Jedem von Ihnen droht eine Anklage

wegen Mitwisserschaft oder sogar Beihilfe zur Freiheitsberaubung und Zwangsprostitution. Sie haben die Chance, Ihr Strafmaß zu mildern, indem Sie ein Geständnis ablegen. Sie haben die Chance, dass die Staatsanwaltschaft auf eine Anklage verzichtet, wenn Sie uns Hinweise geben, mit denen wir die Hauptschuldigen überführen können. Als Hauptschuldige werden verdächtigt das Ehepaar Kamińscy sowie die Wachkräfte. Meine Kollegen werden gleich an vier Tischen des Saals Ihre Aussagen zu Protokoll nehmen.
Darüber hinaus gehen wir davon aus, dass in diesem Haus am Sonntagabend des 9. September der Frankfurter Bürger Hans-Werner Oderberg ermordet worden ist. Wer zu diesem Fall Hinweise geben kann, der kommt zu mir."
Die Ausbeute dieser Aktion, gemessen an Gesprächsprotokollen, stellte sich nach drei Stunden Verhör wie folgt dar:
Die Prostituierte Małgorzata K., 38 Jahre alt, polnische Staatsbürgerin, wohnhaft in Rzepin, ohne Nachweis einer sozialversicherungspflichtigen Beschäftigung, gab an, dass die vermisste Mira N. ihr gegenüber erklärt hatte, Hans-Werner Oderberg vergiftet zu haben. Als Motiv habe Mira N. angeführt, dass dies die gerechte Strafe für all die Grausamkeiten sei, die er den Mädchen zugefügt habe. „Ihn zu töten", habe sie gesagt, „ist der einzige Weg, um zu verhindern, dass noch einmal irgendjemand von ihm missbraucht wird. Małgorzata K. gab an, dass Mira N. als Einzeltäterin gehandelt habe. Der Mord soll nicht im Keller, sondern in einem der Zimmer auf ebener Erde stattgefunden haben. Die Frage, wie die Leiche aus dem Nachtklub zu den Oderwiesen geschafft worden war, konnte sie nicht beantworten.
Der Wachmann Przemysław B., 51 Jahre alt, polnischer Staatsbürger, wohnhaft in Cybinka, sozialversicherungspflichtig angestellter Mitarbeiter des Nachtklubs, gab zu, von der Existenz des Kellers gewusst

zu haben. Er habe einige Male auf Geheiß des Chefs Lebensmittel hinuntergebracht. Er gab jedoch an, nicht gewusst zu haben, dass die Mädchen im Keller gegen ihren Willen gefangen gehalten wurden. Auf die Frage, wie er es sich erklärt habe, dass die Räume keine Fenster haben, dass der Zugang verriegelt ist und dass außer Mira N. niemals eines der Mädchen den Keller verlassen hatte, gab er zur Antwort, darüber niemals nachgedacht zu haben.

Der Türsteher Robert Ż., 25 Jahre alt, polnischer Staatsbürger, wohnhaft in Słubice, sozialversicherungspflichtig angestellter Mitarbeiter des Nachtklubs, gab an, beobachtet zu haben, dass der Chef gegen 7.00 Uhr morgens in Begleitung von zwei Mitarbeitern und den Mädchen aus dem Keller in drei Autos mit unbekanntem Ziel davongefahren sei. Robert Ż. gab die Autotypen und Kfz-Kennzeichen der Wagen an, die durch Przemysław B. und den Barmann Bartłomiej J. bestätigt wurden.

Der Barmann Bartłomiej J., 35 Jahre alt, polnischer Staatsbürger, wohnhaft in Kunowice, sozialversicherungspflichtig angestellter Mitarbeiter des Nachtklubs, gab an, von der Existenz des Kellers gewusst zu haben. Auf die Frage, warum es Mira N. als einziger erlaubt worden war, den Keller zu verlassen, sagte J.: Sie war die Königin, sie war die Schönste und Teuerste, sie durfte alles, der Chef vertraute ihr.

—

Nach den Aussagen der Mitarbeiter des Nachtklubs schickte Wojtek Miłosz einen Kollegen ins Kommissariat, um beim Kommandanten zu erwirken, dass sofort eine landesweite Fahndung nach den drei Wagen und ihren Insassen sowie nach Mira N. ausgegeben wurde.

Die Chefin des Etablissements wurde mit einem Glas kalten Wassers, verabreicht ins schlafende Gesicht, auf die Beine gestellt und zur vollständigen Ausnüchterung ins Kommissariat mitgenommen.

Den mutmaßlichen Tatort, das Arbeitszimmer von Mira N., nahm Wojtek Miłosz zusammen mit Matuszek in Augenschein. Es war ein ganz in Weiß gehaltener Raum mit einem großen Spiegel und recht viel Platz zwischen Bett und Schrank. Das Fenster ging zum Garten hinaus. Die Durchsuchung des Schranks und des gesamten Zimmers brachte nichts hervor, ebenso wenig wie die Untersuchung von Miras Wohnraum im Keller. Es wurden Fingerabdrücke aufgenommen und Haare gefunden und alles zur Analyse ins Labor geschickt.

—

„Herzlichen Glückwunsch, Panie Komisarzu!", sagte Vizeinnenminister Gruszek, als am Nachmittag die Leitung der Telefonkonferenz stand, die zwischen Warschau und dem Słubicer Polizeikommissariat geschaltet worden war. „Sie haben, wie es scheint, durch Ihr entschlossenes und umsichtiges Handeln den Fall beinahe gelöst."

„Haben Sie vielen Dank für die freundlichen Worte, Panie Ministrze", erwiderte Miłosz. „Leider kann ich den Fall erst dann als erledigt betrachten, wenn die Verdächtige ein Geständnis abgelegt hat und wenn auch die Bordellbesitzer und ihre Handlanger überführt sind."

„Sie haben gewiss Recht, gleichwohl haben wir heute vom Ministerium aus zusammen mit dem Fahndungsbefehl eine Presseerklärung herausgegeben, in der die Arbeit der Słubicer Polizei sehr positiv herausgestellt wird."

Der Kommandant klopfte mit der linken Hand Miłosz auf die Schulter und hielt gleichzeitig den rechten Daumen in die Höhe.

„Wie bewerten Sie die Zusammenarbeit mit den deutschen Behörden?", wollte Gruszek wissen.

„Es war in Ordnung", sagte Miłosz. „Ich kann der Frankfurter Polizei keine Vorwürfe machen. Welche Rolle die übergeordneten Behörden gespielt haben, vermag ich nicht einzuschätzen."

„Wie beurteilen Sie die Rolle der deutschen Medien?", fragte Gruszek nach.

„Die Medien waren nicht besonders hilfreich, unsere übrigens auch nicht. Auf der deutschen Seite scheinen negative Vorurteile noch recht weit verbreitet zu sein."

„Ist das immer noch so?", fragte Gruszek.

„In der Frankfurter Zeitung wurden am Freitag so genannte Experten zitiert, die die polnische Polizei als rückständig darstellen", sagte Miłosz.

„Da kann ich mir schon die Schlagzeilen der nächsten Tage vorstellen", sagte Gruszek. „Sexsklaverei in Słubice – Deutsche, geht nicht mehr in polnische Bordelle!" Gruszek lachte.

„Solche Schlagzeilen sind nicht auszuschließen", sagte Miłosz.

„Umso wichtiger, dass wir mit unserer Presseerklärung in die Offensive gehen", sagte Gruszek.

29

Weil die des Polnischen mächtige Journalistin der Frankfurter Zeitung Marita Oppermann vor einem Jahr erwirkt hatte, dass auch die Dienste zweier polnischer Nachrichtenagenturen abonniert wurden, wusste man in der Frankfurter Redaktion am Montagabend rechtzeitig vor Redaktionsschluss, dass der Słubicer Mordfall, der über eine Woche lang die Gemüter bewegt hatte, kurz vor der Auflösung stand. Bernd Matuszek fand seine Kollegin Petra Schumacher Zeitung lesend, als er am Dienstagmorgen sein Büro betrat.

„Gab es gestern ein wichtiges Fußballspiel, dessen Ergebnis du noch nicht kennst?", fragte sie ihn.

„Am Montagabend gibt es immer nur ein Zweitligaspiel, gestern hat Köln gegen St. Pauli 0:0 gespielt, das interessiert mich nicht sonderlich."

„Oh, da haben wir aber Glück gehabt", rief sie aus. „Dann schenkst du mir vielleicht fünf Minuten deiner Aufmerksamkeit, damit du aus der Zeitung erfährst, was du nicht für nötig gehalten hast, mir vielleicht gestern Abend schon mal aus erster Hand zu berichten."

Matuszek war so früh am Morgen noch nicht in der Lage, den Spitzfindigkeiten seiner Kollegin auch nur annähernd zu folgen. Bevor er seine Bemühungen, das Gesagte zu verstehen, eingestellt hatte, hatte Schumacher bereits begonnen vorzulesen:

POLNISCHE POLIZEI KLÄRT ODERBERG-MORD AUF

Wie gestern zwei polnische Nachrichtenagenturen unter Berufung auf das Warschauer Innenministerium übereinstimmend meldeten, hat die Słubicer Polizei den Mörder des Frankfurter Unternehmers

Hans-Werner Oderberg in einem Słubicer Nachtklub gefunden. – Es klingt wie ein Krimi von Agatha Christie: Der Mörder war eine Sie und die Tatwaffe war Gift, verabreicht mit einem Drink. Auf diese Weise ist vermutlich am Sonntag, den 9. September, der ehemalige Stadtverordnete und Gönner des Frankfurter Kinderheims Hans-Werner Oderberg ums Leben gekommen. Nach der mutmaßlichen Mörderin, der Słubicer Prostituierten Mira N., wird gefahndet, sie gilt seit Freitagnachmittag als vermisst. Eine namentlich nicht bekannte Kollegin aus dem Słubicer Nachtklub „Paradise" hatte die Vermisste glaubwürdig belastet. Eine Razzia der Słubicer Polizei vor Ort am gestrigen Tag hatte den Verdacht offensichtlich bestätigt. Das Mordmotiv ist weiterhin unbekannt.

Die Frankfurter Polizei, die im Verlauf der vergangenen Woche zusammen mit der Słubicer Polizei an der Aufklärung des Falles arbeitete und dabei anderen Fährten nachging als die Słubicer Kollegen (wir berichteten), scheint von der neusten Entwicklung überrascht zu sein. Von offizieller Seite gab es bisher keine Stellungnahme.

Die Reaktionen in Frankfurt sind geteilt. Der Fraktionsvorsitzende der Blauen Partei in der Frankfurter Stadtverordnetenversammlung Frank-Werner Müller zeigte sich erleichtert: „Ich bin sehr froh, dass der Mörder meines Freundes gefunden zu sein scheint. Ich hoffe, dass die Dame bald ihre gerechte Strafe erhalten wird."

Der Brandenburger Kriminalexperte Prof. Dr. Ferdinand Wachshuber zeigte sich skeptisch: „Wir wissen aus der Vergangenheit, dass die polnische Polizei oft sehr schlampig arbeitet. Das hängt mit der mangelhaften Ausbildung und der hohen Personalfluktuation zusammen. Es gibt einfach zu wenige gute Leute mit Erfahrung. Oft wird etwas als Fahndungserfolg verkauft, was gar keiner ist, sondern

lediglich eine falsche Fährte. Gleichzeitig zeigt natürlich auch die Tatsache, dass man in einem Słubicer Bordell vergiftet werden kann, wie es um die Sicherheit auf der polnischen Seite tatsächlich bestellt ist."
Zeitgleich zu der Entwicklung im Fall Oderberg wurde gestern in unmittelbarer Nähe der Römertreppe am Frankfurter Oderufer der Leichnam einer jungen Frau gefunden. Es wird gemutmaßt, dass es sich hierbei gleichfalls um eine polnische Prostituierte handelt. Ein Zusammenhang mit dem Mordfall Oderberg ist nicht auszuschließen.

Matuszek saß grinsend auf seinem Bürosessel und streckte alle viere von sich.
„Da haben sich die Herrschaften unseres Revolverblättchens mal wieder selbst übertroffen. Wer hat das geschrieben?"
„Fichtenstein", sagte Petra Schumacher.
„Der Chef höchstpersönlich, hätte ich mir eigentlich denken können, dass er sich das nicht entgehen lässt. Frage mich nur, wer ihm die polnischen Agenturmeldungen vorgelesen hat. Fichtenstein kann doch nur Russisch."
„Kennst du den Rechtsexperten Wachshuber?", fragte sie.
„Den Namen höre ich zum ersten Mal", sagte Matuszek. „Vielleicht hat ihn sich Fichtenstein auch nur ausgedacht und ihm in den Mund gelegt, was er selbst in seinem Hirn vorgefunden hat."
„Weißt du vielleicht noch ein bisschen mehr als Fichtenstein? Du warst doch gestern drüben."
„Das mit der Suche nach der mutmaßlichen Mörderin stimmt. Aber was da nicht steht, ist, dass die Słubicer Kollegen nebenbei noch eine ganz üble Sache aufgedeckt haben."
Matuszek berichtete seiner Kollegin von dem Edelgefängnis im Keller und davon, welche Rolle Oderberg in dem schmutzigen Spiel vermutlich gespielt hatte.

„Wenn das stimmt“, sagte Schumacher, „kann man es dem Mädchen kaum übel nehmen, dass sie dem Oderberg den Schierlingsbecher verabreicht hat.“
„Da wünscht halb Frankfurt dem Oderberg den Tod“, rief Matuszek aus, „und wer setzt es in die Tat um? Ein indisches Mädchen, das mit irgendwelchen Versprechungen hierhergelockt wurde und sich dann in einem Keller wiederfindet, gezwungen zum käuflichen Sex, von dem sie kaum mehr als ein Taschengeld hat.“
Petra Schumacher knüllte die Frankfurter Zeitung zu einem großen Ball zusammen und warf ihn Matuszek zu. Der fing die Kugel auf, mimte, auf dem Bürosessel sitzend, einen Sprungwurf wie beim Handball, wobei er beinahe das Gleichgewicht verloren und nach hinten weggekippt wäre. Schumacher lachte und bekam dafür den Zeitungsball an die Schulter geworfen. Matuszek war aufgestanden und forderte sie auf, ihm den Ball als Vorlage zu servieren. Matuszek stoppte ihn mit der Brust, kickte ihn einmal mit dem rechten Oberschenkel und einmal mit dem linken Spann in die Höhe, wonach er die Ballzeitung volley gegen die Tür pfefferte. Der Ball fiel auf den Boden und blieb zwischen Tür und Schreibtisch liegen.
„Was machst du jetzt mit deinen heißen Stasifährten?“, fragte sie.
„Ich lasse sie ruhen und warte, bis die Słubicer die Verdächtige geschnappt haben. Falls sie überhaupt noch lebt.“
„Wie kommst du darauf, dass sie tot sein könnte?“
„Den Wichsern, denen das Bordell gehört, ist alles zuzutrauen.“
„Ruf mal lieber den Präsi an und erstatte ihm einen kleinen Bericht, bevor er hier reingeschneit kommt.“
„Wie fast immer, verehrte Kollegin, werde ich auch diesmal deinem geschätzten Ratschlag folgen.“

—

Verhöre fanden im Słubicer Kommissariat in der Regel nicht im Keller statt, sondern unter dem Dach. Im Sommer lief hier die Klimaanlage auf Hochtouren, um die Hitze, die sich unter dem mäßig isolierten Dach fing, zu vertreiben. Der Dienstagmorgen war ein kühler, herbstlicher Tag und die Temperatur unter dem Dach war angenehm. Das Gespräch, das Wojtek Miłosz vor sich hatte, war es weniger. Er und sein Kollege Włodarski wollten der Bordellchefin ein möglichst umfassendes Geständnis abringen. Malina Kamińska hatte ihren Rausch vom Vortag ausgeschlafen. Dennoch sah sie, ungeschminkt und verkatert, immer noch aus wie sechzig. Die rot gefärbten Haare hatte sie zu einem kleinen Zopf zusammengebunden, ihre Hände spielten unruhig mal mit einer Haarsträhne, mal mit dem Stoff des grauen Trainingsanzuges. Als sie einen Kugelschreiber auf dem Tisch gefunden hatte, ließ sie ihn nicht mehr los. Es sah so aus, als hätte sie am liebsten eine Zigarette zwischen den Fingern gehabt. Wojtek Miłosz fühlte sich angewidert von der Frau und von dem, was er am vergangenen Tag gehört und gesehen hatte. Die Fahndung nach Mira N. und den drei Fluchtwagen des Nachtklubs hatte noch keine Ergebnisse gebracht. Auf dem Flur vor dem Verhörzimmer hielt ein bewaffneter Polizist Wache.

„Gegen Sie besteht der Verdacht auf Beihilfe zur mehrfachen, schweren Freiheitsberaubung und Zwangsprostitution", begann Wojtek Miłosz mit müder, gleichgültig klingender Stimme. „Die mögliche Gefängnisstrafe beträgt mehrere Jahre. Auf jeden Fall können wir Sie aufgrund der Schwere des vermuteten Verbrechens sehr lange in Untersuchungshaft halten. Für diesen Zweck gibt es in Gorzów auch erheblich weniger angenehme Räume als diesen hier und unsere Ausnüchterungszelle im Erdgeschoss. Deswegen empfehle ich Ihnen ein umfassendes Geständnis."

Wojtek Miłosz vermied es, die Frau anzusehen, stattdessen blätterte er in den Akten des Falls Oderberg, die vor ihm auf dem Tisch lagen. Aus dem Fall Oderberg war der „Fall Oderberg & Paradise“ geworden.
Malina Kamińska schwieg und knabberte an dem Kugelschreiber herum, als wäre er eine Kauzigarette.
Włodarski hob an etwas zu sagen, aber Miłosz brachte ihn mit einem kurzen, festen Druck auf den Unterarm zum Schweigen.
Miłosz blätterte weiter in den Unterlagen. Nach einigen Minuten blickte er zu der Bordellchefin auf.
„Was wissen Sie über den Mord an Hans-Werner Oderberg?“
„Gar nichts.“
„Sie wollen mir ernsthaft erzählen, dass es in Ihrem schwer bewachten Laden möglich ist, nicht nur unbemerkt einen Mord zu vollbringen, sondern auch noch die Leiche fortzuschaffen, ohne dass jemand etwas davon mitbekommt?“
„Die Göre wird wohl Komplizen gehabt haben.“
„Wen?“, fragte Miłosz.
„Einen von der Security.“
„Ich habe gefragt, wen?“
„Weiß nicht, sie war jedermanns Liebling.“
„Deswegen stand sie ja auch unter besonderer Beobachtung, nicht wahr? Sie wurde rausgelassen, weil sie eine Art Lockvogel war. Um herauszufinden, wem Sie und Ihr Mann vertrauen können und wem nicht.“
Die Bordellchefin schwieg.
„Was soll das Versteckspiel, Frau Kamińska? Wenn wir Mira finden, wird die Wahrheit sowieso ans Licht kommen.“
„Falls Sie sie finden“, entgegnete die Frau. „Und falls sie noch den Mund aufmachen kann, wenn Sie sie gefunden haben.“
„Wo ist sie?“, fragte Miłosz und schaute die gealterte Frau an.

„Irgendwo in der Ukraine, nicht weit von Kiew. Dort haben sie unsere Leute hingebracht. Nachdem sie sie dabei erwischt hatten, wie sie auf einer Bank vor diesem Gebäude saß. Wahrscheinlich hat sie darauf gewartet, dass Sie herauskommen, um Ihnen alles zu erzählen."

Die Aussage traf Miłosz wie ein Stich in die Brust. Er sah das Mädchen vor sich, das ihn gestern Morgen aufgesucht und sich danach das Leben genommen hatte. Das Mädchen war zu ihm gekommen, weil es ihre Freundin nicht geschafft hatte.

„Was haben Ihre Leute mit Mira angestellt?"

„Sie sollten sie zu einem befreundeten Nachtklub in der Nähe von Kiew bringen, damit sie hier keine Dummheiten mehr anstellen kann. Schade eigentlich, sie war ein gutes Mädchen. Kurz vor Kiew hat sie versucht zu fliehen, da haben unsere Leute nochmals meinen Mann angerufen und der hat ihnen befohlen, kurzen Prozess zu machen."

Miłosz schloss die Augen und quetschte seine Wangenknochen mit den Muskeln aus. Er verspürte den Drang, der Frau, die vor seinen geschlossenen Augen saß, das Gesicht blutig zu schlagen. Als er die Augen wieder öffnete, schickte er ein stummes Gebet gen Himmel, dass irgendein Dorfpolizist zum Helden werden möge, indem er Kamiński zur Strecke brachte. Frau Kamińska kaute wieder auf dem Kugelschreiber herum. Miłosz war kurz davor, ihn ihr aus dem Mund zu reißen. Da brach der Kulihalter ab und fiel der Frau zwischen den Zähnen heraus auf den Tisch.

Miłosz sprang auf, riss die Tür des Verhörraumes auf und stürmte hinaus auf den Flur, die Treppen hinunter und auf die Straße. Als er die Bank sah, auf der Mira vermutlich auf ihn gewartet hatte, sah er sich einen kurzen Augenblick neben sich stehen und einen lauten Schrei von sich geben. Doch der wirkliche Miłosz hatte sich in der Gewalt, setzte sich auf die Bank und vergrub sein Gesicht in den Händen.

—

Mira lebte. Sie war den beiden Männern, die sie nach Kiew bringen sollten, in der Samstagnacht entkommen, als sie auf einem menschenleeren Rastplatz, knapp einhundert Kilometer vor dem Ziel, angehalten hatten. Einer von ihnen hatte im Wagen geschlafen, weil sie es ganz und gar nicht eilig gehabt hatten, beim berüchtigten Wladimir anzukommen. Den zweiten von ihnen hatte Mira dermaßen heiß gemacht, dass er ihr wie ein Hündchen aus dem Auto und zu den Bäumen folgte, die etwa dreißig Meter abseits standen. Der Mann hatte, gierig nach Sex mit der wunderbaren Mira, sein Gehirn ausgeschaltet und seine Pistole im Wagen gelassen. Am ersten Baum lehnte Mira sich an den Stamm und erklärte dem Mann, der sie in der Dunkelheit eher ahnen denn sehen konnte, dass sie sich jetzt das Höschen herunterziehe und er zu ihr kommen dürfe. Als der Mann kurz vor ihr stand, den nackten Unterleib bereits vor sich wähnte und sich seinerseits an seiner Hose zu schaffen machte, zog sie einen kleinen Revolver aus dem Handtäschchen und ging einen Schritt zur Seite, in keinster Weise entkleidet.

Danach klappte alles wie am Schnürchen. Der Mann folgte ihr, stets im Abstand von fünf bis zehn Metern, über den Parkplatz bis an die Straße heran. Dort befahl sie ihm, sich niederzusetzen und keinen Mucks zu machen. „Sonst drücke ich ab."

Mira hatte Glück. Bevor der Kumpan im Auto aufwachte, kam ein Auto vorbeigefahren und hielt an. Ein älterer Herr nahm sie mit, der vielleicht argwöhnisch geworden wäre, hätte er den Mann am Straßenrand gesehen. Aber er sah nur die Augen der schönen Frau, die ihn an seine Tochter erinnerte.

Der zahme Gorilla brauchte fünf Minuten, um den Mut aufzubringen, seinen Platz zu verlassen und seinen Partner zu wecken. Mira war klug genug, keine Verfolgungsjagd eines alten Lada gegen einen schnellen BMW zu riskieren. Sie ließ sich bereits zwei Kilometer weiter in einem Wäldchen absetzen. Sie gab dem alten Mann einen Kuss auf die Wange und hatte Tränen in den Augen, als sie ihn anflehte, schnell weiterzufahren.

„Wenn Sie mir helfen wollen, guter Mann", sagte Mira, „fahren Sie davon, soweit Sie können. Gott schütze Sie."

Mira sah den BMW im Sichtschutz des dunklen Waldes vorbeijagen und begann zu zweifeln, ob ihr Plan wirklich so gut gewesen war. ‚Was ist, wenn sie den alten Mann einholen und aus ihm die Information herausfoltern, wo genau er mich aus dem Wagen gelassen hatte?', fragte sie sich. ‚Dann könnten sie schon in ein paar Minuten zurück sein.'

Für einen Augenblick erwog sie, sich an die Straße zu stellen und auf ein Auto in der Gegenrichtung zu hoffen. Doch die Angst, hilflos am Straßenrand zu stehen, wenn die Gorillas zurückkämen, ließ sie tiefer in den Wald hineinstolpern. Allein gegen zwei bewaffnete Männer könnte sie auch mit ihrer Pistole nicht viel ausrichten, die ihr Andreas besorgt hatte. Selbst wenn sie einen abknallen könnte, würde dem zweiten die Zeit ausreichen, um sie niederzustrecken.

Mira hatte den alten Mann unterschätzt, den sie an seine Tochter erinnert hatte, die im Alter von zwanzig Jahren in die Welt aufgebrochen war und mittlerweile einigermaßen glücklich mit Mann und Kindern in Paris lebte. Der alte Mann hatte verstanden, dass das Mädchen verfolgt wurde und dass man nun ihn verfolgen würde. Deswegen verließ er, der die Gegend wie seine Westentasche kannte, die Hauptstraße bei der nächstbesten Gelegenheit, nahm sicherheitshalber noch ein paar weitere

Abzweigungen und erreichte sein kleines Häuschen, das nur fünf Kilometer von der Stelle entfernt war, an der er Mira hatte gehen lassen. Er parkte den Wagen hinter dem Haus, so dass er von der Straße, die nicht weit von der Hauptstraße entfernt war, nicht zu sehen war. Er schloss die Haustür von innen ab, was er für gewöhnlich nie tat, wagte es nicht, irgendein Licht anzuzünden und setzte sich an das Fenster neben der Tür, um die Straße im Blick zu haben. In banger Erwartung schaute er in die Nacht und wurde nach einiger Zeit gewahr, dass er mehr Angst um das Leben des Mädchens als um sein eigenes hatte. Er sandte ein Stoßgebet nach dem anderen gen Himmel.

Falls Gebete so etwas wären wie kleine Energiestrahlen, so trafen sie sich vielleicht am Himmel mit Miras Gebeten, die sie an alle indischen Götter schickte, die ihr in den Sinn kamen. Mira hatte jegliches Zeitgefühl verloren, als sie irgendwann in der Dunkelheit des Waldes gegen einen Baumstamm sank, sich in ihr Schicksal ergab und beinahe augenblicklich einschlief. Das Wildschwein, das sie im Morgengrauen witterte, näherte sich ihr auf nur drei Meter Entfernung und ließ sie in Ruhe.

Die zwei Männer jagten eine Stunde lang in ihrem schnellen Wagen durch die ukrainische Nacht in Richtung Kiew, bis sie zu der Erkenntnis gelangten, dass die Weiterfahrt sinnlos wäre. Sie hielten an und stritten eine weitere Stunde darüber, was zu tun sei. Dann riefen sie den Boss an und tischten ihm jene Lügengeschichte auf, die seine Frau am Dienstagmorgen an Kriminalkommissar Miłosz weitergab. Auf den Befehl hin, mit Mira kurzen Prozess zu machen, feuerte einer von ihnen einen Schuss in den Acker.

„Erledigt", sagte der andere ins Telefon.

„Verscharrt sie in irgendeinem Wald, kurwa, und kommt so schnell wie möglich zurück, k… !"

Die zwei Männer hätten sich am liebsten an der nächstbesten Tankstelle besoffen, konnten sich aber nicht darauf einigen, wer fahren sollte und wer saufen durfte. Also machten sie sich nüchtern auf den Heimweg nach Słubice.

—

Am Dienstagvormittag saß Miłosz in seinem Büro und versuchte, sich einen Bericht abzuringen. Seinen Kollegen Włodarski hatte er zu Mittag geschickt, weil er sein ständiges Gequatsche, er solle das Radio einschalten oder die Zeitung lesen, nicht mehr hören konnte.

„Es ist mir scheißegal, was irgendjemand über unsere Arbeit sagt oder schreibt“, fuhr er ihn an. „Für mich ist der Fall noch lange nicht erledigt, teraz daj mi spokój! Und wage es ja nicht, irgendeinen Medienheini zu mir reinzulassen.“

In der völligen Stille hörte Miłosz nur das Ticken der Uhr über der Tür seines Büros, als sein Telefon klingelte. Die Rezeptionistin fragte ihn, ob sie ihn mit einem Polizeirevier in Lublin verbinden könne.

„Inspektor Bartłomiej Wiśniewski, trzeci posterunek policji w Lublinie, kłaniam się. Panie Komisarzu, hier ist eine junge Frau ohne Papiere, die sich als Mira Narayan ausgibt. Sie sagt, es geht um die Aufklärung eines Mordfalls, den Sie betreuen. Sie will unbedingt mit Ihnen sprechen. Darf ich den Hörer weiterreichen?“

Nach einem kurzen Gespräch mit Mira N. ließ Miłosz sich mit dem dortigen Kommandanten verbinden.

„Hören Sie, sorgen Sie dafür, dass diese Frau sicher und so schnell wie möglich zu uns nach Słubice gebracht wird. Es sind vermutlich drei Killer hinter ihr her.“

„Machen Sie sich keine Sorgen, junger Kollege“, beruhigte ihn der Lubliner Kommandant mit gemütlicher Stimme. „Ich werde sie sofort in ein Auto setzen und von zwei Leuten zu Ihnen bringen lassen." Er lachte. „Sie ist tatsächlich eine Perle, wie sie da so vor uns sitzt, obwohl sie augenblicklich etwas ramponiert aussieht."

Nachdem Miłosz aufgelegt hatte, ging er zu seinem Chef, um ihm zu berichten, dass die mutmaßliche Mörderin die Tat am Telefon gestanden hatte. Die Lubliner Kollegen würden Mira N. in die Polizeikommandantur bringen, damit sie sich ausschlafen könne. Morgen früh wolle er sie verhören, der Chef könne gern an dem Verhör teilnehmen. Wenn sie in der Verfassung dazu sei, könne man sie danach auch noch der Kamińska gegenüberstellen. Dann bat er seinen Chef, ihm für den Rest des Tages frei zu geben.

Als Wojtek Miłosz nach Hause kam, waren die großen Kinder noch in der Schule und seine Frau war mit Klein-Łukasz vermutlich gerade einkaufen. Er machte sich eine kleine Portion Bigos in der Mikrowelle warm und legte sich danach aufs Wohnzimmersofa. Er schloss die Augen, fand aber keine Ruhe.

Als seine ganze Familie auf einmal nach Hause kam, saß er auf dem Sofa und blätterte in einem Asterix-Comic.

„Mama!", rief Wiktoria. „Papa ist da. Er liest Asterix."

„Liest du mir etwas vor?", bettelte Tobiasz.

Wojtek Miłosz saß fast für den gesamten Rest des Tages auf dem Wohnzimmersofa. Er las Tobiasz vor, spielte mit ihm Memory, ließ sich von seiner Tochter Lieder vorsingen, döste von Zeit zu Zeit vor sich hin und trank mit seiner Frau Kaffee. Er war froh, nicht erzählen zu müssen, er fühlte sich leer und ausgebrannt. Am Abend schlug seine Frau vor, im Fernsehen zusammen die polnische Ausgabe von ‚Wer wird Millionär?' zu schauen. Noch vor der ersten Werbepause schlief Miłosz vor dem Bildschirm ein.

30

Als Wojtek Miłosz am Mittwochmorgen um sechs den Wecker hörte, fand er sich im Bett neben seiner Frau wieder. Er hatte keine Erinnerung daran, wie er vom Sofa ins Bett gelangt war. Er tastete sofort nach seinem Handy und fand die verabredete SMS vom Nachtportier der Polizeikommandantur.

„Wer schickt dir denn so früh eine SMS?“, fragte seine Frau und beugte sich über seine Schulter.

„Das ist die Nachricht, dass die mutmaßliche Mörderin vergangene Nacht wohlbehalten eingetroffen ist.“

„Wieso wohlbehalten?“, fragte seine Frau. „War sie in Gefahr?“

„Ja, sie war in Lebensgefahr. Sie konnte ihren Entführern entwischen, die verhindern wollten, dass sie der Polizei gegenüber aussagt. Jetzt ist sie in Sicherheit, bei uns auf der Wache.“

Während Wojtek Miłosz sich duschte, ankleidete und rasierte, wurde ihm bewusst, dass er vor der Begegnung mit Mira N. etwas aufgeregt war. Sie sollte umwerfend schön sein, ihm war wie einem Schuljungen bange davor, wie es sein würde, vor einer Schönheit zu stehen. Was ihn jedoch noch mehr beunruhigte, war das Gefühl von Mitleid, das er für sie empfand und das Verständnis für ihre Tat. Schließlich war es seine Aufgabe, sie der Gerichtsbarkeit zuzuführen, die sie, sofern sie nicht aus akuter Notwehr heraus gehandelt hatte, wohl ins Gefängnis stecken würde. Aber vielleicht war es ja tatsächlich Notwehr gewesen, oder wenigstens könnte sie glaubhaft machen, ihn aus Notwehr getötet zu haben.

„Kommst du heute wieder so früh nach Hause, Papa?“, fragte Tobiasz beim Frühstück.

„Ich glaube nicht.“

„Schade", sagte Tobiasz. „Es war sehr schön, dass du gestern so viel Zeit hattest."
„Hast du nicht jede Menge Überstunden?", fragte Wiktoria.
Miłosz lachte und fragte, wie sie denn darauf komme.
Wiktoria schaute zu ihrer Mutter.
„Von dir hat sie das also", stellte Miłosz fest. „Wo Mama Recht hat, hat sie Recht. Wenn ich diesen Fall gelöst habe, dann kann ich mir mit meinen Überstunden bestimmt ein paar Tage frei nehmen."
„Wie lange brauchst du denn noch, um den Fall zu lösen?", fragte Wiktoria.
„Wenn die beiden Damen, die ich heute verhöre, alles gestehen, was sie getan haben, kann ich vielleicht heute schon den Abschlussbericht schreiben."

—

Polizeiinspektorin Maria Litewska hatte bei Mira Narayan ganze Arbeit geleistet. Sie hatte eine passende Jeans und eine weiße Bluse aufgetrieben und ihre Schürfwunden im Gesicht und an den Armen so gut es ging verarztet. Zuvor hatte sie fast eine ganze Stunde im einzigen Badezimmer der Polizeistation Wache gestanden. Einerseits, damit Mira sich ungestört waschen konnte, andererseits aber auch um sicherzustellen, dass sie sich nichts antun konnte.
Als Mira Narayan in Begleitung von Inspektorin Litewska in den Verhörraum im Dachgeschoss trat, trug sie ihre schwarzen, halblangen, seidigen Haare offen und allen drei Männern im Raum verschlug es den Atem. Die Bluejeans saßen ihr wie angegossen, ihr schlanker, weiblicher Körper war wie gemalt, ihre

großen, braunen Augen leuchteten durch den ganzen Raum. Der Kommandant starrte sie mit halb geöffnetem Mund an, erst etliche Sekunden später erhob er sich ruckartig und reichte ihr zur Begrüßung die Hand.
„Darf ich Ihnen ein Glas Wasser anbieten?“, fragte er sie.
Vielleicht war Mira N. die erste mordverdächtige Person in der Geschichte der Słubicer Polizei, die vom Kommandanten wie ein Ehrengast begrüßt wurde.
Was seinen Kollegen Tomek Włodarski anging, machte sich Miłosz Sorgen, ob er überhaupt in der Lage sein würde, ein halbwegs intelligentes Protokoll zu schreiben. Nur gut, dass das Gespräch gleichzeitig aufgenommen werden konnte.
Der Kommandant verabschiedete sich nach ein paar höflichen, nichts sagenden Worten. Miłosz entdeckte Schweißperlen auf seiner Stirn.
„Ich freue mich, dass Sie heil hier angekommen sind, Frau Narayan“, sagte Kriminalkommissar Miłosz.
Über das Gesicht der schönen Frau huschte ein Schatten, der ein Licht warf auf ihre müden Augen. Dennoch gelang ihr ein Lächeln, das ihre ebenmäßigen weißen Zähne entblößte.
„Brauchen Sie einen Dolmetscher?“, beeilte sich Miłosz, sie auf Englisch zu fragen.
„Nein danke“, antwortete sie auf Polnisch mit einem leichten, singenden Akzent. Sie trank einen Schluck Wasser.
„In den letzten Tagen war das mein häufigster Gedanke: Hierherzukommen und Ihnen alles zu erzählen. Ich glaube, es war das Ziel, das mir Kraft gegeben hat. Sie müssen wissen, ich wollte schon vergangenen Freitag zu Ihnen kommen.“
Miłosz nickte.
„Ich saß unten auf einer Bank und habe auf Sie gewartet. Ich wusste, wie Sie aussehen.“

„Woher wussten Sie das?“
„Eines der Mädchen hat mit einem Handy ein Foto von Ihnen gemacht, als Sie letzte Woche zum ersten Mal im Klub waren. Sie hat mir das Foto gezeigt. Mir war klar, dass ich zu Ihnen kommen muss.“
Mira Narayan hatte eine klare, warme Stimme. Obwohl ihre Sätze sehr einfach und ein bisschen hölzern waren, stellte Miłosz fest, dass er ihr gern zuhörte.
„Fräulein Mira“, sagte Miłosz mit einem leichten Seufzer, „ich möchte Sie bitten, Ihre Aussage, die Sie gestern am Telefon machten, nochmals abzugeben.“
Nach der üblichen Rechtsbelehrung machte Miłosz eine kurze Pause und sah die junge Frau an, die ihm gegenübersaß. Er entdeckte in ihrem Gesicht ein paar kleine Schnittwunden, die von der Schminke, die Inspektorin Litewska ihr aufgetragen hatte, nicht vollständig verdeckt wurden. Sie sahen aus, als würden sie von Zweigen oder Dornen stammen, größere Verletzungen schien sie nicht davongetragen zu haben. Sie hatte viel Glück gehabt. Miłosz ertappte sich dabei, dass er länger als nur einen Augenblick in den Ausschnitt ihrer Bluse blickte, in dem ein schlichter, weißer BH die Brüste sorgsam versteckte. Mira schien die Blicke des Kommissars bemerkt zu haben, sie setzte sich gerade hin und knöpfte beiläufig einen weiteren Knopf der Bluse zu. Dann war es an ihr, den Kommissar anzusehen.
„Ich möchte die Aussage machen.“
Miłosz schloss für einen Moment die Augen, um sich zu sammeln.
„Sie heißen Mira Narayan. Ist das richtig?“
„Jawohl.“
„Wann und wo wurden Sie geboren, Mira?“
„Am 24. Juli 1990 in einem kleinen Ort, etwa hundert Kilometer nördlich von Delhi.“

„Sie haben die indische Staatsbürgerschaft, ist das richtig?"
„So ist es."
„Besitzen Sie noch eine weitere Staatsangehörigkeit?"
„Nein."
„Seit wann sind Sie in Polen?"
„Seit Mai 2010."
„Wie sind Sie hier hergekommen?"
„Oderberg hat mich hergebracht."
„Sie meinen Hans-Werner Oderberg, richtig?"
„Ja, er ließ sich Hans nennen."
„Wie sind Sie über die Grenze gekommen?"
„Der Flug von Delhi nach Moskau verlief ohne Probleme, Oderberg hatte für mich in Delhi über einen russischen Bekannten die notwendige Einladung für mein russisches Visum bekommen. Am Moskauer Flughafen wurden wir mit einem Wagen abgeholt und an der russisch-ukrainischen Grenze einfach durchgewunken. In Sichtweite der polnischen Grenze haben wir einen Tag lang gestanden. Ich glaube, Oderberg hat gewartet, bis ein ganz bestimmter Grenzbeamter seinen Dienst antrat. Als Oderberg bei der Kontrolle meinen Pass vorzeigte, habe ich gesehen, dass er Geld hineingelegt hat. Es waren mindestens tausend Euro."
„Sind Sie freiwillig mitgekommen?"
„Ja, er hat mir Fotos vom Klub gezeigt und gesagt, dass ich dort als Kellnerin arbeiten würde. Der Klub wäre berühmt dafür, dass es dort die schönsten Kellnerinnen weit und breit gab. Er hat mir Fotos von Mädchen gezeigt, die an einer Bar standen. Sie waren schön. Oderberg hat gesagt, ich wäre die Schönste von allen. Er hat gesagt, mit einem Mann würde ich nur Sex haben, wenn er mir gefalle. Sein Klub sei kein Bordell. Ich habe ihm geglaubt, weil ich weg wollte, in die Welt hinaus. Mein Elternhaus, meine Geschwister, das kleine Kaff, in dem wir wohnten, ich

habe es nicht mehr ausgehalten. Als ich Oderberg traf, dachte ich, ihn schickt der Himmel."

„Wie haben Sie ihn kennen gelernt?"

„Er hat mehrere Tage Urlaub in unserer Stadt gemacht und mich in einer Bar angesprochen. Ich erzählte ihm, dass ich meine Familie verlassen wollte, um nicht den Mann heiraten zu müssen, den mein Vater für mich ausgesucht hatte. Ich glaube, meine Eltern waren froh, dass ich ging, sie hatten mit mir nichts als Ärger."

„Was ist passiert, als Sie in Słubice ankamen?"

„Ich habe ein Zimmer im Keller bekommen. Die ersten beiden Tage habe ich gar nicht gemerkt, dass der Keller verschlossen war. Ich habe viel geschlafen, bekam gutes Essen, die anderen Mädchen waren nett. Oderberg kam mich ein- oder zweimal am Tag besuchen und hat mit mir geredet. Er hat gesagt, ich müsse nicht sofort in der Bar arbeiten, ich solle mich erst eingewöhnen. Dann habe ich gemerkt, dass die Mädchen Angst hatten, weil sie über die Kameras belauscht und beobachtet wurden. Als ich gefragt habe, warum der Keller abgeschlossen ist, hat er einfach gesagt: Damit du nicht wegläufst."

„Irgendwann durften Sie aus dem Keller heraus. Warum?"

„Nachdem ich die ersten Wochen überstanden hatte, die ersten Wochen waren die Hölle, habe ich es irgendwie geschafft, all die Männer über mich ergehen zu lassen. Es war meine Überlebensstrategie, ich habe meine Seele schützen wollen. Ich habe sie geschützt, indem ich mich abgekapselt habe. Ich habe eine Rolle gespielt. Lächeln, laszive Bewegungen, dann, als ich von den anderen Mädchen Polnisch gelernt habe, auch anmachende Sprüche. Das Repertoire muss nicht besonders groß sein, um die Männer zufriedenzustellen. Sie wollen immer nur Sex und dann ist gut."

„Wann durften Sie aus dem Keller raus?", fragte Miłosz leise.

„Vor drei Monaten“, antwortete Mira.
„Warum?“
„Ich weiß es nicht.“
„Haben Sie Drogen verabreicht bekommen?“
„Anfangs ja, glaube ich, Beruhigungsmittel, vielleicht auch andere Sachen, später nicht mehr. Das hoffe ich zumindest. Mache ich auf Sie den Eindruck von jemandem, der unter Drogen steht?“
„Nein, das machen Sie nicht.“
Mira trank wieder einen Schluck Wasser.
„Haben Sie Hans-Werner Oderberg getötet?“, fragte Miłosz.
Mira Narayan stellte das Glas leicht zitternd ab. Miłosz betrachtete ihre rechte Hand, deren Haut mit ihrem bräunlichen Teint glatt und makellos schien. Sie trug keinen Schmuck an der Hand. Ihr einziger Makel waren die kurz, aber akkurat abgeknabberten Fingernägel.
„Ja, das habe ich“, sagte sie.
„Wie haben Sie ihn getötet?“
„Ich habe ihn vergiftet mit Arsentrioxid, das ich unbemerkt in seinen Drink geschüttet habe.“
„Woher hatten Sie das Gift?“
Mira zögerte kurz.
„Darf ich dazu die Aussage verweigern?“
„Gewiss. Hat Ihnen jemand bei der Ausübung der Tat geholfen?“
„Nein, ich habe es alleine getan“, sagte Mira. „Derjenige, der mir das Gift besorgt hat, dachte, ich würde es für mich verwenden.“
Miłosz blätterte eine Weile in seinen Unterlagen.
„Oderberg wurde zwar vergiftet, aber der Tod ist durch Ersticken eingetreten, was keine Folge des Giftes war“, sagte Miłosz.
„Ich habe ihn mit einem Kissen erstickt. Das war ganz zum Schluss. Als ich merkte, dass das Gift nicht reichte, habe ich ihn

zuerst mit einer Eisenstange geschlagen. Ich habe ihn aber nur am Bein getroffen."
„Woher hatten Sie die Eisenstange?"
„Die hatte ich in meinem Schrank versteckt, für alle Fälle."
„Was haben Sie danach mit der Eisenstange gemacht?"
„Ich habe sie in die Oderwiesen geworfen, ein paar Meter entfernt von der Stelle, an der wir Oderberg liegen gelassen hatten."
„Wer ist ‚wir'?", fragte Miłosz.
„Meine Freundin und ich, diejenige, die sich selbst das Leben genommen hat."
Wojtek Miłosz schaute die Mörderin an.
„Sie behaupten also, Sie hätten Oderberg, nachdem Sie merkten, dass das Gift nicht reichen könnte, um ihn zu töten, mit einer Eisenstange in die Knie gezwungen und den geschwächten Mann sodann eigenhändig mit einem Kissen erstickt. Dann haben Sie es geschafft, zusammen mit Ihrer Freundin, die auch kein Ausbund an Kraft war, den toten Mann zu einem Auto zu schleppen, ihn hineinzuhieven und dann in den Oderwiesen wieder aus dem Auto zu ziehen um ihn hinter einem Busch zu verstecken."
„Genauso war es. Einer der Angestellten des Nachtklubs, dessen Namen ich Ihnen auch nicht nennen werde, hat uns während der Tat gedeckt. Er hat auch die Spuren beseitigt. Das Auto stammt von demjenigen, der mir auch das Gift besorgt hat. Ich hatte es mir an dem Abend unter einem Vorwand ausgeliehen. Er weiß nicht, wofür ich das Auto tatsächlich gebraucht habe."
Mira Narayan machte eine kurze Pause sowie eine Bewegung, um mit ihrer Hand nach der Hand des Kommissars zu greifen, während sie weiterredete. Auf halber Strecke besann sie sich eines Besseren und strich sich stattdessen die Haare aus dem Gesicht. Ihre Stimme war eine Spur höher und entbehrte nicht einer gewissen Aggressivität, als sie weitersprach.

„Herr Kommissar, ich glaube, Sie wissen nicht, welche Kräfte zwei Frauen in einer solchen Situation freizusetzen im Stande sind."
„Sie haben Recht, ich weiß es nicht. Es liegt auch nicht an mir zu beurteilen, ob Sie die ganze Wahrheit erzählen oder uns einen wesentlichen Teil verschweigen. Das zu entscheiden, wird Aufgabe des Richters sein."

—

Gegen Mittag spielte Miłosz der Bordellchefin einen Ausschnitt des Verhörs von Mira Narayan vor:
„Die Chefin hielt all unsere Pässe in einem Safe in ihrem Zimmer unter Verschluss."
„Meinen Sie mit ‚Chefin' Frau Malina Kamińska?"
„Ja, die meine ich."
„Sie sagen, dass sie die Pässe aller Mädchen, die im Keller gefangen gehalten wurden, aufbewahrte?"
„Das ist richtig."
„Hat sie Sie einmal im Keller besucht?"
„Ja, zweimal, stets in Begleitung von zwei Bodyguards."
Miłosz stellte das Band ab.
„Entspricht diese Aussage von Frau Narayan der Wahrheit, Frau Kamińska?", fragte der Kommissar.
„Ja", sagte Malina Kamińska.
„Wussten Sie auch, dass die Mädchen zur Prostitution gezwungen wurden?"
„Ja, wozu denn sonst?"
„Wer wusste außerdem davon?"
„Mein Mann und alle männlichen Angestellten des Klubs, Oderberg und alle anderen Premium-Klienten, die in den Genuss der Mädchen im Keller kommen durften."

—

Nach einem ereignisarmen Arbeitstag holte Matuszek seine Marzena gegen fünfzehn Uhr zu Hause ab. Sie schlenderten durch den *Lenné-Park* zur *Rosa-Luxemburg-Straße*. Matuszek hielt mit der rechten Hand den Regenschirm schützend über sie, während sie sich in seinen linken Arm einhakte. Am Rosa-Luxemburg-Berg standen die Autos Richtung Polen Schlange, obwohl die Stadtbrücke bereits seit Montag wegen des Abrisses der Grenzanlagen gesperrt war. Vielleicht hatten es noch nicht alle Autofahrer mitbekommen. Marzena redete ohne Unterlass, vor allem von ihrem Doktorvater, bei dem sie keinen Gesprächstermin bekam. „Jetzt weiß ich gar nicht, woran ich bin", sagte sie. Sie erzählte von anderen Studenten des Doktorandenseminars, die schon viel weiter waren als sie, weil die sich viel besser mit ihrem Doktorvater verstünden. Und Marzena beschwerte sich über ihre Nachbarn, die immer dann Krach machten, wenn sie in Ruhe schreiben wollte.

Matuszek hatte im Laufe des Tages mehrfach versucht, seinen Kollegen Miłosz über Handy zu erreichen. Er hatte nicht abgenommen. Matuszek begleitete Marzena in zwei Kleidungsboutiquen und drei Schuhgeschäfte, in denen sie vieles anprobierte, zu allem seine Meinung hören wollte aber nichts kaufte.

„Ich bin ja nur eine arme Studentin und kann mir nicht alles leisten, was ich schön finde."

„Möchtest du, dass ich dir etwas schenke?"

„Das ist lieb von dir", sagte sie, „aber das lässt mein Stolz nicht zu."

Als sie vom *Oderturm* in Richtung Fluss schlenderten, kamen sie zwischen *Brunnenplatz* und Markt am Kino vorbei. Marzena studierte den Aushang des Kinoprogramms.

„In zehn Minuten beginnt der neue Woody-Allen-Film. Er heißt ‚To Rome with Love'. Das ist doch genau das Richtige für dich?"

„Wie meinst du das denn?", fragte Matuszek lachend.

„Na, Woody Allen ist doch fast deine Generation."
„Sehe ich etwa aus wie siebzig?"
„Was, so alt ist der schon? Komm, wir schauen, ob man seinem Film sein Alter schon ansieht oder noch nicht. Ich lade dich ein."
Es war ein liebenswürdiger Woody-Allen-Film, der Marzena Lust auf einen Urlaub in Italien machte.
„Schade, dass ich mir einen Urlaub in Italien auch nicht leisten kann", sagte sie.
Matuszek erkannte bekannte Schauspieler wieder wie Alec Baldwin, Roberto Benigni und Penélope Cruz. Als er sich an ihnen satt gesehen hatte, wurde ihm richtig wohlig zumute. Er kuschelte sich an Marzena und schlief ein.
„Wie ist der Film ausgegangen?", fragte er sie, als er davon aufwachte, dass sie sich aufrichtete.
„Das Gute hat gesiegt", sagte Marzena. „Was machen wir jetzt?"
„Jetzt gehen wir ins ‚Salinger's' und schauen Fußball. Ich meine, ich spendiere dir einen Drink und schaue mit einem halben Auge von Zeit zu Zeit auf den Bildschirm."
„Heute ist Fußball?", fragte Marzena überrascht. „Heute ist doch Dienstag."
„Eben drum, Dienstag ist Champions League Time."
„Aha", sagte Marzena.
„Heute spielen die Bayern gegen den FC Valencia."
„Wer gewinnt?"
„Die Bayern natürlich."
„Warum musst du es dann gucken, wenn du schon weißt, wie es ausgeht?"
Matuszek verdrehte die Augen.
„Valencia liegt in Spanien", sagte Marzena, „und ein Spiel ist erst dann zu Ende, wenn der Schiedsrichter abpfeift, richtig?"
Matuszek strahlte:

„Wunderbar, Kochanie, ich sehe, du bist so weit, dass du zum ersten Mal mit mir zusammen ein Fußballspiel gucken kannst."
Sie waren unterdessen an der Studentenkneipe ‚Salinger's` angekommen.
„Wie wenig es doch braucht", sagte sie, „um einen Mann glücklich zu machen."
„Da in der Ecke auf dem Sofa, da ist ein gemütlicher Platz", sagte Matuszek.
„Von dem man einen hervorragenden Blick auf den Bildschirm hat, nicht wahr?", sagte Marzena.
Matuszek grüßte einen Kollegen von der Polizei und zwei Kumpel aus seiner Fußballmannschaft, deren Training er letzte Woche nicht besucht hatte. Als sie sich auf der Couch niedergelassen hatten, war es noch eine halbe Stunde hin bis zum Anstoß. Trotzdem verfolgte Matuszek mit größter Aufmerksamkeit die Vorberichte. Marzena nuckelte an ihrem ‚Sex on the Beach' mit Wodka, Orangensaft und Preiselbeersaft und langweilte sich.
„Springst du auf, wenn ein Tor fällt?", fragte Marzena. „Oder kann ich mich an dich kuscheln?"
„Ich springe nicht nur auf, wenn ein Tor für die Bayern fällt", sagte Matuszek, „sondern ich schreie auch laut ‚Tor'."
„Mein Gott", sagte Marzena, „dann bleibe ich besser in meiner Ecke der Couch."
Matuszek durfte nach einem müden Beginn zum ersten Mal nach achtunddreißig Minuten aufjubeln, als Bastian ‚Basti' Schweinsteiger das 1:0 erzielte. ‚Sex on the Beach' hatte Marzena müde gemacht, so dass sie in der Halbzeitpause einschlief. Als Toni Kroos Matuszek in der 75. Minute mit einem Knaller aus achtzehn Metern erlöste, jubelte er gedämpft, um Marzena nicht aufzuwecken. In den letzten Minuten litt Matuszek leise, als erst Valencia kurz vor Schluss den Anschlusstreffer erzielte, Matuszek

schon an das verlorene Finale der Bayern gegen MU von 1999 dachte und Mandzukic in der letzten Minute der Nachspielzeit einen Elfer versemmelte.
Matuszek trug die schlafende Marzena auf seinen Armen aus der Kneipe. Sie wachte von der kühlen Nachtluft und ein paar kleinen Tropfen in ihrem Gesicht auf. Arm in Arm spazierten sie im Fisselregen zu Marzenas Wohnung in der *Halben Stadt*. Da sie beide ausgeschlafen hatten, hatten sie genug Energie, sich unter der Dusche zu lieben. Auf der Wohnzimmercouch sahen sie irgendeinen Liebesfilm, Marzena zog das Sofa zur Schlafcouch aus, sie holten das Bettzeug aus dem Schlafzimmer und schliefen im Wohnzimmer ein.

31

Bordelle gibt es auf der ganzen Welt. Witold Kamiński war in der Welt ein bisschen herumgekommen und kannte in jedem Land, das er besucht hatte, mindestens eines. Da er sich jedoch in Polen am besten auskannte und außerdem in anderen Sprachen als seiner eigenen rasch an seine Grenzen stieß, klapperte er die ihm bekannten Nachtklubs in Polen ab. Sein Plan war es, aus der Not eine Tugend zu machen und seine Mädchen für eine gewisse Zeit an andere Etablissements auszuleihen. Wenn sich die Lage in Słubice beruhigt hätte, wollte er sie zurückholen und wieder in den Keller einsperren. Soweit die Theorie. Jedoch erwiesen sich die Mädchen, wiewohl eine schöner als die andere, als schwer vermittelbar. Keine von ihnen besaß eine Aufenthaltsgenehmigung für die Republik Polen, keine von ihnen übte den Job einer Prostituierten freiwillig aus. Die Bordellbesitzer, mit denen Witold Kamiński sprach, sahen zwar das geschäftliche Potenzial der Mädchen, aber sie sahen auch das Risiko, das mit ihrer Aufnahme verbunden gewesen wäre. Auf dem Weg von Słubice über Poznań, Wrocław und Łódź musste er mit den anvisierten Leihgebühren ständig weiter heruntergehen. Obwohl er hoch und heilig beteuerte, dass man mit jedem Mädchen pro Tag mindestens tausend Złoty Umsatz machen könne, war niemand bereit, angesichts des Risikos fünftausend Złoty pro Monat und Mädchen als Provision abzutreten. Als der Geschäftsmann Witold Kamiński am Dienstagmittag in einem kleinen Ort vor den Toren der Millionenstadt Łódź angekommen war, hatte er seine Preisvorstellungen auf zweitausend Złoty pro Monat reduziert und immer noch kein einziges Mädchen untergebracht. Weiter wollte er mit dem Preis auf keinen Fall heruntergehen.

Die Stimmung in den drei Fluchtwagen war wechselhaft. Am Montagnachmittag hatte man im Radio gehört, dass nach ihnen gefahndet wurde. Die Männer befürchteten, erwischt zu werden, die Mädchen schöpften Hoffnung. Kamiński ordnete an, dass die Wagen nicht mehr als Kolonne fahren sollten, weil das zu auffällig wäre, sondern im Abstand von einigen Kilometern. Da alle Wagen über ein Navigationsgerät verfügten, konnte er über das Mobiltelefon seinen Leuten von Zeit zu Zeit anordnen, eine Nebenstraße einzuschlagen. Die Autobahn wurde strikt gemieden. Witold Kamiński hatte mit dieser Aufgabe alle Hände voll zu tun. Er bekam nicht mit, dass bereits am ersten Tag die Situation im dritten Wagen, einem schwarzen S-Klasse-Mercedes, außer Kontrolle geriet. Seine von vornherein ausgegebene Regel Nr. 1, keine überflüssige Kommunikation, wurde nicht befolgt. Nachdem die Wagen nicht mehr unmittelbar hintereinander fuhren, waren die drei Mädchen auf dem Rücksitz, eine Ghanaerin, eine Thailänderin und eine Peruanerin, rasch auf die nahe liegende Idee gekommen, dass ihre einzige Chance zu fliehen, darin bestünde, sich die beiden Männer zu Komplizen zu machen. Sie verwickelten die Männer in ein Gespräch über ihre Urlaubserlebnisse in fremden Ländern, ihr Privatleben und ihre Hobbys. Und sie gewannen das Vertrauen der Männer dadurch, dass sie ihnen von den peinlichen Marotten einiger ihrer Freier erzählten.
„Zu mir kommt einer fast jeden Tag“, erzählte die Thailänderin. „Ich glaube, er ist in Frankfurt ein Staatsanwalt. Um zu mir zu kommen, erzählt er seiner Frau, er müsse abends noch arbeiten.“
Die beiden Männer lachten.
„Das ist ja wohl die älteste Ausrede der Welt“, sagte der Beifahrer.
„Was soll der Mann auch sonst sagen?“, meinte der Fahrer.
„Manchmal hat wohl seine Frau auch noch Lust auf Sex“, sagte die Thailänderin, „und dann wundert sie sich, warum er abends,

wenn er nach zehn nach Hause kommt, keinen mehr hoch kriegt. Er erklärt ihr, dass er von der harten Arbeit einfach zu müde sei."
„Ich habe einen, der ist Journalist und arbeitet bei einer großen Tageszeitung in Zielona Góra", sagte die Ghanaerin. „Er kommt nur einmal die Woche. Ratet mal, was der für einen Spleen hat."
„Er hat einen Playboy auf dem Klo versteckt", sagte der Beifahrer.
„Falsch", sagte die Ghanaerin. „Er stellt sich den ganzen Tag alle Frauen, denen er begegnet, nackt vor."
„Auch die Alten und Hässlichen?", fragte der Fahrer.
„Ja, auch die", sagte das Mädchen.
„Pfui Teufel", sagte der Fahrer, „warum macht er so etwas?"
„Er sagt, das mache sie ihm erträglicher."
„Und wie sieht es bei euch aus, Jungs?", fragte die Peruanerin. „Wie ist es um euer Sexleben bestellt?"
Für die Männer war es eine seltene Erfahrung, dass sich jemand, und noch dazu solch traumhaft schöne Mädchen, für sie als Mensch zu interessieren schien. So offenbarten sie den Mädchen ihre verschüttete Seele.
Schritt zwei in der Strategie der drei Mädchen bestand darin, den beiden das Gefühl zu geben, für sie als Männer attraktiv zu sein. Sie machten ihnen Komplimente. Die Ghanaerin richtete sich an den Beifahrer, die Thailänderin an den Fahrer. Denn nach Phase eins hatten die Mädchen bemerkt, dass die Männer ihre Präferenzen bereits entwickelt hatten. Die Peruanerin bot sich den beiden als Zugabe an. Denn natürlich ging mit Schritt zwei auch einher, dass die Mädchen den Herren signalisierten, dass die Missachtung der Regel Nr. 2 des Chefs, kein Sex, im Prinzip ein leichtes Spiel sein würde. Leider bestand der Chef darauf, dass die Wagen über Nacht nebeneinander in einem Waldstück zusammenkommen sollten. Die Mädchen sollten auf den Rücksitzen schlafen, die Männer auf den Vordersitzen.

Der Chef selbst teilte die Schlafphasen so ein, dass immer einer der Männer zusammen mit ihm Wache hielt. Er selbst gönnte sich keine Minute Schlaf. Für die Insassen des dritten Wagens bedeutete dies, dass der Übergang in Phase drei noch eine Weile aufgeschoben werden musste. Während die Mädchen Zweifel bekamen, ob sie überhaupt die Gelegenheit dazu bekommen würden, sich die Männer vollends gefügig zu machen, unterschätzten sie die Entschlossenheit der Männer und die Folgen einer über Jahre hinweg angestauten Unzufriedenheit mit ihrem Job. Es waren die Männer, die die Pinkelpausen dazu nutzten, Fluchtpläne zu schmieden.

Als die Fluchtwagen am Dienstagmittag im Abstand von einigen Minuten am Nachtklub *Morgenröte* in der Nähe von Łódź angekommen waren, verschwand Kamiński wieder, wie schon einige Male zuvor, um mit dem Besitzer zu verhandeln. Der Bordellbesitzer besaß einen Keller, den er schon seit längerem umbauen wollte. Er zeigte sich aufgeschlossen, das Geschäftsmodell seines Słubicer Kollegen zu übernehmen, wollte aber klein anfangen und erklärte sich bereit, zunächst einmal drei Mädchen zu übernehmen.

Für die Insassen des dritten Wagens brach eine Welt zusammen, als der Chef alle Mädchen aufforderte, die Wagen zu verlassen und über den Personaleingang in den Nachtklub zu gehen. In einem kleinen Raum mit greller Beleuchtung mussten sich die neun Mädchen in einer Reihe aufstellen und sich vom Bordellbesitzer beglotzen und begrapschen lassen. Der Beifahrer des dritten Wagens stand dabei und sah sich zum ersten Mal seit seiner Kindheit beten:

„Bitte, lieber Gott, mach, dass das Arschloch nicht die Ghanaerin und nicht die Thailänderin aussucht."

Das Gebet wurde erhört. Es traf die Peruanerin sowie jeweils ein Mädchen aus den beiden anderen Autos. Der Bordellbesitzer handelte Kamiński auf einen Paketpreis von dreitausendfünfhundert Złoty pro Monat herunter und erbot als Gegenleistung, die ersten beiden Raten im Voraus sofort bar auf die Hand zu entrichten. Das vermittelte dem Geschäftsmann Witold Kamiński trotz allem das Gefühl, einen guten Deal abgeschlossen zu haben. Die beiden anderen Mädchen, die in der *Morgenröte* bleiben mussten, weinten. Die Peruanerin schwor Rache und beiden Bordellbesitzern dasselbe Schicksal wie Hans-Werner Oderberg.

Witold Kamiński kaufte an der nächsten Tankstelle ein vergleichsweise üppiges Mittagessen, bestehend aus Hot Dogs, Schokoriegeln und Mineralwasser und machte es sich danach in einem Waldstück, in Sichtweite seiner drei Nobelschlitten für ein kleines Nickerchen bequem. Aus dem kleinen Nickerchen wurde ein knapp dreistündiger Schlaf, für das Quartett im dritten Wagen ausreichend, um den Fluchtplan auszuarbeiten.

Als die Gruppe ihre Fahrt wieder aufnahm und die Richtung nach Kraków einschlug, schickte Kamiński den dritten Wagen auf eine Nebenroute. Kaum war der Wagen außer Sichtweite der anderen beiden, hielt der Fahrer, Tomek mit Namen, den Wagen an, wendete und fuhr so schnell es ging über kleine Landstraßen zurück Richtung Łódź. Das eigentliche Ziel des Quartetts war die Ostsee. Der Beifahrer Maciek hielt über das Handy Kontakt zum Chef.

„Der Boss hat keine Ahnung, dass wir nicht mehr dort fahren, wo er glaubt“, stellte er fest, nachdem er das Gespräch beendet hatte.

Die Mädchen fielen sich vor Freude in die Arme, die Ghanaerin gab Maciek einen Kuss und die Thailänderin deutete mit einer knappen Berührung zwischen Tomeks Beine an, wie sich der

Einstieg in Phase drei gestalten könnte, wenn sie vollends in Sicherheit wären.

„Nicht zu voreilig", mahnte Maciek, „wir müssen mindestens hundert Kilometer zwischen uns und die anderen bringen."

„Scheißegal", meinte Tomek, „die Vorfreude ist doch immer noch die schönste Freude."

Die nächsten dreißig Minuten waren erfüllt von Gelächter und hochfliegenden Zukunftsplänen. Die vier hatten vor, ab sofort bis zum Umfallen in Kneipen, Bars und Nachtklubs zu jobben, um möglichst schnell Geld zusammenzubekommen. Davon planten sie, sich an der Ostsee ein kleines Lokal zu kaufen und ein Bistro mit exotischen Schnellgerichten zu etablieren, Schwerpunkt afrikanische und thailändische Küche. Dass die beiden Mädchen keine Aufenthaltsgenehmigung besaßen, ja überhaupt keine Papiere hatten, dafür würde sich, so waren Tomek und Maciek überzeugt, schon irgendeine Lösung finden lassen. Notfalls würden eben alle Außenkontakte erstmal über sie laufen. Einig waren sich alle vier darüber, dass sie ein ehrbares Leben führen wollten. Dann klingelte Macieks Handy.

„Wir stehen an der Kirche von Przeźmierowo, an der Nationalstraße 45, wo seid ihr?", fragte Kamiński.

Maciek zögerte einen Augenblick, bevor er antwortete.

„Wir sind ganz woanders, wir haben uns auf und davon gemacht, wir steigen aus, zusammen mit den Mädchen."

Darauf folgten erst einmal minutenlange, üble Beschimpfungen und Drohungen.

„Ihr glaubt doch nicht im Ernst, dass ihr mir entkommen könnt, ihr Schwachköpfe! Ich kann euch über Satelliten ausfindig machen."

Daran hatte niemand gedacht. Maciek und Tomek ließen es nicht dabei bewenden, alle Handys und das Navigationsgerät auszuschalten. Maciek baute das Navigationsgerät aus, kein Problem für einen ehemaligen Autoknacker. In einem kleinen, verlassenen Dorf hielten sie an, rollten mit dem S-Klasse-Mercedes über den kleinen Kasten und schleuderten den Schrott, der von dem Gerät noch übrig geblieben war, auf den Acker. Als sie weiterfuhren, war die Euphorie gedämpft. Die Phantasie lief auf Hochtouren, die Angst, erwischt zu werden, von der Polizei oder, schlimmer noch, vom Boss oder von irgendeinem seiner im Land verteilten Kumpanen, war groß. Eine Zeitlang sagte niemand ein Wort. Die einzigen Geräusche waren die, die ein schwerer Wagen verursacht, wenn er mit hundertdreißig Stundenkilometern über polnische Dorfstraßen jagt, die maximal für die Hälfte dieses Tempos geeignet sind.

Nachdem Kamińskis Tobsuchtanfall abgeklungen war, war er eine Zeitlang drauf und dran, einfach aufs Geratewohl die Strecke genauso zurückzufahren, wie sie gekommen waren. Andererseits war die Chance, dass sie die anderen würden einholen können, gering. Tomek war der beste Fahrer von allen. Außerdem konnten sie in alle Himmelsrichtungen geflohen sein. Wie sollte er sie ausfindig machen? Die Handys der beiden waren ausgeschaltet. Kamiński erwog, alle Gauner und alle bestechlichen Grenzbeamten des Landes, die er kannte, auf das Fluchtauto anzusetzen. Andererseits wuchs die Gefahr, dass man auch ihn erwischen würde, mit jeder weiteren, eingeweihten Person. Die Möglichkeiten eines Flüchtenden, einen anderen Flüchtenden aufzuspüren, sind eben begrenzt.

Letztlich brauchte Witold Kamiński keine eigene Entscheidung zu treffen, die Entscheidung wurde ihm abgenommen. Wie aus dem Nichts kommend tauchten mit einem Mal aus der Kurve, welche die Dorfstraße von Przeźmierowo hinter der Kirche macht, vier Polizeiwagen auf und fuhren mit quietschenden

Reifen auf den Kirchplatz. Kamińskis Bodyguards hatten zwar als erste ihre Waffen gezogen aber von Kamiński keinen Schießbefehl erhalten. Die Polizisten, die den Gaunern zahlenmäßig doppelt überlegen waren, sprangen aus den Wagen, brachten sich in Schussstellung und richteten ihrerseits die Pistolen auf die vier Männer. Der ranghöchste Polizist forderte Kamiński und seine Leute auf, die Waffen fallen zu lassen und sich zu ergeben. Jetzt musste Kamiński doch eine Entscheidung treffen. Er sagte laut und deutlich ‚fiut', das vereinbarte Codewort für ‚Schießen'. Innerhalb weniger Augenblicke waren Kamiński und seine drei Gorillas sowie zwei der Polizisten tot. Ein dritter Polizist war in den Oberschenkel getroffen worden. Kurz darauf traf ein Zivilwagen ein. Aus ihm stieg Kriminalinspektor Bartoszewski von der Polizei Łódź, der sich in seiner Freizeit ab und an ein wenig Abwechslung gönnte, indem er im Nachtklub *Morgenröte* ein paar angenehme Stunden verbrachte. Er hatte, während er mit seiner Klaudia rauchend auf der Bettkante saß, die drei schwarzen Limousinen auf dem Parkplatz der *Morgenröte* beobachtet und in Kenntnis des Fahndungsbefehls gewusst, mit wem er es zu tun hatte. Er hatte sich angekleidet und war der Kolonne mit seinem eigenen Auto unauffällig gefolgt. Als sich die Wagen aufteilten, war er dem ersten Wagen gefolgt. Nachdem er die Polizeieinheiten über Funk zusammengezogen hatte, ließ er sie in Przeźmierowo zuschlagen. Jetzt war er froh, dass er zumindest zwei Wagen erwischt hatte. Als er das Blutbad sah, wünschte er sich zu seiner Klaudia zurück.

32

Weil die Polizei in Łódź eine Weile brauchte, um das Geschehene zu verstehen, den Tatort zu sichern und Berichte zu verfassen, traf die Nachricht erst am Mittwochnachmittag in Słubice ein, als Kriminalkommissar Wojtek Miłosz seine Arbeit bereits verlassen hatte. Am Donnerstagmorgen überreichte ihm der Dienst habende Kollege der Nachtschicht das Fax der Kollegen aus Łódź. Miłosz stand an seinem Schreibtisch und las. Er sah die Leichen der sechs Männer vor sich liegen und ihm wurde schwarz vor Augen, er musste sich setzen. Kollege Włodarski nahm ihm das Fax aus der Hand.

„Ich sag Ihnen, die beiden, die sich aus dem Staub gemacht haben, die haben sich mit den Mädchen zusammengetan. Die sind schon auf dem Weg in die Karibik und machen sich ein schönes Leben, die Glücklichen. Wenn die beiden Mädchen auch nur halb so schön sind wie diese Mira“, sagte er, ohne den Satz zu beenden.

Wojtek Miłosz fühlte sich zu niedergeschlagen, als dass er darauf in irgendeiner Weise hätte reagieren können. Angesichts des blutigen Ausgangs wurde ihm schlagartig bewusst, dass auch er und vielleicht auch seine Familie in Gefahr geschwebt hatten. Als Miłosz wieder einigermaßen klar denken konnte, sagte er, er gehe zum Kommandanten.

„Halte du hier die Stellung“, sagte er und dachte, hier könne Tomek Włodarski den geringsten Schaden anrichten.

Der Kommandant hatte das Fax schon am Vorabend zur Kenntnis genommen.

„Mit dieser Nachricht“, meinte er, „können wir auch die letzten standhaften Angestellten aus dem *Paradise* dazu bringen, alles zu gestehen, was es zu gestehen gibt. Meinen Sie nicht auch, Kollege Miłosz?“

Wojtek Miłosz nickte und bat seinen Chef um zwei Tage Sonderurlaub.

„Senden Sie die Berichte bitte auch an meinen Frankfurter Kollegen Matuszek, damit er sie übersetzen lassen kann.“

Der Kommandant legte ihm väterlich einen Arm um die Schulter. „Sie haben hervorragende Arbeit geleistet, Panie Komisarzu. Sie haben die ganze Zeit einen kühlen Kopf bewahrt und sich diesen Urlaub redlich verdient. Ich werde dem Vizeinnenminister gegenüber nochmals persönlich meine große Zufriedenheit über Ihren Einsatz zum Ausdruck bringen.“

Als Miłosz das Dienstzimmer des Kommandanten verließ, fühlte er sich zu Tode erschöpft. In seinem Kopf herrschte Leere, gleichzeitig spürte er eine ziellose Unruhe, so wie es ihm manchmal erging, wenn er sich den ganzen Tag ausschließlich von Kaffee und Schokolade ernährt hatte. Auf dem Flur kam ihm Inspektorin Maria Litewska entgegen, sie grüßten sich und er beschloss, Mira Narayan einen Besuch abzustatten, bevor er nach Hause gehen wollte.

Miras Zelle lag im ersten Stock. Das kleine, vergitterte Fenster ging zur Vorderseite des Gebäudes hinaus, dort wo die Bank stand. Mira saß auf dem Bett, als Miłosz eintrat. Bis auf einen schmalen Spind und ein Waschbecken war der Raum leer und kahl und weiß.

„Kamiński und drei seiner Männer sind gestern auf der Flucht in der Nähe von Łódź von der Polizei erschossen worden“, sagte Miłosz. „Vier Mädchen konnten unverletzt aus den Fluchtautos geborgen werden.“

„Was ist mit den anderen fünf passiert?“, fragte Mira.

„Nach Aussage der Mädchen hatte Kamiński vorher drei von

ihnen in einem Bordell unweit des Tatorts abgeliefert. Ich gehe davon aus, dass sie heute von dort befreit werden können. Zwei weitere sind verschwunden. Sie befinden sich vermutlich mit zwei von Kamińskis Männern in dem dritten Fluchtauto. Der Wagen hatte sich von den anderen beiden abgesetzt, kurz bevor die Polizei Kamiński gestellt hat."

Mira schwieg und starrte aus dem Fenster.

„Wollen Sie, dass ich die Namen derer herausfinde, die aufgefunden wurden?", fragte Miłosz. Mira nickte.

Miłosz setzte sich auf das andere Ende des Bettes und wusste nicht, was es noch zu sagen gäbe.

Mira wandte sich dem Kommissar zu.

„Was meinen Sie, mit wie viel Jahren Gefängnis muss ich rechnen?"

Miłosz zuckte mit den Achseln und sprach den Gedanken aus, den er seit zwei Tagen mit sich herumtrug.

„Es kommt darauf an, ob Sie mit Vorsatz oder in Notwehr gehandelt haben. Hat er Sie vielleicht akut bedroht, so dass Sie ihm das Gift, das Sie für sich selbst besorgt hatten, aus Notwehr verabreicht haben?"

Mira lächelte einen Augenblick.

„Das ist sehr freundlich von Ihnen. Es ist eine Art Rechtsberatung, nicht wahr?"

Miłosz sah die junge Frau mit hochgezogenen Augenbrauen an.

„Aber ich fürchte, dass ich diese Verteidigungsstrategie nicht durchhalten könnte. Nein, es war Vorsatz, es war von langer Hand geplant und eiskalt durchgeführt. Wenn ich körperlich stärker gewesen wäre als Oderberg, ich hätte ihn auch eigenhändig erwürgen können, das können Sie mir glauben."

Miłosz erhob sich vom Pritschenbett und strebte zur Tür. Seine Stimme klang kraftlos, als er sagte:

„Vielleicht können Sie auf mildernde Umstände rechnen. In ein paar Jahren sind Sie frei und können irgendwo ein neues Leben anfangen."

—

Als Wojtek Miłosz nach Hause kam, waren seine Frau und Klein-Łukasz unterwegs. Anstatt sich aufs Ohr zu hauen, machte er den Haushalt. Draußen schien die Sonne. Miłosz ging über die Straße und setzte sich auf eine Bank auf dem Deich in der Nähe seiner Haustür. Er grübelte über den Fluss hinüber, schaute auf die Wiesen und die Häuser am anderen Ufer, bis er seine Frau mit dem Kinderwagen auf sich zukommen sah.

„Hast du schon frei?", fragte Małgosia Miłosz.

„Sie haben mich in Ehren entlassen." Nach einer kurzen Pause fuhr er fort: „In einen zweitägigen Sonderurlaub."

„Als Belohnung für die geleistete Arbeit", sagte seine Frau.

„Oder als Entschädigung dafür, dass ich es mit der halben Unterwelt beider Städte aufnehmen musste."

Das Lob seines Vorgesetzten war nichts im Vergleich zur liebevollen Anerkennung seiner Frau, die sie dadurch ausdrückte, dass sie ihm einen langen, weichen und unvergleichlich süß schmeckenden Kuss auf die Lippen gab und dabei zärtlich über die Haare streichelte. Wojtek Miłosz betrachtete seine Frau mit einem glücklichen Lächeln.

„Kannst du vielleicht etwas Leckeres zu essen kochen, während ich die beiden Großen von der Schule abhole. Ich kann den Kleinen mitnehmen."

„Das brauchst du nicht", sagte seine Frau. „Der ist gerade erst eingeschlafen, ich lege ihn ins Bettchen, er wird mindestens noch eine Stunde schlafen."

—

„Hast du den Fall gelöst, Papa?“, fragte Tobiasz, als er seinen Vater, den er schon von weitem am Schultor hatte stehen sehen, mit einem Sprint erreicht hatte.
„Ja, der Fall ist gelöst“, antwortete Miłosz.
„Bist du jetzt ein Held?“
Miłosz lachte: „Wie kommst du denn darauf?“
„Wer den Bösen fängt und ins Gefängnis bringt, der ist doch ein Held, oder nicht?“
„Na ja, wer den Bösen fängt, hat gut gearbeitet und man bedankt sich bei ihm dafür. Aber Helden gibt es nur im Fernsehen. Obwohl …“.
Er beugte sich zu seinem Sohn herunter, um ihm ins Ohr zu flüstern: „Ein bisschen gefährlich war es schon.“
„Erzählst du davon?“
„Heute Nachmittag, ja?“
Seine Tochter wollte genau wissen, wie viele Überstunden er jetzt in Urlaub umwandeln könne.
„Erstmal heute und morgen“, sagte er, „sechs Stunden heute und acht Stunden morgen, das macht zusammen …“.
„Vierzehn Stunden!“, rief Tobiasz.
„Cool!“, meinte Wiktoria. „Da können wir heute Nachmittag ja zusammen etwas Tolles unternehmen.“
Nach dem Mittag, Gosia hatte das Familienlieblingsessen gekocht, Spaghetti Bolognese, brach die Familie zu einem Spaziergang auf. Als die fünf über die Stadtbrücke gingen, entdeckte Wiktoria am Horizont flussabwärts ein Schiff, doch Tobiasz zog die anderen ungeduldig weiter.
Wojtek Miłosz konnte nicht umhin, auf das Frankfurter Ufer zu starren, zu jener Stelle, an der Spaziergänger am Montagmorgen die Wasserleiche der Rumänin gefunden hatten. Nur Dank ihrer Aussage hatte Miłosz die Vorgänge im *Paradise* aufdecken können.

Wojtek Miłosz fragte sich, ob er nicht im Verlauf des nächtlichen Gesprächs hätte merken müssen, wie verzweifelt sie war. Nachdem Mira sie in die Geschehnisse im Keller des Bordells eingeweiht hatte, war es für sie unvorstellbar geworden, weiterhin eine Prostituierte zu sein. Und eine andere Perspektive sah sie nicht. Er hätte sie eigentlich sofort zur Polizeikommandantur bringen müssen. Und sei es auch nur, um herauszufinden, ob sie ihm tatsächlich alles erzählt hatte, was sie wusste.
Über den hellblauen Himmel zogen Wolken in allen denkbaren Größen und Formen. Familie Miłosz setzte ihren Weg fort.
Die Kinder staunten über den Abbau der Grenzanlagen. „Kaum zu glauben", sagte Gosia Miłosz, „dass wir hier früher stundenlang im Stau auf die Grenzkontrolle warten mussten, wenn wir deine ehemaligen Schulfreunde in Westdeutschland besuchen wollten."
„Warum wurden wir hier früher kontrolliert?", fragte Wiktoria.
„Weil Deutschland nicht alle Menschen, die kommen wollten, hereinlassen wollte", sagte Wojtek Miłosz.
„Haben die Deutschen jetzt ihre Meinung geändert?", fragte Wiktoria.
„Gegenüber uns Polen ja. Menschen aus Ländern, die nicht zur Europäischen Union gehören, die kontrollieren jetzt wir an der Ostgrenze von Polen."
„Also müssen die jetzt so lange im Stau stehen wie wir früher hier auf der Brücke", stellte Wiktoria fest. „Das ist für uns gut, für die anderen nicht."
Auf der fußläufigen *Großen Scharrnstraße,* die parallel zur Haupteinkaufsstraße die Verbindung zwischen Stadtbrücke und *Marktplatz* herstellte, schallte aus einer geöffneten Ladentür im Erdgeschoss laute Rockmusik.
„Nicht so laut!", rief jemand auf Polnisch. Es dauerte jedoch noch eine Weile, bis die Musik leiser gedreht wurde. Aus dem

Ladenlokal kamen zwei junge Frauen herausgelaufen und fingen an, in der Sonne auf der Straße zur Musik zu tanzen.
„Wir geben hier heute Nachmittag um siebzehn Uhr ein Kinderfest", rief das rothaarige Mädchen. „Für unsere zukünftigen Studenten", rief das blonde Mädchen beim Tanzen und zeigte auf Wiktoria und Tobiasz.
„Na, wollt Ihr nachher mit mir zusammen hier aufs Kinderfest gehen?", fragte Miłosz.
„Vielleicht", murmelte Wiktoria. Tobiasz klammerte sich immer noch an seinen Papa.
„Danke für die Einladung", sagte Wojtek Miłosz.
Als die Familie wenig später am *Brunnenplatz* beim Italiener im Strandkorb saß und in den Sonnenstrahlen, die zwischen den Wolken kamen und gingen, Limonade oder Kaffee trank, gab es viel zu bereden. Über Papas Kriminalfall, Grenzstaus und seltsame, junge Frauen, die einfach so auf die Straße gelaufen kommen, um zu tanzen.
Nach einer Weile fühlten sich Wiktoria und Tobiasz müde und wollten lieber nach Hause gehen als zur studentischen Kinderparty.
„Da hast du aber Glück gehabt", raunte Gosia Miłosz ihrem Mann zu. Zu Hause angekommen, lobte Gosia ihren Mann für die Hausarbeit und Wojtek schlief mit der Gazeta Wyborcza auf dem Bauch auf der Fernsehcouch ein.

—

Zur Zeit der Abendnachrichten war Wojtek Miłosz mit seiner Familie in das vierte und letzte Mensch-ärgere-dich-nicht-Spiel des Tages vertieft, das im Polnischen ‚Chinese' heißt. Dadurch entging ihm, dass die Schießerei in der Nähe von Łódź im Ersten Polnischen Fernsehen die Nachricht Nr. 1 war. Zu sehen waren die beiden schwarzen Limousinen und die mit Tüchern zugedeckten sechs Toten.

„Bei dem Schusswechsel starben der Besitzer eines Nachtklubs aus der polnisch-deutschen Grenzstadt Słubice sowie seine drei Mitarbeiter“, sagte der Nachrichtensprecher. „Der Nachtklubbesitzer Witold K. war mit neun, sich illegal in Polen aufhaltenden Prostituierten vor einer Polizeirazzia geflohen.“
Auf einer Landkarte war der Weg eingezeichnet, den die Wagen bis zum Tatort quer durch Polen genommen hatten.
„Sieben der Mädchen wurden in Polizeigewahrsam genommen, alle waren unverletzt. Zwei weitere Mädchen und zwei Aufpasser des Nachtklubs sind weiterhin auf der Flucht. Die Flüchtenden sind in einem schwarzen Mercedes S500 mit dem Kennzeichen FSL N1003 unterwegs. Die beiden Männer sind bewaffnet und gelten als gefährlich. Sachdienliche Hinweise nimmt jede Polizeidienststelle entgegen.“
Der polnische Vizeminister des Inneren trat in staatsmännischem schwarzen Anzug und weiß-roter Krawatte vor die Kamera und betonte, dass es sich hierbei um einen besonders drastischen Fall von Kriminalität handele.
„Es ist mir besonders wichtig festzustellen, dass die polnische Polizei und insbesondere die Polizei in der Grenzstadt Słubice eine hervorragende Arbeit geleistet hat. An die Adresse der Bevölkerung will ich sagen: Polen ist ein sicheres Land und die deutsch-polnische Grenzregion unterscheidet sich in nichts von anderen europäischen Grenzregionen, die ein nach wie vor nicht unerhebliches Wirtschaftsgefälle aufweisen.“
Diesen Bericht hörten und sahen Millionen polnischer Fernsehzuschauer, die sich dazu ihre Gedanken machten. Von den Hauptprotagonisten dieser Geschichte waren neben Wojtek Miłosz auch Mira Narayan, Malina Kamińska und Bernd Matuszek nicht unter den Zuschauern.

33

Kriminalkommissar Bernd Matuszek hatte vor, am Donnerstag etwas früher Schluss zu machen, für Marzena eine kleine, rote Rose zu kaufen und mit ihr in dasselbe kleine Häuschen am Meer zu fahren wie am Wochenende zuvor. Als Matuszek gerade sein Büro verlassen wollte, kam Petra Schumacher von einer Besprechung zurück.

„Wohin des Weges, Herr Kommissar? Mal wieder ein Liebeswochenende an der Ostsee?"

„Jawohl, Frau Kollegin, Sie haben es erraten. Aus diesem besonderen Anlass wollte ich Sie höflichst um Erlaubnis bitten, dass ich mein Mobiltelefon ausgeschaltet lassen darf."

„Wissen Sie, Herr Kollege", erwiderte Schumacher, „damit haben wir vor gar nicht allzu langer Zeit schlechte Erfahrungen gemacht. Warum sollten wir denselben Fehler noch einmal begehen?"

„Da Sie mich so direkt fragen, verehrte Frau Kollegin, will ich Ihnen gern den Grund nennen."

Matuszek trat nahe an sie heran, berührte mit einer Hand leicht ihre Hüfte und hauchte ihr ins Ohr: „Weil der Fall abgeschlossen ist."

Petra Schumacher drückte Matuszek mit ihrer Hand an seiner Brust ein Stück zurück und nahm zur Kenntnis, dass der Geruch eines kalten Aschenbechers durch den eines Pfefferminzbonbons nahezu neutralisiert wurde.

„Was ist, wenn der Übersetzer der Berichte der Słubicer Polizei Nachfragen hat?", fragte sie mit der gedämpften, verzögerten Stimme einer Vorleserin von Gruselgeschichten.

„Dann soll er sich direkt an Kommissar Miłosz wenden."

„Der ebenfalls bereits frei hat."
„Dann muss er eben bis Montag warten."
„Was machen wir aber, wenn noch weitere Anfragen von Medienvertretern kommen?"
„An den Pressesprecher verweisen. Er weiß über alles Bescheid, genauso wie der Präsi. Ich habe heute Vormittag beiden Bericht erstattet."
„Soso, Herr Kommissar, Sie haben an alles gedacht. Nur an eines nicht."
„Das wäre?"
Petra Schumacher legte ihre Hand auf Matuszeks Rücken und spielte mit den Fingern auf den Muskeln, als wollte sie ein Klavierstück intonieren. Dadurch verringerte sich der Abstand zwischen ihnen um ein paar Zentimeter.
„Was sagen Sie, wenn Ihre verehrte Kollegin morgen oder übermorgen dringend mit Ihnen reden will, dieses aber nicht geht, weil Ihr Handy ausgeschaltet ist?"
„Durch diese Anfrage konfrontieren Sie mich allerdings mit einer ganz und gar unerwarteten Situation", flüsterte Matuszek. Nach einem kaum spürbaren Küsschen auf ihr Ohrläppchen fuhr er fort: „Meine Antwort darauf lautet: Aus diesem besonderen Anlass verrate ich Ihnen meine private Mobilfunknummer."
Petra Schumacher stieß ihn weg:
„Hau ab, du Schuft! Die hätte ich letztes Wochenende gebraucht, jetzt kannst du sie dir sonst wo hinstecken!"
Bernd Matuszek grinste.
„Wie Sie wünschen, Frau Kollegin. Für den Fall, dass Sie Ihre Meinung ändern sollten, finden Sie meine Nummer, natürlich nur zu Ihrem persönlichen Gebrauch, auf einem kleinen Klebeschildchen unter Ihrer Tastatur. Das Zettelchen befindet sich dort übrigens schon seit Monaten."

Petra Schumacher schaute ihn entgeistert an.
„Ach ja, noch etwas“, setzte er an, als er bereits an der Tür war. „Wären Sie so freundlich, für mich am morgigen Tag die Frankfurter Zeitung zu lesen. Sie wissen doch, ich bin nicht der eifrigste Zeitungsleser.“
Mit einer Kusshand ließ Matuszek seine Kollegin im Büro zurück.

—

Als Marzena und Matuszek in Bansin auf Usedom ankamen, setzte gerade die Dämmerung ein. Sie stellten ihr Gepäck in der Diele ab und liefen Hand in Hand zum Strand.
Es wehte ein starker Wind, sie mussten die Kapuzen ihrer Jacken fest unter dem Kinn zuschnüren, damit sie nicht vom Kopf wehten. Das Meer schlug ein Meter hohe Wellen, die krachend auf dem Sand am Ufer aufschlugen. Über den rosarot gefärbten Himmel jagten kleine und größere Wolkengebirge. Matuszek und Marzena stellten sich in den Wind, der vom Meer her wehte und ihnen, die wenige Meter von den auslaufenden Wellen standen, die Gischt in kleinen Tropfen ins Gesicht blies. Matuszek hielt die um einen Kopf kleinere Marzena fest im Arm, schloss die Augen, hörte das Meer in seinem Kopf tosen und sah die Gedanken mit blitzartiger Geschwindigkeit durch sein Hirn jagen. Die Tafel mit den Bildern der Mädchen aus aller Welt im Keller des Nachtklubs, ein Mädchen schöner als das andere. Die spindeldürre Tote an der Römertreppe, die aussah wie ein Wassergeist. Er selbst als kleiner Junge mit seinem Vater beim Sandburgenbauen genau an diesem Strand, genau an dieser Stelle. Nur dass es damals zu DDR-Zeiten hier anders ausgesehen hatte. Bis auf die Ostsee natürlich, die war schon immer dieselbe gewesen.

Am Abend führte Matuszek seine Marzena in ein Fischrestaurant, das unmittelbar am Strand gelegen war. Ein paar Tische weiter sah Matuszek zwei Pärchen sitzen. Die beiden Damen jung, blondiert und mit dick aufgetragenem Make-up, die beiden Herren älteren Jahrgangs, nicht unelegant und nicht völlig unkultiviert. Matuszek beobachtete die Mädchen, ihr kokettes Gehabe, das gekünstelte Lachen, ihre zarten Hände, mit denen sie die Männer berührten.

Mit einem Mal kippte die Szene vor Matuszeks innerem Auge: Die Männer wurden zudringlich, die Frauen entzogen sich, die Männer wurden handgreiflich, die Frauen wehrten sich, aber die Männer waren stärker. Sie hielten die Frauen zu Boden gedrückt.

‚Genau, das war es', dachte Matuszek. Die Männer waren stärker. Oderberg war stärker. Er hätte auch unter der Wirkung des Giftes noch stärker sein können als Mira. Mira hat ihn nicht alleine ersticken können, sie muss Hilfe gehabt haben, von einem Mann. Vielleicht war auch alles gelogen und es war ein Mann, der Oderberg ermordet hat. Ein Mann, den Mira schützen will, weil sie ihn liebt.

„Bernd", rief Marzena und zog sanft an seinem Unterarm, „ich rede mit dir."

„Sorry", sagte Matuszek, „ich war in Gedanken woanders."

„Das habe ich gemerkt", sagte Marzena.

„Ich habe mich eben gefragt", sagte Matuszek mit gedämpfter Stimme, „ob der Fall wirklich schon abgeschlossen ist. Da gibt es etwas in der Aussage der geständigen Mörderin, was nicht so ganz stimmen kann."

„Das klingt spannend", sagte Marzena mit vollem Mund. „Erzähl!"

—

Am Donnerstagabend trat gegen zehn Uhr aus einem unscheinbaren Einfamilienhaus in Frankfurt-Markendorf ein junger Mann. Seine Augenpartie wurde von einer tief ins Gesicht gezogenen Schirmmütze verdeckt, lediglich ein Schnauzer lugte aus dem Gesicht hervor. Der Mann stieg in einen schwarzen Sportwagen und fuhr auf die Autobahn. Das Reiseziel des jungen Mannes war das Ostseebad Bansin auf Usedom. Er wurde mit einigen Kilometern Abstand von einem silberfarbenen Wagen verfolgt. Ein Peilsender, der unterhalb der Karosserie des Sportwagens angebracht worden war, machte eine Sichtverfolgung überflüssig.

—

Am nächsten Morgen wachte Matuszek auf, als Marzena noch schlief. Draußen regnete es, die Tropfen platschten, vom Wind getrieben, gegen das Fenster. Auf der Fensterbank hatte sich eine kleine Pfütze gebildet. Matuszek schloss das Fenster und wischte das Wasser mit dem Ärmel seines Morgenmantels auf.
Matuszek trat im knallgelben Regenmantel, der zur Grundausstattung einer Ferienwohnung am Meer gehörte, auf die Straße. Auf seinem Spaziergang über die Uferpromenade kam er am Haus des jungen Oderberg vorbei. In der ersten Etage sah er eine Frau mit einem Baby auf dem Arm in der Küche hantieren. Matuszek schaute der Frau eine Weile zu.
In der Bäckerei kaufte Matuszek frische Brötchen und den *Berliner Morgenkurier*. In der Wärme des Hauses entledigte er sich des Regenmantels und hängte ihn im Badezimmer über die Duschwand. Mit Hilfe einiger zusammengeknüllter Seiten der *Ostsee-Nachrichten* vom 4. August entzündete er ein paar Scheit Holz im Kamin. Mit einem schwarzen Espresso setzte er sich auf die Couch, legte die Beine hoch und begann, den *Morgenkurier* zu lesen. Auf Seite Drei sprang ihm die Hauptschlagzeile in die Augen:

Acht Tote und viele offene Fragen – ein grenzüberschreitender Kriminalfall in Frankfurt (Oder) und Słubice. Matuszek sah Bilder vom Frankfurter *Oderturm*, vom Słubicer Nachtklub *Paradise*, dessen Schriftzug jedoch unkenntlich gemacht worden war und von den beiden gestellten Fluchtautos. Auf Fotos der Toten hatte man verzichtet. Er stellte die Kaffeetasse beiseite und war gespannt, was der Berliner Journalist mit seinen Aussagen vom Vortag angestellt hatte.

Von unserem Korrespondenten Holger Wartenberg. – Wenn westlich der Oder der Name jener Stadt Frankfurt fällt, die an dem Fluss an der deutsch-polnischen Grenze liegt, denken viele zuerst an das, was es dort nicht (mehr) gibt. Keine Solarindustrie mehr, zu wenig Arbeitsplätze, kaum Nachtleben. Und bei dem Namen der polnischen Nachbarstadt Słubice fällt Berlinern an erster Stelle ein: Billig tanken, billig einkaufen und dass sogar ein Bordellbesuch weniger kostet als zu Hause.

Die Realität hat sich diesen Klischees weitgehend angepasst. Es gibt wenige Universitätsstädte in Europa, in denen, wie in Frankfurt (Oder), zwei Drittel der Studenten nicht vor Ort leben. Und es gibt wenige Orte mit einer höheren Dichte an Tankstellen, Supermärkten, Basaren und Nachtklubs als eben Słubice an der Oder.

Seit am vorletzten Montag ein Angler in den Oderwiesen auf der polnischen Seite einen toten Deutschen gefunden hatte, hat die Menschen in der kleinen Doppelstadt und weit darüber hinaus ein deutsch-polnischer Kriminalfall in Atem gehalten, der mindestens so viele deutsch-polnische Klischees bestätigt wie widerlegt.

Der Tote, Hans-Werner O., war ein erfolgreicher Bauunternehmer und ehemaliger Stadtverordneter. Für die einen war er ein angesehener Bürger und Wohltäter des Frankfurter Kinderheims, für die anderen ein mit allen Wassern gewaschener Geschäftsmann und Strippenzieher, der mit seinen Gegnern nicht eben zimperlich umging. Was

darüber hinaus bereits in Vergessenheit geraten war, war seine folgenreiche Stasitätigkeit, der mehrere Bürger der Stadt einige Jahre Gefängnis zu verdanken hatten. O. hatte viele Feinde, aber für wen reichte die Schuld der Vergangenheit aus, um O. zu ermorden? Oder anders gefragt: War O. nur ein Opportunist und knallharter Macher oder war er auch jemand gewesen, der für seine persönlichen Interessen selbst über Leichen gegangen war?
Im Laufe der polizeilichen Ermittlungen entdeckte die Słubicer Polizei, dass in einem örtlichen Nachtklub Mädchen aus Dritte-Welt-Ländern gefangen gehalten und zur Prostitution gezwungen wurden. Der Besitzer des Nachtklubs, der 52-jährige Witold K., war am Montagmorgen einer Razzia der Polizei zuvorgekommen und mit den Gefangenen geflohen. In der Nähe der polnischen Millionenstadt Łódź wurde er zusammen mit drei Mitarbeitern seines Etablissements gestellt. Laut Polizeibericht eröffnete K. den Schusswechsel und wurde in dessen Verlauf, ebenso wie seine Mitarbeiter und zwei Polizisten, getötet. K. führte in Słubice seit knapp 20 Jahren einen Nachtklub mit Gastronomie, in dem er insgesamt dreißig Tänzerinnen, Servicekräfte und Wachpersonal aus verschiedenen EU-Ländern legal beschäftigte. In Słubice war gestern niemand bereit, irgendetwas über K. berichten, weder die Stadtverwaltung, noch Stadtverordnete oder Nachbarn. K.'s Frau sitzt in Untersuchungshaft, gegen zehn Angestellte des Nachtklubs wird ermittelt.
In den Abendnachrichten des Ersten Polnischen Fernsehens war die Schießerei mit sechs Toten am Donnerstagabend das Thema Nr. 1. Die polnische Regierung scheint derweil zu befürchten, dass ihr Land, das sich bei der Fußballeuropameisterschaft als gastfreundlicher, moderner, gut organisierter Gastgeber erwiesen hat, einen Imageschaden erleiden könnte. Der Staatssekretär im Innenministerium Gruszek betonte nicht nur die hervorragende Arbeit der Polizei, sondern stellte auch fest, dass man den Fall nicht überbewerten dürfe.

„Die organisierte Kriminalität ist in Polen nicht bedrohlicher als anderswo. Polen ist und bleibt ein sicheres Land.“
Auf der Frankfurter Seite scheint man erleichtert zu sein, dass sich alles überwiegend auf der anderen Seite der Oder abgespielt hat. Der Pressesprecher des Frankfurter Polizeipräsidiums fiel in den Chor der Lobeshymnen für die Słubicer Polizei ein: „Nach allem, was wir wissen, hat die Polizei sehr professionell gearbeitet. Auch die Zusammenarbeit mit unseren Einheiten, die bei diesem Fall unabdingbar war, hat nach einigen natürlichen Anfangsschwierigkeiten sehr gut funktioniert.“ Gehört also das Vorurteil der Vergangenheit an, dass Polen und Deutsche nur dann gut miteinander auskommen, wenn der eine etwas verkaufen will und der andere dies für ein günstiges Angebot hält?
Eine Hauptrolle in dem ganzen Fall hat der ermordete Frankfurter O. gespielt. Er war in dem Słubicer Nachtklub Stammgast. Er soll es auch gewesen sein, der die zehn gefangen gehaltenen Mädchen aus ihren Heimatländern hergelockt hatte. Eine von ihnen hat am Mittwoch gegenüber der Słubicer Polizei gestanden, sich an O. gerächt und ihn vergiftet zu haben.
Vielleicht hat der deutsch-polnische Kriminalfall an der Oder, der für die beiden Städte und ihre Bewohner letztlich ein glückliches Ende nahm, sogar ein Arbeitsplatz schaffendes Potenzial. Der Bericht im polnischen Fernsehen scheint zumindest die Phantasie einiger polnischer und auch deutscher Studenten der Doppelstadt angeregt zu haben. Auf einem Internetportal entwickelten sie innerhalb einer Stunde die Idee, einen touristischen Themenpfad zu errichten entlang der Tatorte des Kriminalfalls auf beiden Seiten der Oder. Zunächst soll die ‚Tour de Mord‘ virtuell im Internet aufgebaut werden. Als Nächstes plant man, mit Hilfe von europäischen Fördergeldern Informationstafeln in beiden Städten anzubringen und Stadtführungen anzubieten. Die Betreiber der Studentenkneipe ‚Studier-Bar‘

boten bereits an, sich an den Aktionen zu beteiligen. Schon an diesem Wochenende soll es dort zwei neue Drinks im Angebot geben. Sie heißen ‚Bloody O.' und ‚Schöne Hure'. Wenn das kein Grund ist, die beiden Städte zu besuchen.
Fragt sich an dieser Stelle jemand, warum in der Überschrift von acht Toten die Rede ist, bisher im Artikel jedoch nur sieben Leichen aufgezählt wurden? Die achte Tote ist eine aus Rumänien stammende Prostituierte, die auf der Frankfurter Seite vom Fluss angeschwemmt wurde. Sie nahm sich vermutlich das Leben, nachdem sie die Słubicer Polizei auf die Fährte der Machenschaften im Nachtklub gebracht hatte. Von ihr redet auf der Frankfurter Seite niemand. Vielleicht gelingt es den kreativen Studenten, auch ihre Geschichte zu erzählen.

Der Freitag war für Marzena und Matuszek ein geruhsamer Tag, mit Spaziergängen und gemütlichen Lesestunden am Kamin.

34

Als Bernd Matuszek am Samstagmorgen aus dem Haus trat, um Brötchen und eine Zeitung zu kaufen, kam er nur ein paar Schritte weit. Bereits an der nächsten Straßenecke sprach ihn ein Mann um die dreißig an. Er trug eine Schirmmütze und einen gepflegten, blonden Schnurrbart.

„Entschuldigen Sie, sind Sie Kommissar Matuszek von der Frankfurter Polizei?", sagte er mit unsicherer Stimme.

„Der bin ich. Wer sind Sie?"

„Mein Name ist Andreas Bandemer. Ich weiß, dass Sie nicht im Dienst sind. Ich würde Sie gern trotzdem kurz sprechen, es ist wichtig."

Er sprach in abgehackten Sätzen, als würde ihn jedes Wort große Kraft kosten oder als hätte er die Sätze in kleinen Fetzen auswendig gelernt. Die meiste Zeit schaute er auf den Boden, während er redete.

„Wollen Sie mich ein Stück begleiten?", fragte Matuszek. „Ich war gerade auf dem Weg, Brötchen zu kaufen."

Der junge Mann nickte, vielleicht war er auch erleichtert, weil er dachte, dass es im Gehen einfacher sein würde zu reden.

„Was haben Sie mir zu sagen, Herr Bandemer?"

„Mira hat Oderberg nicht umgebracht, ich habe es getan."

Matuszek war nicht überrascht. Als der junge Mann seinen Namen genannt hatte, hatte sich in Matuszeks Kopf das Puzzle zusammengefügt.

„Mira hat diesem Verbrecher nur den Giftbecher gegeben, aber ich war es, der ihm das Schienbein zertrümmert hat und ich habe mich mit dem Kissen auf ihn gestürzt und so lange zugedrückt, bis es vorbei war."

Der junge Mann wirkte erlöst, beinahe glücklich, er strahlte und war stolz.
„Ich werde das vor Gericht wiederholen, wenn es sein muss, so lange, bis man Mira wieder freilässt. Sie ist unschuldig, sie hat sich nur wehren wollen, auch im Namen all der anderen Mädchen."
„Wie lange kennen Sie Mira schon?"
„Seit etwa einem Jahr."
„Haben Sie sie im *Paradise* kennen gelernt?"
„Ja, aber es ging mir bei ihr nicht nur um ..., Sie wissen schon."
„Wie haben Sie es geschafft, in den Keller gehen zu dürfen? Dort hatten doch nur einige wenige Zutritt", sagte Matuszek.
„Die Chefin selbst hat es mir angeboten. Sie hat wohl gerochen, dass ich Geld habe, genug Geld für alles, was man in einem Bordell kaufen kann. Und sie hat mich für feige genug gehalten, das Geheimnis für mich zu behalten."
Das Gespräch wurde unterbrochen, als Matuszek in die Bäckerei ging.
„Lassen Sie uns einen kleinen Umweg über den Deich machen", sagte Matuszek. Bandemer nickte, die Hände in den Jackentaschen vergraben.
„Als ich Mira zum ersten Mal sah", sagte Bandemer, „habe ich völlig vergessen, was ich eigentlich an diesem verdammten Ort suchte. Ich habe mich sofort in sie verliebt und ich werde mein ganzes Leben lang keine andere Frau mehr lieben als sie, egal was auch passiert."
„Haben Sie Mira das Gift besorgt?"
Bandemer nickte.
„Wussten Sie, für wen das Gift bestimmt war?"

„Ja, selbstverständlich."
„Wann sind Sie an jenem Sonntagabend auf den Plan getreten oder waren Sie schon zugegen, als Mira Oderberg den Drink verabreichte?"
„Ja, ich hatte mich im Schrank versteckt. Sie wollte es alleine machen und ich musste ihr versprechen nur dann herauszukommen, wenn es notwendig sein würde."
„Wann sind Sie aus dem Schrank getreten?"
„Als ich Oderberg fluchen hörte. Das Gift begann zu wirken, aber Oderberg hat versucht, es herauszuwürgen. Dann hat er sich auf Mira gestürzt und wollte sie umbringen."
„Sie sind aus dem Schrank gekommen, um Mira zu retten."
„Ja, das ist richtig."
„Kannten Sie auch die Geschichte zwischen Oderberg und Ihrem Vater?"
„Er hat sie mir erzählt, ja. Ich wusste, dass er ihn an die Stasi verpfiffen hat und ich wusste auch, was er alles getan hat, um meinen Vater aus dem Baugeschäft zu vertreiben."
„Hat dieses Wissen eine Rolle gespielt bei Ihrem Entschluss, Mira zu helfen?"
„Wissen Sie, wir haben den Entschluss, Oderberg zu töten, gemeinsam gefasst. Es war für mich wie eine Offenbarung, als ich von Mira erfahren habe, dass ihr Peiniger und der Peiniger meines Vaters ein und dieselbe Person sind.
Wenn Mira und ich im *Paradise* zusammen waren, haben wir eigentlich die ganze Zeit geredet. Wir hatten nur ganz selten Sex miteinander. Ich habe Geld bezahlt dafür, um mit ihr reden zu können in diesem verdammten Keller. Sie hatte ja sonst niemanden, mit dem sie reden konnte."
Er machte eine kurze Pause und dachte nach.
„Aber ich hätte ihr auch dann geholfen, Oderberg umzubringen,

wenn ich nicht die Geschichten von meinem Vater gekannt hätte. Ich hätte alles für Mira getan, alles."

Matuszek blieb auf dem Deich stehen und schaute mit dem jungen Bandemer aufs Meer hinaus. Am Horizont fuhr ein Schiff, der Himmel war mit einer dichten Wolkendecke verhangen. Der Wind wehte mit einer für die Küste normalen Stärke, die Wasseroberfläche war unruhig.

„Sagen Sie, Herr Bandemer, von wem wussten Sie eigentlich, dass ich hier das Wochenende verbringe?"

Andreas Bandemer drehte sich um und zeigte auf die Häuser am Ende der Uferpromenade.

„Von Oderbergs Sohn. Wir sind seit der Schulzeit miteinander befreundet. Er kam auf das Gymnasium, als ich im Abiturjahr war."

„Wusste er von Ihrer Beziehung zu Mira Narayan?"

„Ja."

„Wusste er auch, dass Sie am Mord seines Vaters beteiligt gewesen sind?"

„Ich glaube, er hat es geahnt."

—

Matuszek begleitete Bandemer zur örtlichen Polizeistelle, wo dieser seine Aussagen zu Protokoll gab. Vom Polizeirevier aus rief er Marzena an. Wie er erwartet hatte, hatte sie noch geschlafen, als ihr Mobiltelefon klingelte.

„Cześć Kochanie, entschuldige bitte, dass ich dich geweckt habe. Ich komme gleich mit den Brötchen."

„Deswegen rufst du mich an?", sagte sie mit verschlafener Stimme.

„Ich rufe dich an, um dir zu sagen, dass ich gleich ganz dringend dienstlich nach Frankfurt fahren muss. Ich erkläre dir gleich warum. Ich bin aber ganz sicher heute Abend wieder da."

Während Matuszek eine Dreiviertelstunde später ins Haus lief, um sich von Marzena zu verabschieden, wartete Bandemer im Wagen der örtlichen Polizei vor der Haustür.

„Kann das denn nicht bis Montagmorgen warten?", fragte Marzena, nachdem Matuszek ihr eine Kurzfassung der Ereignisse geliefert hatte. „Am Wochenende machen die Behörden doch sowieso nichts damit."

Sie saß im Morgenmantel auf der Couch. Matuszek ahnte, dass sie unter dem weißen Frotteestoff nichts anhatte.

Matuszek schüttelte energisch den Kopf.

„Das kann nicht warten. Ich habe meinen Słubicer Kollegen schon angerufen. Auch er unterbricht sein Familienwochenende und kommt eigens aus Poznań rübergefahren. Der junge Bandemer war es, der Oderberg umgebracht hat. Ich wusste es doch, Marzenko, dass das Mädchen es nicht allein getan haben konnte. Wir konfrontieren das indische Mädchen mit den Aussagen von Bandemer und dann komme ich sofort zurück. Und zum Ausgleich nehme ich mir Montag frei und wir bleiben einfach hier, was hältst du davon?"

Dieses Argument überzeugte Marzena.

—

Matuszek Wagen hielt um kurz nach eins zusammen mit der Usedomer Polizeistreife vor der Słubicer Polizeikommandantur. Wojtek Miłosz kam ihnen vor dem Eingang entgegen wie der gute Gastgeber eines Skatabends unter Freunden.

Im Verhörzimmer unter dem Dachstuhl saß bereits Petra Schumacher, die Matuszek gebeten hatte, das Protokoll zu schreiben. Als Dolmetscher hatte Miłosz einen älteren, weißhaarigen Herrn engagiert, der einen eleganten, aber etwas altmodischen Zweireiher trug. Sein Deutsch stellte sich als hervorragend heraus, aber es war so antiquiert wie sein Anzug. Als Mira Narayan den jungen Bandemer in den Raum treten sah, ging sie um den Tisch herum auf ihn zu und umarmte ihn. Sie weinte leise und sagte: „Du weißt, dass ich nicht wollte, dass du das tust. Aber ich wusste, dass du es doch tun würdest."

„Wiem", sagte er, „ich weiß."

Die Gegenüberstellung dauerte nicht lange. Wojtek Miłosz, der das polnische Protokoll selbst schrieb, weil er am Samstag weder einen Kollegen von der Streife noch von der Verkehrspolizei abziehen konnte, noch jemanden aus dem Wochenende holen wollte. Petra Schumacher und er nahmen die Namen der Anwesenden auf. Einer der Bansiner Polizisten verlas die Aussage, die Bandemer am Morgen zu Protokoll gegeben hatte. Die Frage Matuszeks, ob er dem noch etwas hinzuzufügen habe, verneinte Bandemer. Mira Narayan wurde von Miłosz gefragt, ob sie der Aussage ganz oder in Teilen widersprechen wolle.

„Nein", sagte sie, „das ist die Wahrheit."

Der Bansiner Polizist, der nicht mit dem Verlesen des Protokolls beschäftigt gewesen war, starrte Mira unentwegt an. Mira hielt die Hand des jungen Bandemers und sah auch mit verheultem Gesicht wunderschön aus. Der andere Polizist hatte das Protokoll konzentriert vorgelesen. Mira schien auf ihn keinerlei Eindruck zu machen. Matuszek rätselte, warum das wohl so war. ‚Er muss entweder schwul sein oder frisch verliebt', dachte er, ‚oder beides zusammen.'

Als die Gegenüberstellung beendet war, verständigte sich Matuszek mit Miłosz darauf, mit Mira noch einmal kurz unter sechs Augen reden zu können. Alle anderen verließen den Raum. Matuszek beugte sich am Tisch ein Stück vor und sah Mira direkt an. Sie erwiderte seinen Blick.

„Frau Narayan", sprach Matuszek sie auf Polnisch an und fuhr in einfachen Sätzen, die nicht frei von grammatischen Fehlern waren, fort: „Ich sehe Sie ja heute zum ersten Mal. Aber ich habe dieses Wochenende viel über Sie nachgedacht. Mein Kollege Miłosz hat mir alles über Sie erzählt. Und da bin ich auf eine kleine Sache gestoßen. Diese Frage wird bestimmt auch während des Gerichtsprozesses auftauchen. Nämlich wie es kommen konnte, dass das Gift, das Sie Oderberg in den Drink gemischt haben, nicht ausreichte, um ihn zu töten. Arsentrioxid ist nämlich schon bei einer Menge von wenigen Gramm tödlich. Es ist ein Kunststück, von diesem Gift eine zu geringe Dosis zu nehmen."
Mira und Matuszek fixierten einander, ohne voneinander abzulassen.
„Ich denke, Sie wissen, worauf ich hinaus will", sagte Matuszek.
„Sagen Sie es mir, Herr Kommissar."
„Wie Sie wollen. Ich glaube, dass Sie nicht aus Versehen eine zu kleine Dosis genommen haben. Ich denke, es war Absicht. Ich glaube, Sie wollten, dass Bandemer den Job erledigt. Habe ich Recht?"
Mira hielt dem Blick weiterhin stand.
„Sie haben Recht, Herr Kommissar, genau so war es. Andreas kam Samstagabend zu mir und erzählte von dem Interview, das Oderberg am Vortag im Stadtfernsehen gegeben hatte. Er war sehr aufgebracht. ‚Nicht nur, dass dieser Kerl immer noch frei rumläuft, nein, er sonnt sich auch noch in der Rolle des Wohltäters!' Für Andreas war klar, dass jetzt der Zeitpunkt gekommen war. Er war wild entschlossen, dass wir unseren Plan sofort in die Tat umsetzen. An diesem Abend habe ich gemerkt, dass sein Hass auf ihn genauso groß war wie meiner. Das habe ich mir zu Nutze gemacht, das ist wahr."
„Er liebt Sie. Sie wussten, dass er für Sie alles tun würde."

Mira Narayan nickte und wandte den Blick von Matuszek ab. Matuszek seufzte und schaute zu seinem Kollegen.
„Ich denke nicht, dass wir diese Aussage zu Protokoll nehmen müssen. Was meinen Sie, Kollege Miłosz?“, fragte Matuszek.
„Das müssen wir in der Tat nicht, Kollege Matuszek. Die Klärung dieses Details können wir getrost dem Prozess überlassen.“
„Eine Sache hätte ich noch, Fräulein Narayan“, sagte Matuszek. „Meine geschätzte Kollegin Petra Schumacher, die vorhin das Protokoll geschrieben hat, sagt, dass ich zu wenig über die Frankfurter Politik und die Gesellschaft weiß. Damit hat sie Recht. Ich könnte mir vorstellen, dass Sie halb Frankfurt kennen, zumindest die Hälfte der männlichen Welt der Stadt.“
Mira Narayan antwortete: „Ihre Annahme ist nur zur Hälfte zutreffend. Ich kenne nicht nur die halbe Männerwelt, ich kenne sie alle.“
„Das trifft sich gut“, sagte Matuszek. „Darf ich Sie also in der nächsten Zeit einmal für ein Hintergrundgespräch in Ihrer Zelle besuchen?“
„Wie Sie wollen, Herr Kommissar.“

—

Als Miłosz Matuszek zum Wagen begleitete, bat Matuszek seinen Kollegen, am Montag ohne ihn auszukommen, weil er seinen Wochenendurlaub um einen Tag zu verlängern beabsichtige.
„Wenn irgendwelche Abstimmungen erforderlich sind, wenden Sie sich an meine Kollegin Frau Schumacher.“
„Am Montag werden die Kontakte, falls erforderlich, direkt über mein Sekretariat laufen“, antwortete Miłosz. „Pani Magda spricht gut Deutsch. Ich habe mir nämlich auch am Montag frei genommen.“
„Ach, was ich Sie noch fragen wollte, Miłosz“, sagte Matuszek.

„Der junge Bandemer, der ist doch in Ihrem Alter. Sind Sie vielleicht mit ihm zusammen zur Schule gegangen?"

Miłosz lachte.

„Ich muss Sie enttäuschen, Herr Kollege. Ich kenne nur die halbe Stadt aus meiner Frankfurter Schulzeit, nicht die ganze. Ganz solch ein kleines Dorf ist Frankfurt ja nun auch wieder nicht."

Nachdem Matuszek sich von Miłosz verabschiedet hatte, trat er auf Petra Schumacher zu, die zusammen mit den Usedomer Kollegen auf dem Parkplatz wartete.

„Weißt du noch, dass ich dich letzte Woche gebeten hatte herauszufinden, wer außer einem gewissen Ulrich Klose mit Franz-Werner Oderberg in seinem Geschichtskurs gesessen hat?"

„Ich habe den Auftrag erledigt, aber ich habe es vergessen, dir das Ergebnis mitzuteilen."

„Da schau an", sagte Matuszek erfreut, „auch Miss Perfect gelingt es, einmal etwas zu vergessen."

„Da kannst du mal sehen, Kollege. Nobody's perfect. Das müsstest du doch am besten wissen."

„Ist schon gut, junge Frau. Ich bin nämlich in der Zwischenzeit auch selbst darauf gekommen, welchen Namen du herausgefunden hast."

„Ach wirklich?", sagte sie.

„Es war Andreas Bandemer", sagte Matuszek.

Petra Schumacher nickte.

„Der junge Bandemer hat mir heute Morgen erzählt, dass er in den vergangenen Jahren den alten Oderberg systematisch ausspioniert hat. Stell dir vor, der hat zehn Aktenordner und Fotoalben bei sich zu Hause rumstehen. Der wusste alles über ihn. In das Bordell ist der Bandemer auch durch Oderberg gekommen. Von alleine wäre der nie auf die Idee gekommen, in ein Bordell zu gehen. Der hätte sich in die Hose gemacht vor Angst."

Petra Schumacher lachte nur und sagte: „Männer!"
Petra Schumacher fuhr mit den Usedomer Polizisten zum Frankfurter Polizeipräsidium, wo Bandemer junior in Untersuchungshaft gesetzt wurde. Matuszek fuhr auf direktem Weg an die Ostsee zurück und zwar genau in dem Tempo, welches es ihm erlaubte, die Radioübertragung der Samstagsspiele des vierten Bundesliga-Spieltages bis zum Ende zu verfolgen. So konnte er in der 55. und 58. Spielminute zweimal laut und ungehemmt einen Jubelschrei ausstoßen, als Toni Kroos und Thomas Müller seinen FC Bayern München zum 2:0-Sieg schossen. Damit blieb sein Lieblingsklub auf Platz eins der Tabelle. Bernd Matuszek war trotz Regen bester Stimmung, als er den Wagen sieben Minuten nach Ende der Samstagsspiele auf der Auffahrt des Wochenendhäuschens an der Ostsee parkte.
Wenn Matuszek die Seeluft um die Nase wehte, war es ihm völlig gleichgültig, welches Wetter den Wind begleitete.

—

Die geneigte Leserin und der geneigte Leser mögen sich an dieser Stelle vielleicht fragen, was aus dem einen oder anderen Nebenhandlungsfaden geworden ist, der bisher noch nicht zu Ende erzählt wurde. Obwohl sie auf den Ausgang der Geschichte keinen Einfluss hatten, seien sie hier der Vollständigkeit halber nachgetragen.
Am Montagmorgen traf im Brandenburgischen Innenministerium eine Beschwerde ein, die die Frankfurter Polizei gegen die Słubicer Polizei richtete. Es ging darum, so der Wortlaut, dass der Słubicer Kommissar Wojtek Miłosz in drei Fällen seine Kompetenzen überschritten habe, als er am 11. und 13. September auf eigene Faust im Kriminalfall Oderberg auf der Frankfurter Seite ermittelte. Der zuständige Referatsleiter zeigte das Schreiben

dem Innenminister, der den Brief las, zerriss und in den Papierkorb warf.

Die Freitagssendung des bekannten polnischen Fernsehmoderators Paweł Koński wurde aus dem Programm genommen, weil der Gang der Ereignisse sie überflüssig gemacht hatte.

Der Autofahrer, der den jungen Bandemer Donnerstagnacht auf seiner Fahrt an die Ostsee verfolgt hatte, war der Vater seines ehemaligen Mitschülers Ulrich Klose. Er hatte befürchtet, dass Bandemer dem Kriminalkommissar die Existenz des Markendorfer Geheimtreffens verraten könnte. Er hatte in Bansin jedoch nicht den Mut aufgebracht, Bandemer zur Rede zu stellen. Da Bandemer seinen Sportwagen an der Ostsee stehen lassen musste, hatte Klose zwar noch beobachtet, dass er von der Polizei abgeführt wurde, auf der Autobahn jedoch seine Spur verloren.

In der Nacht von Samstag auf Sonntag wurden an der Stadtbrücke zwischen Frankfurt (Oder) und Słubice auf der Frankfurter Seite die letzten Reste der Dachkonstruktion abgetragen, die über die ehemaligen Grenzanlagen führte. Am Sonntagvormittag wurde die Brücke, eine Woche früher als geplant, wieder für den Verkehr freigegeben.

Geschrieben in Frankfurt (Oder),
von Sommer 2012 bis Herbst 2013

Impressum

KLAK
VERLAG für gute Bücher
Jörg Becken & Ingo Markert GbR
www.klak-verlag.de

1. Auflage, 2014

Layout+Satz: rainGroup-Agentur.com Ingo Markert
Umschlag: Umschlaggestaltung Ingo Markert
unter Verwendung eines Fotos von Lupo / pixelio.de
Druck: Drukarnia ArtDruk, Szczecin
ISBN: 978-3-943767-26-1
E-Book: 978-3-943767-27-8

* Seite 92: Erich Fried, „Der Weg zu dir.“